Ilse Hampe

Los Buddenbrooks sudamericanos

Índice

El aventurero..5

Barcos...57

Tiempos de gloria.....................................104

Los alemanes en el Uruguay...........................146

Frío en el alma......................................158

Los años oscuros en el Uruguay.......................185

Regreso al paraíso...................................196

Las empleadas..214

Una nueva realidad...................................233

La realidad de "Howards End".........................264

Bibliografía...280

© 2022, Ilse Hampe
Herstellung und Verlag:
BoD – Books on Demand, Norderstedt
ISBN: 9783756842612

El aventurero

Julio de 1939. Puerto de Hamburgo. Un joven de 29 años sube a bordo de un transatlántico. No puede saber que es el último que partirá a América del Sur. Siente sí la proximidad de una guerra, odia al *Führer* y a esa muchachada que cobardemente se abalanza sobre judíos indefensos, los masacra, los denigra en plena calle. No sale a defenderlos, prefiere huir de este país infestado de una propaganda que a él no lo engaña.

Eduard Gruber es un hombre apuesto, un típico alemán, alto, rubio, de ojos celestes, atlético, de andar decidido y firme. No solo lleva en su valija el flamante diploma de su título de doctor en germanística y en historia, sino además el contrato firmado de profesor de alemán en un liceo de un insignificante país sudamericano. ¡Cuánto más lejano, mejor, cuánto más diferente a su patria, enhorabuena! Él está lleno de vigor, de ansias de conocer el vasto mundo, de partir a la aventura incierta, desea ampliar su horizonte libresco, entrar en contacto con la realidad de la vida con toda la gama de sus facetas.

Desde la cubierta del barco observa las gaviotas que emprenden vuelo en todas las direcciones, ¡y se sabe una de ellas finalmente! Pero al retornarse, al mirar los muelles con sus carteles aún en alemán, se le acongoja el corazón. Deja aquí, en una ciudad no muy distante, a un ser querido, al que su partida ocasiona gran pesar. Es su madre anciana. ¿Qué puede comprender ella de sus anhelos reprimidos, de su sed de vagabundeo, de su languidecer por experiencias desconocidas? Ella, que ha viajado por toda Alemania, sí, pero no mucho más allá de sus fronteras. ¡E irse tan lejos! ¿No podía ser un país vecino al menos, europeo, alcanzable en tren, por ejemplo? Justamente este es el punto crucial para su hijo: Europa le sería banal, trillada. Pero a Sudamérica le rodea el nimbo de lo exótico, salvaje, virgen, autóctono. ¿Dónde encontrar algo semejante en el Viejo Mundo tan pisoteado y manoseado ya por el hombre industrializado?

Eduard sabe que su decisión abrupta le causa un profundo dolor a su mamá. Bastante ha sufrido ya. Ha enviudado hace algunos años. Un hijo está gravemente enfermo a raíz de una herida en el pulmón contraída durante la Gran Guerra. Tan grave se encuentra que morirá al mes de la partida de Eduard. Le queda aún una hija, Hannelore. Pero Eduard es el Benjamín, el adorado hijo de la vejez, concebido pasados ella los cuarenta, el consuelo para sus días de soledad, del cercano derrumbamiento físico.

Eduard conoce sus argumentos, los entiende, mas tiene que seguir su propio camino. Hace ya varios años que se ha marchado de la casa paterna para estudiar en universidades distantes, para liberarse del amor asfixiante de esta madre llena de ternura. Conciente empero de su deber de hijito mimado, se ha esmerado en reconfortarla con visitas para las fiestas de Navidad y de Pascuas, así como para sus cumpleaños. Regresaba con placer a este hogar cálido en la gran mansión de sus padres, que alberga no solo un enorme apartamento para la familia, sino además un segundo piso, antiguamente el consultorio del padre, que ahora se alquilaba al igual que el tercero. Es una vivienda en la que se lleva una vida de burgueses acomodados, que brinda a sus hijos la educación correspondiente, en la cual la música ocupa un lugar muy importante. No faltan el piano, los violines y el violoncelo. Y la biblioteca se ve en continuo aumento.

En esta grandiosa residencia, los padres demostraban con ahinco su rango social, a través de alfombras persas, pesados muebles de roble, finos manteles bordados a mano por la misma señora de la casa. En la comida no se escatimaba, abundaban los platos fuertes rebosantes de carne, y a la hora del té tentadoras tortas cubrían la mesa.

Por un lado le resulta difícil a Eduard abandonar esta morada acogedora. Lo atormentan los remordimientos de conciencia. Pero por otro lado, ¡la vastedad del mar delante suyo lo está acogiendo con los brazos abiertos! Navegando por las aguas, un día tranquilas, otras veces magníficamente alocadas, tendrá mucho tiempo para rememorar el pasado en familia.

A los dos años de venir al mundo, este le mostró su faz más vil con una guerra que le arrebató la presencia del padre querido. En su calidad de médico, título que le había requerido un juramento de lealtad hacia el *Kaiser*, y compartiendo ese sentimiento generalizado de entusiasmo característico al comienzo de esta acción bélica, Papsch había partido con la convicción de un regreso inmediato. Esta certeza, vuelta esperanza con el pasar de los meses, al cabo de los años se transformó en plegaria silenciosa. Casi un lustro duró lo que había considerado sería un paseo placentero, un viaje con valor turístico. Sus visitas a la casa fueron muy esporádicas y de corta duración. Eduard sufría con sus partidas. Adoraba a este padre con rango de oficial, cuyas fotos de uniforme y a caballo guardaba celosamente.

Las otras penurias, complemento de todas las guerras, el hambre, el miedo, el bombardeo, no llegaron a afectar al niño. La madre siempre halló los recursos para presentar platos variados y llenos a sus comensales. Su parentela en los campos cercanos a la ciudad le proporcionaba una gran ayuda. En cuanto a bombas, esta guerra del 14, carecía aún de la fuerza de la aviación, era en cambio la de las imponentes masacres en las trincheras. Pero estas se encontraban lejos, en el frente, en un mundo que solo se volvía real con el regreso de los heridos, con las noticias de las muertes de conocidos. Y Papsch quien día a día vivía en los hospitales el dolor, la agonía, el sufrimiento humano, sin sentido, repetitivo, intercambiable, callaba. Con un estoicismo heroico, guardaba para sí el relato de estos horrores, un mutismo que le causaría terribles depresiones, fieles compañeras hasta el fin de sus días.

No solo en los ojos del chicuelo Eduard, Papsch era una persona notable. Hasta el día de su muerte en el 31 presidió en su ciudad natal tanto el Comité de Ciencias como la Sociedad Protectora de Animales. En su calidad de médico y de científico publicó innumerables artículos, muy valorados y apreciados por sus colegas. Y así, Eduard crece en un entorno de alta concentración en el estudio y la ciencia. Su hermano le brinda otro ejemplo al respecto. Es uno de los millones de jóvenes que se había enrolado voluntariamente en la Gran Guerra, infectado por el virus del entusiasmo, y aunque vuelve con vida, hasta con rango de oficial, también trae otra condecoración, esta empero es una maldición. Con un balazo en el pulmón se encuentra discapacitado para todo trabajo, está bajo tratamiento médico constante, sufre recaídas graves, y su mundo se reduce al confinamiento de su casa paterna. No obstante, este ser encuentra un terreno de investigación ideal para su estado: las aves. Se le construyen enormes jaulas en el jardín y se le conceden varias piezas dentro del edificio para albergar los animales delicados. Se vuelve un experto. Dispone de suficiente tiempo para observar, analizar, comparar, sacar conclusiones y escribir. El mundo científico valora sus publicaciones, y él no tarda en convertirse en la eminencia en materia de cotorras.

Mientras que estos dos hombres constituyen el modelo de la asiduidad, la constancia, el fervor por la erudición, en su madre y en su hermana Hannelore, Eduard encuentra otras cualidades igualmente esenciales para su maduración: la ternura. Junto a su madre, Hannelore le brinda todo su cariño, y por la diferencia de edad entre ambos, lo trata como a un hijo, obsequio que la

Naturaleza nunca le aportará a ella. Este amor de tempranos años creará un lazo tan fuerte entre los hermanos que ni el tiempo ni el espacio podrán quebrantarlo.

Hannelore posee además un carácter que él admira: siempre sonriente, siempre de buen humor acapara la atención de la gente. Irradia una simpatía que le gana la amistad hasta de desconocidos. Tiene ese don natural de conquistarse el amor de los demás, un don del cual él se haya desprovisto. Eduard debe emprender un trabajo arduo para ganarse amigos.

„¿*Qué será de Hannelore?*", piensa con angustia. Ella, tan coqueta, tan elegante, siempre con la última moda, luciendo pieles y trajecitos de las mejores marcas. Ella, que solo se compra lo más exclusivo, lo más caro. ¡Y qué bien le va! Es la mujer nacida para lo externo, lo superficial, para atrapar el ojo. Así había conquistado a Peter. El hombre ideal a su lado, que gozaba con su consorte las nuevas prendas, la sacaba a pasear para que todos vieran, qué mujer tan bien vestida y adornada compartía su vida. Pero el idilio, porque tal parecía, no fue duradero. ¿Faltaría algo más profundo en esta relación? El divorcio después de tan solo diez años de matrimonio fue un golpe duro, sentimiento que compartieron todos sus familiares. ¿Habían tomado la decisión correcta al hacerla consentir en la separación legal? ¿Qué relevancia posee realmente el factor traición en la convivencia de una pareja? ¿Valía más el honor, la reparación, que la desdicha de su hermana? La escala de valores de a comienzos del siglo ya se encontraba desfasada, obsoleta, su rigidez superada. Eduard, con sus veinte añitos, había votado por el divorcio. Entre medio, ya no estaba tan seguro de su veredicto. ¿Y ella, la involucrada, la dañada, encontraría un sustituto adecuado que la redimiese de su soledad? Eduard se lo deseaba de todo corazón, aunque por lo general en forma de broma. ¿Alguien se enamoraría aún de una mujer de más de cuarenta? A ella la consideraba capaz de este prodigio. De otra mujer no, ¡pero de Hannelore, todo hombre debía quedar prendado, apasionado! Así pensaba el hermano querido, aunque ante la perspectiva de una guerra segura, el horizonte de posibilidades se ofuscaba seriamente. En su recuerdo se mezclaban el afecto de la hermana mayor por el niñito que él había sido, y en los últimos años, la falsa alegría con que Hannelore hacía alarde de sus conquistas masculinas. De hecho seguía sola.

De abordo, las comidas exquisitas, las conversaciones interesantes y variadas, por no nombrar las sesiones nocturnas de baile, el día a día ameno, colaboraban a un olvido sano de los ligeros sinsabores de la vida dejada atrás. Y así, pasadas las dos primeras semanas de travesía marítima con temperaturas veraniegas, pasado ya el ecuador, las jornadas se tornaron más cortas, y se comenzaba a sentir la presencia de una estación más ruda. El hemisferio sur no se mostraba lisonjero. Lo recibía con su invierno. Eduard no le temía. *„¡Con los inviernos crudos de mi patria, unos diez grados centígrados sobre cero, no me harán ni cosquillas!"*, pensaba ingenuamente. No tardaría en corregir su opinión proclamada sin conocimiento de causa. ¡La humedad le demostraría su poderío!

¡Arribo a destino! Montevideo, capital del Uruguay, un paisito diminuto entre los dos gigantes, Brasil y Argentina. Una ciudad de un tamaño ideal, lo suficientemente grande para distraerse y lo suficientemente reducida para abarcarla toda. Algunas casas de estilo colonial, no demasiadas, pero en general corre un aire muy europeo por sus calles. Una ciudad para sentirse cómodo, para quedarse, si uno se adecúa a lo que ofrece, es decir a su provincialismo, a pesar de ser capital.

Eduard está conforme. Se instala en una pensión, ambiente al cual ya estaba acostumbrado desde su época de estudiante. Ocupa una pieza provista de una estufa a querosén, que despide escaso calor y mucho olor nauseabundo. Él está dispuesto a amoldarse a todo, contento con una vida que le brinda un poco de lujo bajo la forma de salidas a caballo, recordatorias de aquellas realizadas durante la Primera Guerra Mundial por su padre, quien cabalgaba como distracción, mientras a pocos kilómetros de sus pisadas, morían los jóvenes soldados en las trincheras. Ahora se está viviendo lo que se denominará la Segunda Guerra Mundial, y Eduard monta como pasatiempo mientras que a miles de kilómetros, las tropas de su odiado Hitler penetran en Polonia sin encontrar mayor resistencia.

Eduard atiende sus deberes de profesor con un gran sentido de responsabilidad. Trata de atizar el interés por la sabiduría, trata de trasmitir ese amor por la literatura y la historia, que él mismo siente tan intensamente. Se esmera, se esfuerza, pero se desilusiona constantemente ante esta juventud letárgica. Las alumnas cuchichean entre ellas, lo escrudiñan de forma muy coqueta, muchas esperanzas puestas en este buen mozo. A él lo aturden estas jóvenes tempestuosas, de un tipo diferente y atrayente. No deja de apreciar tanta belleza exótica, pero va a entregar su corazón por otro lado.

Frente a su pensioncita se eleva un pequeño castillo. ¡Hasta mirador posee! Lo habita una cuantiosa familia con innumerables niños al parecer. A estos habitantes se le suma aún la presencia de sendas empleadas, un chofer y una extranjera, sin lugar a duda la gobernanta, a cuyo cargo se ha delegado la educación de la majada. Entre las visitas llama la atención aquella de curas párrocos. Se ha de tratar por lo consiguiente de una familia sumamente católica.

Desde su ventana, Eduard puede observar el ir y venir de sus vecinos, los juegos de los chicos en el jardín, en los columpios, en el subeibaja, persiguiéndose, jugando a la pelota. Aquí tiene una familia típica delante suyo, que parecería querer presentarle

11

abiertamente sus secretos más íntimos, entregársele sin reparos. Este clan lo atrae, suscita su curiosidad, despertándole un espíritu de detective que se desconocía. Por el momento, Eduard se entretiene inventando la historia de esta prole. Se imagina que se trata de una antigua estirpe española que habia venido a poblar el país en el siglo XVIII. Por méritos en las batallas se le habían concedido tierras y más tierras que había sabido aprovechar con gran provecho. Casando a hijos e hijas con los notables de la ciudad había afirmado su poderío y su riqueza. Y si bien esto no fuera verdad, era lo que históricamente había acontecido tanto en toda Sudamérica como en la Vieja Europa de los siglos pasados.

Con el fin de abandonar la ficción, Eduard decide tomar pasos más decisivos. Un día, que el jardín reboza de niños, se acerca a la empalizada que lo rodea, para escuchar y quizás entablar conversación con alguno de ellos. ¿Acaso está soñando? Se pellizca en el brazo, duele sí, ¡así que está despierto! ¡A sus oídos llegan sonidos en una lengua inesperada! ¿No se trata entonces de antiguos colonos españoles, sino de inmigrantes alemanes? Porque alemán es el idioma utilizado en este parque. Y él, a pocos pasos de sus compatriotas, ¡recién ahora se percata! ¡Oh, dulce realidad, más dulce que los irreales sueños!

Una vez recuperado de su aturdimiento, se dedica a escuchar con mayor atención y a aplicar el ojo por entre los paneles de madera. Rápidamente encuentra la solución a este enigma: la gobernanta es alemana y en su presencia está prohibida la utilización del español. „¡Bravo!", se dice Eduard, un elogio pensado tanto para los logros de la institutriz como para los padres progresistas, por su fe en la cultura alemana. Por hoy le basta su hallazgo y continuará sus observaciones desde su ventana.

Una de las chicas lo intriga, una morocha de ojos oscuros con cierta vaguedad en la mirada. Debe de ser la mayor o al menos una de ellas. ¿Qué edad tendrá? Unos diecinueve años. No habla mucho, si acaso con una hermana, que francamente es más bonita y alegre que ella. Pero para él, es la primogénita quien le resulta mucho más interesante y atractiva por ese halo de misterio que la envuelve. No parece un ser de este planeta, no, es como una sirena obligada a vivir en tierra en contra de su voluntad, forzada por un gnomo terrible a permanecer en el claustro de la vida terrenal. Ella quisiera escapar. Mas no sabe adónde, ni cómo, ni en quién confiar para esta evasión.

La ninfa invade los sueños de Eduard. Ya se ve transportándola a caballo delante suyo a todo galope entre los árboles de un espeso bosque. Otras veces arrasa la verja con uno de los tanques de Hitler que ha visto en el noticiero del cine, la atrapa por la cintura y sale huyendo por las arenas costeras.

„¡Esto no puede seguir así!", se dice al punto de la desesperación. Se había enamorado de un fantasma. Y eso que él ya había experimentado un gran amor. De estudiante, sí, pero muy verdadero y duradero. Le había costado mucho separarse de Lisa. Él se había sentido demasiado joven aún para ligarse a los 28 años para el resto de su vida. Y ella no quería salir a la aventura como él. Ninguno de los dos dispuesto a ceder, y sin otra alternativa que la de poner a prueba la durabilidad de su amor a través de una dolorosa y larga separación.

„¡Tengo que conocerla!", susurra Eduard. „Le hablaré por la cerca."

Dicho y hecho. Como buena mujer, su nereida no se da por aludida a sus primeras instancias. Pero luego, olfateando la aventura, apresura el paso a la acción. Logra escapar al radar de control de la casa paterna, escudada por su linda hermana que obtendrá su recompensa, participando de esta relación prohibida, casi novelesca, por medio de los relatos de la insurrecta.

Eduard y Genoveva hacen caminatas por la playa. Solos. Nadie los acompaña, nadie los espía. Nadie sabe de su salida, excepto Patricia, la del papel de Celestina. Los palaciegos son de origen español, poseen tierras, pero la fortuna se basa en la importación de productos de todo tipo. Los diez hijos reciben una educación estricta y rígida contenida en los cánones de la fe católica. Genoveva, por primera vez, está paseando y conversando con un hombre que no pertenece a su enorme parentela. Y Eduard la admira por su osadía. Le cuenta de los suyos, de su casa paterna, representativa también, de sus intereses, de la cultura y de la historia que emanan de cada ciudad europea, de cada iglesia, de cada fortaleza. Hasta el momento nadie le había hablado así a Genoveva. Nadie había desplegado un abanico tan amplio de conocimientos. ¿Cómo no sentirse impactada por un hombre tan diferente que le traía el perfume de los pinos en las laderas de las montañas, que la acercaba al borde de lagos en paisajes paradisíacos, que sentía una relación, una interacción con la Naturaleza que le era totalmente desconocida y nueva? Las bellezas naturales no las consideraba un hecho, un objeto a utilizar, sino un complemento de su ser, un reflejo del alma. Y luego, ¡era un manantial de conocimientos! Le nombraba escritores y obras de la literatura mundial que ella ignoraba por completo. Parecía una biblioteca con sus libros todos abiertos, de cuyas páginas saltaban las letras en busca de ojos y de oídos alertas.

Su encuentro representa el choque de dos culturas, de dos mundos diferentes. ¿Pero cómo reanudar estas salidas dada la vigilancia reinante en casa de los Fernández? Para mantenerse en contacto entre las fugas recurren al carteo. Las esquelas atraviesan las rendijas de la valla, obviando la supervisión de la guardiana, sencillamente porque esta descarta la posibilidad de toda comunicación con el exterior. La ingenuidad y la seguridad de la gobernanta resultan su mejor protección.

Genoveva tiene que destruir inmediatamente las cartas de su admirador por temor a un descubrimiento, mientras él guarda las suyas como un tesoro de gran valor. Con el pasar de los meses y de los años el contenido se va haciendo cada vez más directo, mostrando abiertamente los serios problemas en esta pareja tan dispar.

En primer instancia se encuentra la diferencia de edad: Genoveva a penas cuenta veinte años, mientras que Eduard entre medio ha cumplido los treinta. Ni que hablar que él tiene un horizonte más vasto, y con ello mayor madurez que ella. Genoveva aporta su magnífica educación con buenos modales, excelentes conocimientos de lenguas extranjeras, el francés y el inglés, aparte del alemán. Imposible impresionar como políglota a Eduard, ya que él también domina estos idiomas a tal punto que ambos suelen utilizar cualquiera de ellos con gran fluidez en su correspondencia. Para impactar a su galán, la joven impregna sus cartas con citas de autores leídos en clase, que a veces vienen al caso, y otras transforman el escrito en un rompecabezas enmarañado muy difícil de armar y de comprender. Su afán de demostrar tanto sus cuantiosas lecturas como su perspicacia vuelven extremadamente indigestas sus esquelas. Su complejo de inferioridad con respecto a Eduard se torna evidente. Ella, una de las estimadas herederas de la fortuna de los Fernández, agacha su siempre erguida y orgullosa cabeza ante un forastero sin nombre ni título nobiliario, un desconocido de porvenir incierto y de una nación altamente belicosa. Y este alemán, desprovisto de valor en una sociedad con la mira puesta exclusivamente en conexiones y vínculos de alcurnia, juega con la única arma que posee: su intelectualismo.

Genoveva va cayendo en sus redes. Este rubio buen mozo la ha pasmado. Jamás se había interesado por ningún hombre; como que si siempre hubiera estado esperando a este, tan distinto a los criollos comunes, tan distinguido en su palidez natural, tan

15

seductor con sus ojos claros como el agua. ¡Cómo no iban a llamar la atención como pareja! Él rubio, ella morocha; él de ojos azules, ella de ojos negros; él alto, ella de estatura mediana; él de tez blanca, ella de tez bronceada; dispares como el negro y el blanco, como el agua y el fuego, Ying y Yang. ¡Pero con una atracción mutua como entre el imán y el hierro!

Genoveva se esfuerza por adquirir la estima y la aprobación de Eduard en lo que respecta a su desarrollo intelectual, su educación universal. Se apresura a leer cuanta obra le entrega o le recomienda su admirador. Con la música clásica tiene dificultades mayores. No es de su natural agrado y tiene que violentarse a escucharla y a sacarle algún provecho. Es un crecer que no está exento de sufrimiento. Teme las críticas de su gran maestro, su descontento con sus avances demasiado lentos y languidecientes. Su vida es una eterna carrera hacia la sabiduría, una constante lucha para acrecentar sus conocimientos, en realidad, solo para satisfacer a su querido:

„Es placentero ir a conciertos. Redactar redacciones es ...interesante. Adquirir conocimientos sobre el arte es muy necesario. Pero reconozco que mi ignorancia es ilimitada."

Esta batalla desigual la lleva a menudo a un sarcasmo deliberado, único sable que tiene a su disposición contra la omnisapiencia de su amado. Así le escribe:

„Queridísimo Teddy,

¡Qué adorable eres!

Durante la siesta me imaginé que estaba hablando contigo, tratando de convencerte de mi buena disposición y de todos los conocimientos que realmente poseo, aunque tú no los adviertas. ¡No te enojes! Constantemente estoy estudiando. No te olvides de

16

que me llevas 10 años de razonamiento, de experiencia y sabiduría. No puedes pretender que esté a tu altura.

Yo nunca me quejo de ti. ¿Por qué no puedes tú dejar de hacerlo conmigo?

¡A partir de ahora el arte va a dominar mi vida! Regirá una fuerza de voluntad férrea, ya basta de dudas pecaminosas.

¡No me hagas sufrir! Me pongo tan triste cuando te enojas aunque se te pase rápidamente. Te prometo que no me comportaré como un caballo malo. Al igual que un viejo buey toleraré todo y con mi cola mataré a las moscas, sólo en caso de que me molesten demasiado. Si tú lo ordenas me vuelvo musulmana. Me rindo ante mi destino, la dulzaina en los labios. ¡Todo por la dicha de poder tejerte tus medias! "

El tema se repite en otras cartas, porque se ve que la atormenta:

„Siempre te fijas en mis faltas, pero nunca haces hincapié en aquellas de las que carezco! En cambio yo en ti no veo nada criticable, porque te encuentro perfecto. Me intereso por muy poca gente, como tú sueles decir, pero cuando quiero a alguien me lo como de la punta al rabo sin preocuparme de las bacterias. ¿No te has puesto a pensar que no tengo joroba, ni piernas encorvadas, ni uñas largas como patas de araña, que no soy calva ni gorda?"

Pero ante tanta diferencia hay un sentimiento muy profundo que los une, y Genoveva no lo calla:

„No tienes ni idea de lo que te extraño. Me paso pensando en ti y hasta me dan ganas de llorar. No me digas que soy una estúpida, porque tranquilamente es lo que siento. ¡Si al menos supiera lo que estás haciendo! ¡No me critiques! Si tú estuvieras

enamorado de un muchacho tan amoroso y tan admirable como lo estoy yo, ¡hasta tú, oso polar, lo extrañarías! ¡A mi regreso nos escapamos los dos y no volvemos nunca más! Eva"

Aplica toda su fantasía en la búsqueda de firmas diferentes. A modo de juego acorta su nombre a „*Eva*" y repetidas veces a la simple inicial „*E*". ¡De forma menos poética lo castra a un científico „*Gen*"!

Nuevamente el tema del amor:

„*Mi oso malo, helado,*

¿Por qué me torturas con tu frialdad? Abusas largamente de mi amor y de mi fidelidad. ¿Cómo es que un hombre con unas pestañas tan hermosas y tan largas puede ser tan malo? ¿Cómo puedes usar palabras tan duras a pesar de que dominas tan bien el castellano y que esta lengua es la de la cortesía y de la magnanimidad? ¿Cómo puedes ser tan cortante con esos tus dientes que aún no son tan malos como los de una dentadura postiza? Mi querido Teddy, te quiero tanto, que no quiero importunarte más con mi letra horrorosa. E"

Su amor le inspira fórmulas poéticas:

„*¡Queridísimo amigo de mi alma!*

Me paseo en sueños por una campiña en donde los árboles, el cielo y el aire, todos se llaman - Teddy. Y viviendo así entre osos simpáticos y rubios, ¿cómo crees tú que me vaya a ser posible comprender la vieja filosofía? Ahí me pongo a tejer y sigo tejiendo, porque las mallas son gente culta, con la que se puede conversar de ti, que siempre cuentan algo bueno sobre ti, ¡hasta cuando has estado malísimo!

Estoy acostada en la cama y te escribo para darte una alegría, pero no logro embocar en el tono culto y refinado. No desistas, ya lo lograré, pero cuando esté más concentrada. Ahora chau, me muero de sueño y de amor por ti, y ahora me ahogo en la bañera si no consigo volverte tísico. Gen"

Otras veces, al contrario, permanece claramente con ambos pies sobre la tierra:

„Si alguna vez te sucediera algo, si alguna vez fueras viejo o estuvieras enfermo, siempre estaré yo a la disposición para ayudarte en lo poco o mucho que pueda. Hace mucho ya que rezo por ti todas las noches, sin excepción. Rezo por tu felicidad personal y por tu patria, por tu reumatismo también. Tú no sabes todo lo que yo haría por ti, ni te imaginas las cuantiosas lágrimas que he derramado por ti. ¡Ay qué sentimental me he vuelto! Un adiós de tu Eva que siempre te está esperando en el cielo, fila cuatro al lado de la puerta."

Como buena enamorada quiere ver conservada la vida de su enamorado:

„En la isla se ahogó un hombre, y no pudimos bañarnos hasta que su cuerpo no fue encontrado. ¡Así que cuidate y no te me ahogues! Si no, ¿para quién habré procurado servir para algo? ¿Y quién le va a enseñar al mundo que todo es basura y pavada sentimental? Yo me lo paso repitiendo a mis interlocutores asombrados (¡porque asiduamente repito todo lo que tú dices!), pero a mí me falta cierto poder de convicción y una picantería que sólo posee un verdadero mestizo como tú.

Otra cosa: ¿Matar o desplumar gallinas pertenece a la lista de cosas que debo saber hacer? Porque creo que tendré que tomarme unos siete whiskies para ser capaz de hacerlo..."

19

Y desde la casa de campo le susurra:

„ ¡Si no te veo pronto, me deshidrataré con las vacas! ¡Me hace falta tu vasta cultura!

¿Por qué no podrá venir mi querido inglés tan buen mozo, pero no sé si a ti te gustaría hacerlo? (¿No es admirable mi disciplina?) "

Lo tilda de inglés como juego, pero la atracción física es un hecho real:

„ ¡No te enfermes que no soporto a ingleses enfermos, aunque sean los más atractivos del mundo! "

Desea lo que todo enamorado, una señal de vida:

„Sé buenito y escríbeme pronto. Aunque sea: qua, qua, qua. Entonces al menos sabré ¡que te encuentras bien y que estás alegre! ¡No me olvides! Eva "

Y entremezclando la situación política que vive:

„ ¡Te extraño terriblemente! Hasta les deseo que ganen la guerra, aunque esto me pueda significar perderte. ¿Ves todo lo que soy capaz de sacrificar por ti? "

El tema de la guerra no la atañe demasiado y solo la menciona en una segunda ocasión:

„Para tranquilizarte te comunico que vuestra derrota me dolería tanto como a ti. Más aún, me dolería mucho. Tú sabes muy bien que siempre he amado a Alemania. Fueron solamente esas cosas feas que cuentan los católicos que me dieron rabia. "

Una vez comprometidos, el *no name* aceptado como futuro yerno, surge un impedimento real para la consumación del matrimonio. Estamos en el año 1943 y, según las leyes introducidas

20

por el nacionalsocialismo en Alemania, un ario no está autorizado a casarse con un judío o descendiente de tal. Eduard tiene sus papeles en regla, ahora es el turno de la familia Fernández de demostrar que entre sus antepasados no existían judíos o renegados. Esto significa una bofetada para los suegros que consideran denigrante que se ponga en tela de juicio la pureza de su sangre. Mas Eduard, aunque alejado de su patria, está convencido de que obra correctamente y no consentirá en casarse, si la ascendencia de su novia difiere de la requerida por las autoridades de su país. Un duro golpe para la inocente enamorada:

„Que la frase concerniente a nuestra ruptura inmediata, en el caso de que se demostrara sangre judía en nuestra familia, me duele más que si me quemaran viva en un horno eléctrico, eso, claro está, tú no lo entiendes. Sino, no la hubieras ni dicho ni pensado.“

Pero todos los temores son infundados: La familia Fernández es de sangre limpia, de buenos católicos. No existe obstáculo para la boda, pero por eso no terminan los sufrimientos entre los dos, por ejemplo en la esquela siguiente, originariamente escrita en alemán:

„Teddy malo, mi ex-amigo querido,

No sabes cuánto sufre mi orgullo porque dices que no tengo buen estilo para escribir a como lo tiene Lisa. Pero ya he encontrado el consuelo apropiado: ¿Acaso escribo yo en mi lengua materna? ¿Por qué no me muestras los escritos de Lisa en español?

De todas formas, mi querido Teddy, mi amigo, mi tesoro, mi todo tienes razón que estoy muy, pero muy triste porque encuentras que Lisa es tanto más inteligente, más encantadora y simpática que yo. Y ni siquiera te puedo poner la tapa alabando la inteligencia y simpatía de otros hombres. Porque algo tan inteligente como tú, no lo he visto jamás sobre esta tierra. Y esos colores saludables, sobre todo en tu adorable nariz, no se encuentran en ningún otro muchacho.

Tú piensas que los celos se pueden sobrellevar. Pues no. Al menos no por dentro. Y tú quieres que me muestre a como soy de verdad.

Prométeme que nunca sentirás nostalgia por tu vieja compañera a como es obvio que Lisa siente por ti. Ella se tuvo que casar con un sustituto al igual que tantas otras mujeres, ya que los hombres son sumamente infieles. Te pido por favor que seas bueno conmigo nuevamente, porque me siento terriblemente infeliz sin tus brasas que me calientan.

De despedida un beso y nos encontramos próximamente en el infierno, fila tres, asiento dos. Gen"

Los celos son un tema recurrente:

„Mon chéri, me despido con la esperanza de que hasta el fin de tu vida sólo te encuentres con chicas horrorosas y férreas Sofías, y que descubras las cualidades excelentes de la creolina antes de que sea demasiado tarde.

Tuya in saecula saeculorum

Sra. Lippe"

Se inventa un nombre cualquiera para bromear. Pero ya ha penetrado en la psicología masculina y descarta una posible rival por las siguientes razones:

„A Anita no la puedes amar, por más fantástica que sea, porque ella por lo general te gana al ajedrez. ¡Eso, un hombre de carácter no lo perdona fácilmente!"

22

Mas la competencia con Lisa es tan grande y tan real que Genoveva hasta se la menciona en una carta a Hannelore, su futura cuñada, con la que corresponde poco tiempo antes de su boda:

„Yo soy un enano pálido, nada que ver con Lisa. Pero para el futuro le ruego que no le mande más a su hermano noticias de sus relaciones pasadas. Sino, en la tardecita, se pone a soñar en voz alta y a murmurar algo de un río de oscuras aguas, del diablo emponchado, y a mí sinceramente me da miedo. Le confieso, amiga mía, que eso de contraer matrimonio no es decisión fácil."

¡Como si Hannelore no conociera las dificultades de la vida matrimonial! ¡La pobre, engañada y abandonada por su marido!

Ocasionalmente Genoveva eleva su voz crítica contra su novio, menciona su carácter iracundo:

„A veces me nacen instintos homicidas cuando te veo cumplir maquinalmente tus funciones, sos una masa informe que no se preocupa de otra cosa que de su vestimenta o de alguna ofensa imaginaria. Nuestro estado actual de felicidad posiblemente se acabe pronto, quizás para siempre. ¿Por qué no pasarlo amigablemente, sin resentimientos y sin amargura?

¡Te lo ruego, no te enojes, sé cariñoso conmigo! ¡Guarda tu bilis, que todavía la has de necesitar! ¿No podrías utilizar un poco de piedad, piété, pietate para conmigo? ¡No te dejes llevar por un ataque de furia leyendo esto, please! ¡Piensa en todas las crueldades que tu filosofía inventó contra mí y que yo he tragado callada, ecuánime!"

O se defiende mezclando todo tipo de conocimiento:

„Voy a hacer una disección de tu personalidad, para clasificarla de acuerdo a algún autor conocido como Racine, Corneille o Zola. Tú no eres más que una mezcla, nada de pura sangre. Una especie de combinación entre un plesiosaurio antidiluviano y una vaca futurista. Cuando hablas sobre Hornière (¿a quién se referirá?) *o Beethoven y toda esa gente sorda y ciega, no pareces el mismo, estás distante, alejado. ¿Por qué darle tanta importancia a cosas muertas en una vida tan corta? ¡Espero que hayas podido descifrar mi letra de gata pero no mis pensamientos gatunos!"*

Una vez inventa una fábula para comunicarle sus sentimientos:

„Yo soy descendiente de los perros. Algo me lo dice. A veces cuando mi perro Wolf me queda viendo, sus ojos se comunican con los míos y parecen decirme: „¡Pero míralo a ese profesor! Las pavadas que está diciendo. ¡Y de qué manera! ¡Como si fuera la Biblia! No cree nada de lo que se le dice. Además se ríe de la sabia y fundada opinión de otra gente. Es él quien posee la llave de la verdad. Ha penetrado en los misterios de la existencia y del futuro. Si alguien se atreve a contradecirlo, ¡ay de él!"

¡Yo protesto! Wolf hará bien en callarse la boca. ¡Osar criticar a este filósofo letrado! ¡Qué impertinencia, la suya!

¡Ya ves que siempre te defiendo, mi mono venerable! ¡Tú deberías hacer lo mismo conmigo!"

Aquí se considera descendiente de los perros, pero en realidad su animal mil veces preferido es el caballo, lo que la induce a decir palabras casi proféticas:

„Por favor no te olvides, porque es muy importante: Amo, adoro los caballos y tengo la intención de convertirme en uno cuando esté muerta. Tuya en el establo pero no en la tavola. Eva"

Y tan menospreciada se siente que intuye el poco valor que pueden adquirir sus cartas en las manos de Eduard:

„Realmente tengo miedo que tu calefacción no esté funcionando otra vez. Y es por eso que te escribo, mi pobre mono. Al menos tendrás material combustible que se quemará muy bien porque es natural. Sí, papel natural y de contenido correcto aunque yo no soy descendiente de los orangutanes. "

En este respecto, Genoveva se ha equivocado: a sus escondidas, Eduard conservará las cartas durante toda su vida, ¡y hasta las transportará entre los continentes y los hemisferios!

Genoveva encuentra una arma en su defensa contra la superioridad de Eduard. Es la ironía:

„ ¡Querido Eddy!

(Mira qué cariñosa soy)

Te deseo una vejez feliz, larga y exenta de enfermedad así como en lo posible de filosofía y llena de cosas inservibles. Quise pasar a felicitarte con un ramito de flores y unos hermosos versos, pero la portera me dijo que te hallabas en un éxtasis de Bruckner, ¡y preferí no molestar!

Cuando comparo esta cartita con aquélla del año pasado, toda salpicada de lágrimas, encuentro ésta extremadamente fría. Pero, claro está, a través del continuo trato con una heladera, uno va perdiendo sus combustibles.

Pero te aseguro que voy a pensar en ti cuando suenen las doce y el resto del tiempo también, a como acostumbro hacerlo constantemente, por desgracia. Tu regalo va a ser un huevo podrido, el mismo con que manchaste mi libro.

Espero que tu edad actual te va a sentar bien y que nunca más me dirás las cosas duras y amargas que cultivas en tu cráneo dolicocéfalo. Sino, ¡no te escribiré para el próximo, ni el siguiente, ni el subsiguiente, ni ninguno de los otros 22 de agosto venideros! Gen "

Desde el primer día Eduard se había percatado de la extraña vaguedad en la mirada de su Genoveva. Era un mirar sin percibir al otro. Un pasear sin vida de los ojos, sin interés por las beldades en su derredor. Una vista apagada de una alma muerta. Genoveva se había encerrado en su claustro interior. Al igual que una novicia, había tomado el hábito del silencio, rehusando durante dos años toda comunicación con sus padres. El mutismo, como la única forma de expresión. Porque ya no sabía cómo rebelarse contra su educación. No la comprendían. La cubrían de un uniforme en su propia casa, todos los hermanos vestidos iguales para simplificar la elección de la vestimenta. ¡Como si estuvieran en un orfanato! Eso sí, los trajes de los curas con todas sus delicadas puntillas se lavaban y sobre todo se planchaban meticulosamente y con el mayor esmero en casa de los Fernández. La señora controlaba personalmente la labor de la empleada. Pero a la indumentaria de los hijos o a la propia, no les adjudicaba ninguna importancia. La consideraba totalmente secundaria, mientras la religión ocupaba un rol central. A misa iba diariamente. En cambio Genoveva dudaba de la existencia de un Dios, si él significaba rigidez, inflexibilidad, falta de ternura, encerramiento, en fin la vivencia de su casa paterna.

Cuando Genoveva y Eduard se conocen, ella ya hace más de un año que está jugando el rol de cartuja. Los padres se desesperan. No comprenden la causa de su actuación. Se avergüenzan de ella. ¿Qué dirá la gente? ¿Que está loca? ¿Que ellos son incapaces de imponerse con la jovencita? Consultan un médico tras otro. La psicología y la psiquiatría no están muy avanzados en estas décadas. Estamos muy lejos de Viena. Se la interna. Se evalúa la posibilidad de administrarle electroshocks, pero se desiste. "*¡Por suerte!*", como acotará Eduard décadas más tarde. Algunos medicamentos, sí. No hay mejoría. Los síntomas siguen inquebrantables. Un médico, por fin, trae calma: *„ ¡No es nada! ¡Ninguna enfermedad ni deficiencia! ¡Es una reacción a vuestra educación, padres!"*

¡Explicación inaceptable para los Fernández! ¡Ellos, con sus diez hijos, muy bien saben de qué manera se forma a los menores! Pero a esta primogénita no la consideran completamente normal. Terminan tolerándole su manía, a regañadientes. No hay modo de ocultar el defecto de la hija, e indefectiblemente tanto los familiares como los amigos están enterados.

Sin embargo, Eduard intercede. Reconoce al igual que aquel sabio médico que Genoveva solo se está rebelando contra la mano rígida de sus padres. Él consigue erosionar la actitud férrea de la joven, logrando que en pequeños pasos, Genoveva se vaya abriendo. Ella le relata sus progresos:

„Te voy a contar algo: ¡Me estoy volviendo terriblemente sociable! Me pasé toda la mañana en la playa con un sinnúmero de gente indecorosa y estuve charlando y contándole tantas estupideces, que la mayoría se pasaba riendo y preguntándome mi opinión sobre distintos temas. No sé si voy a continuar jugando este rol frívolo. Me parece que las niñas bien me encuentran fenómena. Una amiga me contó, que, a penas me había ido, estos

burros se pusieron a preguntar: „¿Esta es la chica que...? ¡Pero qué bien está! ¡Pero cómo habla!" ¿Te puedes creer? ¡Por lo visto habían pensado que me había quedado muda desde 1939!"

Y con el fin de transmitir a Eduard la percepción tan estricta y poco moderna de la vida por parte de los Fernández, le comunica la siguiente anécdota:

„Mi familia se va haciendo cada vez más famosa, ¡ya te lo demostraré! El otro día, mi abuelita se estuvo bañando en la playa con su traje de baño tipo Acción Católica, es decir de mangas largas, etcétera. De pronto se le acerca una multitud, y una señorita le alcanza muy respetuosamente una salida de baño. Mi abuela se asombró mucho, porque no entendía lo que estaba pasando. La gente pensaba que había entrado por error vestida o que se había caído al agua. Abuelita aprovechó el momento para comunicar con un leve acento extranjero que „en mi país la gente no tener necesidad de ponerse indecencias para bañarse." ¡A lo cual la muchedumbre contestó con grandes aplausos, los autos se detuvieron y hubo un gran bochinche general!"

A diferencia de su abuela, ¿qué ideas tan revolucionarias podrá albergar la mente de Genoveva que teme por ciertos escritos?:

„¿Sabes que me olvidé el cuaderno con mis composiciones sobre Jeanne d'Arc, etc. sobre la silla en mi cuarto? ¡Me muero de miedo de que lo lean!"

No es de extrañar que esta joven rebelde haya elegido a Juana de Arco como su ideal de liberación. Otra incomprendida, pero tenaz.

Y sigue haciendo adelantos y demostrando esfuerzos para mejorar su comportamiento hacia sus padres:

„Gran filósofo, ¿has hecho una reflexión filosófica sobre lo irónico de mi situación? Debo comportarme de forma agradable con mis padres, para inducirlos a que hagan una cosa poco agradable en sus ojos: Casarme contigo. Es decir, debo dominarme a mí misma para dominarlos a ellos. Si fuera curiosa, me preguntaría: ¿Por qué es que mis padres me quieren entregar „sana"? ¡Como si se interesasen por tu felicidad! ¡Pero igual me estoy portando fenómeno!"

En el fondo no les tiene ninguna confianza:

„En lo que respecta a mi alegría de vivir, te garanto que, apenas me haya liberado de mi familia, seré mucho más alegre. Y por eso te advierto seriamente que no te ligues a ellos porque eso sólo puede traer desgracias. Su amabilidad tiene un encanto que con el pasar del tiempo se torna peligroso. Nunca has querido comprender cuán extraña me he sentido siempre entre ellos. Aunque tú te burles, no deja de ser un hecho. Y tampoco pareces saber, ¡cuán protegida y cuán a gusto me siento contigo, mi príncipe!"

Genoveva, la princesita de la descomunal mansión de los Fernández, futura heredera de un gran patrimonio, descendiente de una estirpe reconocida y apreciada en su país, una apuesta joven, imaginada rodeada por un halo de felicidad y de todos los bienes terrenales imaginables, se queja y lamenta sobre este hogar lleno de imperfecciones:

„Tú no sabes lo que es, estar siempre relegada al segundo plano. Siempre lo he estado y con mucha razón ya que no poseo los méritos ni las cualidades de los demás.¡Esto no impide que tengo el fuerte deseo de conservar el primer lugar en el corazón de alguien que me lo ha concedido!"

Pero en realidad sabe muy bien que va a caer de las garras de sus padres en aquellas de su amado:

„La verdad es la siguiente: Tú me dominas a tal punto que bien eres capaz de doblegarme a tu voluntad. Entonces tendrás una marioneta obediente y no a tu Eva. ¡Y yo que pensaba que era ella a la que amabas! Si además de ser un psicólogo perspicaz tuvieras un corazón blando y tierno, me perdonarías mi amor poco razonable."

Su pretendiente ya no exige solamente que la futura esposa se cultive, que estudie, también espera un acondicionamiento del carácter:

„Si tú me pidieras un relativo savoir-faire con la gente, lo comprendería muy bien: a nadie le gusta andar con un oso. Pero tú exiges, porque pedir es decirlo muy suavemente, que yo me convierta en una especie de .... pongamos de mi hermana Patricia. Es decir, una mujer de sociedad, de esas que entran con una sonrisa en los labios y una flor en la mano, en una sala repleta de señores y señoras copetudas, gritonas, aristocráticas. En realidad, lo que te gusta no es la mujer con cualidades, encantos y perfecciones. ¡No señor! Lo que te gusta es ser el objeto de la envidia de todo el mundo, te gusta que esa mujer entre en una sala y que la gente diga: „¡Pero, qué fenómeno! ¡Es la mujer de Gruber! ¡Qué tipo ha de ser ése!" Y todos asaltan a esa Greta que no se deja subyugar más que por un tipo, ¡„el tipo"!

Si tú sueñas con eso, debes desengañarte. Si el placer, tú lo esperas de la gente, no lo pongas en objetos humildes como yo. Piensa además que la mujer de sociedad que consienta que te quedes jugando al ajedrez mientras que ella hace los honores del nombre, no consentirá jamás a esa vida.

*Tú me has desilusionado en muchos aspectos, debo confesarlo,
como probablemente yo a ti. Cuando yo te veía en la Cultural,
tan... sencillo, tan... rústico, aunque trataras de disimular estas
flaquezas con tu afán de flirtear, me acostumbré a pensar que eras
una persona a quien le costaba andar entre gente. Por otra parte,
yo nunca oculté mi carácter esquivo, huraño, hosco; nunca fingí
más desenvoltura de la que tenía. Así más tarde pensé: Dios los
cría; el diablo los junta. Pero me has explicado que no, que lo que
te gustaba en mí, era poder corregir mis defectos.*

*Yo te digo, si tú quisieras „verbessern" („*mejorar*") como
Bismarck, no sería nada; ¡pero tú quieres transformarme y me
tratas como una pelota de fútbol. Lo malo es que no me quieres
nada, quieres a la gente. Por eso tengo rabia y no tengo ganas de
hacerte caso, aunque quizás filisóficamente tengas razón. Yo no
quiero „travailler pour le roi de Prusse".*

*En fin, te puedo asegurar que ahora odio a la gente diez veces más
que antes. ¡Estoy harta! Estoy muy enojada contigo porque dices
que te persigo. ¿Qué quieres? Los latinos somos así: Cuando
queremos a una persona, queremos estar con ella, no con sus
vestidos.*

*Pero ya que te quejas tanto, no te voy a perseguir más. Andate no
más al demonio con Anita o con Petra o con quien te dé la gana.
Yo no te llamo más para nada. Paséate con tu sombra que es tan
distinguida y esbelta. Aspira tus olores. Admira tus uñas. Cepilla
tu cabellera teñida. Renueva tu dentadura postiza. ¡Y no te quejes
si tropiezas porque no me tienes a mí para mostrarte las piedras!"*

A Genoveva le está claro cuál es la imagen ideal de la
mujer para su novio:

„ ¡Mi querido!

¿No te resultaría suficiente si me comprara de golpe, en el momento, dos docenas de vestidos de seda, cuatro pares de guantes y otros tantos de zapatos? ¿O te gustaría que cantase un solo de Beethoven o de Fichte delante de un público selecto por la causa religiosa de nueve pequeños elefantes? ¿O que bailara la conga como Greta Garbo? Con 15 botellas de cerveza, te juro, que pondría knock-out a la más distinguida estrella de cine. Ves, dispongo de buena voluntad, ¡ayúdame pues a buscar!"

Nuevamente revela la falta de conocimientos bien fundados mencionando *"un solo de Beethoven o de Fichte"*. Fichte fue filósofo y no escribió música, mientras que el gran músico Beethoven no es justamente conocido por *"solos"* sino por sinfonías o sonatas. Genoveva trata de mostrar ilustración que no posee y que entrevera como si batiera un cóctel.

Indudablemente adelanta en otro sector, el sarcasmo, una arma que va refinando y que usa para darle una estocada a su amado en su punto débil, su arrogancia:

„¡Estimado Sr. Doctor!

Eres incapaz de vivir sin una masa de personas sonrientes y aduladoras. Te morirías si no pudieras mostrar tus rizos a alguien y si no pudieras vanagloriarte de alguna nueva conquista."

La imaginación de Genoveva llega a tal punto que los pinta a ambos en una escena venidera, para dentro de veinte años:

„Veo a esta joven ya madura caminando rectecita por la vereda. Hace algún gesto amistoso a conocidos al pasar, saca la lengua ante la alta fachada de una iglesia, se pasa el lapiz de labio y con voz mandona exige la mercadería a los vendedores del almacén. De regreso en su casa, hace la comida, coce, limpia, lava los platos, escuchando encantada los sones fúnebres de Beethoven,

las alegres serenatas de Bach, las piezas desenfrenadas de Bruckner. " (Obviamente su cultura musical no se ha desarrollado aún satisfactoriamente, porque Bach no ha escrito serenatas, y Beethoven no se caracteriza por lo fúnebre, sino al contrario por la apoteosis de la alegría y por su romanticismo). *„Pero de pronto suena el timbre. Ella corre con una sonrisa en los labios para recibir a su tesoro querido. Este viene en compañía de una belleza que se deja conducir de la punta de los dedos, burlonamente. Él, el adorado, tira el sombrero sobre el sofá, toma a su hermosura con ternura por el brazo mientras ordena: „ ¡Vamos, rápido, una taza de té! Me supongo que todo está pronto, ¿eh? ¡Apúrate, si quieres decirme buenas noches luego, raza inferior, caballo escapado!"*

¡Quién diría que esta mujer moderna había sido antaño huraña, piadosa, devota, insociable y Othello! Son los progresos de la civilización que la han transformado. "

¿Dónde ha quedado la confianza del comienzo de sus relaciones cuando aún defendía a su adorado con fervor ante los ataques de sus amigas?:

„El otro día Mecha le decía a Patricia: „Los viejos son los peores. Se creen que las jóvenes son unos polluelos tontos e incultos, a los que hay que educar, se sienten como un padre y les dan órdenes como a una hija." „Nada de eso", le contesté yo. „Ahora las mujeres vamos a hacer huelga. O somos las princesas o ya no tejemos más. ¡Y ya veremos si estos caballeros altaneros no se nos ponen de rodillas a implorarnos que les tejamos!"

Lo de los tejidos es otro tema que le duele a Genoveva ya que sus obras no reciben la admiración debida:

„¿Qué estará haciendo mi filósofo culto, sabio, de calzoncillos largos? ¿Ha salido al mundo con mi pullover blanco? ¿O se avergüenza de él? Aunque no termino de entender por qué te

has de sentir ridículo con un pullover que yo te he tejido. ¡Pero estos hombres! ¡Pues así son!"

Ante la perspectiva de casarse y de un embarazo futuro, se dedica a preparar vestimenta para un bebé utópico aún:

" ¡Queridísimo Teddy!

Me estoy portando de lo más bien y he terminado una chaquetita divina para el bebito. Te lo mostraré, para que veas que no sólo en caligrafía, asuntos básicos de la filosofía y Bismarck hago grandes adelantos, sino también en las finas artes femeninas. Patricia dice que sólo le ha de caber a una criatura microscópica, pero eso lo ve así porque ella se imagina bebés enormes, como los que ella va a engendrar. Pero como yo sólo tendré ositos chiquititos, que no harán gimnasia ninguna, les bastará la chaquetita, y yo sigo practicando. Pórtate bien y dáme un beso sin lentes y con la camisa olorienta a sudor que tanto me gusta. Eva"

Al acercarse la fecha de la boda hace pedidos muy especiales:

"Sé buenito conmigo y no me cuentes atrocidades por una vez, el triste día en que pierdo mi juventud. A mí también me gusta mirar hacia arriba a mi hombre y no tener que mirar con el largavista en las profundidades."

Es evidente que Genoveva está perdidamente enamorada de su alemán. Pero ya está viviendo muchas dificultades antes de unirse a él, presagia mil inconvenientes que desgraciadamente se convertirán en realidad. Y Eduard, ¿cómo ve él su relación?

Por lo general sus cartas son menos impetuosas, más frías, más medidas, muy exigentes. Proporciona por ejemplo una lista de los requerimientos „tiránicos" a su novia, como ser: medias, ir al banco, uñas, estómago cóncavo, lavados de cabello, peinado, música, regalar vestimenta, pequeños regalos, comer fruta, no comer pimienta, gimnasia, dormir con una almohada, no enfermarse, no tener celos. Con lo cual están claras sus críticas, sobre todo a la falta de feminidad de Genoveva. No usa medias, no cuida su aspecto físico, ni las uñas ni el peinado, tampoco entrena su cuerpo para mantenerlo elástico. Desconforme está con más detalles aún:

„Querida niña,

¿No estás acaso demasiado acostumbrada a decir „no" a todo (¿de veras quieres que te enumere los mil y un ejemplos?), de oponerte y hacerte rogar en cosas sin valor alguno?

¿No crees quizás que yo en lugar de ser un déspota salvaje, sólo sea un pobre diablo que busca la tranquilidad? ¡Sí, como un buen burgués! Si constantemente nos vamos a estar peleando por pequeñeces, pronto nos habremos cansado.

¿Tú crees que eres la única chica que se tiene que regir según el sexo masculino? ¡Por Dios! Tú lo sabes muy bien, pero no quieres ver la verdad. Todo lo que sacrificas por amor hacia mí, lo llevas apuntado en tu memoria para echármelo en cara algún día y todas estas pequeñeces (¡perdona, pero más no son!) tomadas juntas se te vuelven enormes y de gran importancia: Parecería que no me perdonas que te hayas „rebajado" ante mí. Si seguimos así, esto puede terminar en una catástrofe.

Es extraño que en las novelas se lee a veces que las chicas están dispuestas a sacrificar cosas y hasta a ellas mismas por el hombre amado. Obviamente tú no perteneces a esta categoría. Quizás sigues el ejemplo de tu madre, de la cual no logras desligarte interiormente. Pero moluscos tan amables no se encuentran a menudo. Esto es lo que a mí me da tanta pena. "

Aprovecha para dar una muy buena imagen de sí mismo:

„Mi perversidad

Como primer cosa digo que es una gran perversidad, calumniar a alguien tan atrozmente. No soy perverso, soy un ángel. Lo afirman todos, menos una chica que sin embargo no influye confianza a nadie. Cuando ella dice algo, ya se sabe que la verdad es lo contrario. No pienso hablar mal de ninguna persona porque eso no conviene a un joven de decoro. Pero en este caso es mi deber ante la sociedad, la comunidad humana, hablar francamente de aquella criatura sin educación, sin cultura, sin religión (¡se me parte el alma profiriendo estas palabras!). Ni su pobre perro le tiene simpatía. Espera el primer momento en que se le afloja la cuerda para irse para siempre, en busca de una dueña más amable y más respetable, que lo pueda consolar por todos sus sufrimientos. No queda ninguna duda sobre el carácter de una persona ante la que huyen los mismos animales aterrorizados por tanta maldad.

Hablemos pues, de un carácter algo más simpático. El modesto autor de estos pocos renglones no se atribuye ni gran hermosura física, ni gran brillo mental, pero profiesa con cierto orgullo que cree en el valor transcendente de sus calidades morales. Nadie en el mundo puede negar que se hace llevar a sus acciones por las intenciones más puras y desinteresadas. Cuando a veces el resultado de sus esfuerzos no corresponde enteramente a la idea interna que lo ha estimulado, eso se explica suficientemente con la problemática disposición general del género humano, al que en este mundo no está permitida la total realización de sus anhelos.

El mejor ejemplo de su desinterés personal consiste en el hecho de que ha sacrificado toda su vida a la chica ya mencionada que es tan pobre que no se puede comprar ni un par de medias y cuya familia parece vegetar todavía en la más oscura Edad Media.

Sacarla de estas tinieblas es una tarea sobrehumana y que exigiría para su cumplimiento las fuerzas y los modales de la famosa bestia rubia de Nietzsche, la que va a la mujer provista de un fuerte látigo.

Pero, nada de eso, con una paciencia realmente conmovedora desempeña el papel que se ha propuesto: Llevarla a esta niña salvaje y aún totalmente perdida a la luz de una cultura superior.

Y, a menos de morir de cansancio antes de lograr su propósito, tiene la firme convicción de vencer todos los malos espíritus que están vinculados a la muchacha, aquellos que la rodean y no quieren soltarla.

¿Con eso no muestra clara- y positivamente que es un hombre bueno, dispuesto a realizar grandes hazañas morales? ¡En los siglos venideros su memoria quedará inextinguible!"

Genoveva, aunque de una familia caudalosa, no posee un centavo para algún gasto privado. Y si su madre no considera necesaria una inversión en un par de medias, pues no lo tendrá. Lo que sí le han comprado los Fernández es un perro, a instigación de los médicos, que consideraban curativa esta compañía. Y el impresionante ovejero alemán es el gran orgullo de la joven, su fiel acompañante durante las caminantes de a tres al borde del mar.

La afirmación de Eduard que la gente lo aprecia, se ve confirmada en lo escrito al dorso de una tarjeta de invitación a una fiesta de sociedad:

„Le mandamos esta invitación, no por creer que Ud. desea ir al baile con su amada, pues es notorio que la rehuye, sino porque Ud. nos resulta sumamente atractivo. Quédese Ud. pues con Dios y no se preocupe por las apariencias falaces; siga rígido

y hasta poco caballero, pues lo principal es al fin y al cabo ser buen caballo. Suyo afectísimo. B."

A veces se ve que Eduard escribe a su novia estando de muy mal humor:

„Chica malvada, esquiva, siempre tratando de desarmar a tu domador. Me preguntas, ¿por qué no me limito a considerar las partes buenas de tu carácter? Con mucho gusto, pero, contéstame: ¿Por qué me muestras las otras? Cierto que ya conocemos tu respuesta, el eterno refrán: „ ¡...Ni pienso!" ¡Así el único consuelo que nos queda es que prometes comerme con piel y huesos! ¡Muchas gracias! Renuncio. A bichos carnívoros de esta especie se les encierra en una jaula donde pueden patear rugiendo y saltar contra las paredes. Así me gustarías, con un poco de espacio que no se pueda atravesar entre nosotros.

Bueno, así rezongaba yo aún, cuando me paseaba ayer por el parque. Miraba con interés los caballos chicos que se arriendan allí a los niños. De repente me llamó la atención uno de ellos, un caballito blanco, un poco más alto que los otros, y muy, muy flaco. Quedé perturbado y mi primera idea después de recobrar mis cinco sentidos fue: Este es Genoveva. ¡Cómo apoyaba las piernas diagonalmente contra el suelo, y con qué expresión tan típica, medio lánguida, medio como ajena a este mundo, tenía inclinada la cabeza! Como si le diera mucho trabajo mantenerse con la nariz en alto, sintiéndose obligado a la vez, por su orgullo, de ocultar lo mejor posible su esfuerzo. Estoy seguro de que era miope. Repentinamente lo molestaron en sus meditaciones solitarias, una niña pidiendo andar en él. Ahora había que verlo. Estaba como transformado, y después de bajar el camino algo cuidadosamente, volvió en pleno galope echando las piernas con un fervor conmovedor, saltando con todo su cuerpo, de modo que yo, enternecido, me rendí completamente. ¡Así obró este caballito en ayuda tuya! E"

¡Qué mayor prueba de amor que descubrir al ser amado en la naturaleza, en los animales o en las plantas, en derredor de uno, porque se lo busca por doquier, porque se lo quiere encontrar, estar con él! Aunque la comparación hallada por Eduardo no sea halagueña en todos sus detalles, no deja de ser una ofrenda de su afecto. Y nuevamente la ubica en el mundo animal:

„*¡Qué ternura ha mostrado mi Evita en su última carta! Y mientras escucho a Bach, me apresuro a contestarte unas líneas. ¿Pero no estamos acaso convencidos los dos que siempre serás en el fondo un pequeño animal huraño con la mirada tensa? Cuando andas a caballo o cuando nadas, estás en tus dos únicos elementos verdaderos, a como me parece a veces, en la naturaleza.*

Entre los hombres te civilizarás aún un poco, y te percatarás que la diferencia entre ellos y los animales no es tan grande. ¿Y por qué crees tú que siempre se te pone en segundo plano? Eres tú, la que se coloca ahí, porque no tienes confianza en ti misma. Ya has visto el éxito que has tenido el par de veces que te has mostrado en la sociedad. La razón no es que hayas cambiado, es solamente que se tiene la oportunidad por primera vez de verte, de corregir el prejuicio que uno se había formado sobre ti por no verte nunca.

He aquí algunas observaciones sobre mí: Me parece que tú eres más sociable que yo, que al menos tú tienes el don mayor; ¡sólo que no lo utilizas! Yo soy muy solitario; el mundo no me interesa. Pero sé que hay que respetarlo, que lo necesitamos. Diez años atrás, yo también había soñado con la isla desierta donde viviría solo, de a dos... Hasta era celoso, me irritaba cuando mi compañera de aquel entonces mostraba un poco demasiado sus piernas, etc, etc, (Ahora están tocando el concierto de piano de Schumann; ¡cuántas veces no lo escuché con ella!). Pero, mira, el punto esencial es que ahora soy más maduro. Estos diez años de experiencia no se pueden borrar. ¡No te olvides que has atrapado a un viejo con canas!, que quisiera sacarle el jugo a sus experiencias para ahorrarnos el disgusto de peleas y de continuas disputas que surgen cuando uno no se obliga a suprimir sus malas inclinaciones apenas aparecen. Y los celos por ejemplo no sirven de nada. Con ellos y cosas parecidas no perderás nada de tu originalidad. Cuanto mejor te portes, cuanto más tierna y femenina seas (con pieles y sombrero), más te querré. Y cuando te digo estupideces a como lo he hecho hoy, no es para ofenderte sino para jugar un poco contigo a como lo hacen los perritos, los gatos, los caballos, etc. que se muerden a veces, pero sin maldad, en medio del juego. Chau, pequeño juguete. E"

¡Como para no tener celos cuando el novio menciona a sus antiguas amistades en sus cartas! Por otro lado, Eduard tiene bien presente al ícono de la feminidad: su hermana Hannelore, siempre bien vestida, siempre bien arreglada, siempre dispuesta y preparada para gustar. Evidentemente el modelo opuesto al representado por Genoveva quien no le da importancia y hasta ignora el aspecto externo de su persona.

Ahora sí, la interpretación de una tarjeta con la imagen de dos gatos abrazándose que Genoveva le ha mandado a fin del año 1942, es de una delicia suprema:

„¡Qué fenómeno! Dos gatos, parados en sus patas traseras, se están abrazando con mucho cariño. Nunca he visto nada parecido. ¿Desde cuándo los gatos se pueden parar así, moviendo sus „brazos" en el aire? Por supuesto son hembra y macho, y es el amor que hace posible tal milagro. Él es más alto que ella, tiene una linda cinta colorada, y su cabeza es mucho más grande que la de su novia: Hay más significado. Está parado bien recto y sonríe con amabilidad a su prometida que se está

40

apoyando en él; siempre el macho es el más fuerte, y las hembras encuentran refugio seguro en su pecho. Ambos tienen la boca abierta y muestran sus lenguas coloradas. Parece que están respirando hondo antes de darse un beso que va a durar mucho tiempo. Su mirada es medio tímida, medio pícara; quizás no se conocen aún desde hace mucho tiempo. Son jóvenes y no son expertos todavía en todas las delicias del amor. La chica especialmente parece temerosa; es muy probable que sus padres le hayan prohibido andar con hombres y dejarse tocar por ellos, pero el instinto, arraigado en toda creatura, la empuja sin resistencia hacia su novio. Apenas se da cuenta de los peligros inmensos que corre, pues los machos nunca saben domar sus anhelos impuros y van depravando a las pobres gatitas que se les rinden. ¡Menos mal que, al fin y al cabo, también a las chicas les gusta ser seducidas! Van todas, a gran velocidad, rumbo a su destino. Tiene cada ser su calentador en el medio de su cuerpo, o bien un poco más abajo, y viene de ahí la felicidad de gatitos, chanchitos, perritos, igual que de los supuestos dueños del mundo, los hombres, incluso Eva y su oso polar."

¡Una exquisita fábula que no esconde los recónditos sentimientos de la pantera Eduard! ¡Un gran pícaro!

En otra ocasión una descripción de la aparición de Genoveva:

„Querida niña rebelde,

te acabo de ver y por lo tanto puedo comenzar mi carta expresándote mi enorme admiración por tu encantador control de ti misma. Cada vez que te veo en la calle no puedo dejar de sonreirme, pero tú, creatura altiva, pasas al lado mío sin dar ninguna señal de haberme reconocido, como si salieras de un pesado sueño, preguntando de forma distraída: „¿Quién es él?", y luego volviendo a caer en un profundo sueño. ¿Es así o es tu ominosa fuerza de voluntad que ya has demostrado en tantas otras ocasiones?"

Y también sabe alabar las destrezas de la joven escritora de cartas, aunque estas alabanzas sean difícilmente inteligibles como tales:

"Te agradezco tu linda carta; me gustó mucho. Escribes cosas tan bonitas en un estilo tan curioso en una lengua extranjera, lo serio unido inseparablemente con lo chistoso, de modo que el pobre lector, que se encuentra atacado, reprochado por el contenido, está asombrado por la forma. Es como un amoroso genio con las manos atadas o como un caballo de los gauchos, que está suelto pero con las patas delanteras atadas, de modo que sólo puede dar saltitos, o como un gato jueguetón. Muchas veces tuve que reirme fuerte, y si hubieras estado conmigo, te hubiera tomado del pescuezo y te hubiera sacudido suavemente."

Su carácter lo conoce al dedillo:

"Podrás asegurarle a tu madre que siempre has sido normal como ahora, ¡pero no se puede decir que hayas sido de gran utilidad para la demás gente, yo incluído!

Cuanto más femenina seas y te comportes, en lugar de esconder todo bajo comentarios irónicos (esto lo haces al igual que yo), cuanto más seas capaz de digerir al viejo Beethoven y a Schumann, tanto más blando pudiera ser yo contigo. Además que tú sólo tratas de convencerte a ti misma de tu aversión por estas cosas. Para mí, el escuchar buena música es como para otras personas ir a la iglesia: ¡Limpia el alma de todos los malos pensamientos! Lo tendrías que sentir cuando estás conmigo."

Su forma de expresar su amor por ella es muy rudimentaria:

„Mi estimada princesa de arverjas y de zanahorias,

mi querido gusanito tierno y escuálido, no te mates, no te estropées los ojos, no te resfríes tus piececitos de miniatura y procura que la sopa no se queme.

Apenas estés de regreso, ¡llamas por teléfono a tu amo y señor para recibir sus órdenes!"

Y en el mismo tono autoritario:

„¿Te vas a portar bien? ¿O tendré que regañarte durante 8 días como aquella vez después de tu regreso del viaje?

¿Te sientes como azotada? Pues fantástico, el sentimiento ideal para el matrimonio perfecto."

También logra ser cariñoso:

„Eso sí que hay que reconocerlo: A una carta amable le corresponde una respuesta similar. Pero ya tengo que comenzar con una autodefensa: No es en absoluto verdad que todo lo considere basura. Nunca critico a Bach, ni a Leibniz, Goethe o a Genoveva - partiendo de la base de que se haya portado bien al igual que los antes nombrados o el autor de esta esquela. ¿Y sentimental? No te puedes imaginar lo sentimental que yo era antes, las cartas dulces como la miel que solía redactar, ¡tan dulces que me avergüenzo de ellas hoy en día! Desgraciadamente cargadas también del instinto carnal, que no cubría ningún velo rosado de ideales; su contenido era a la vez celestial y muy terrenal, comparable a la manera en que los monjes piadosos le rezan a María; y con el correr del tiempo se volvieron cada vez más terrenales y obvios en su mensaje. ¿Me quieres así? Entonces

también me tendrías que aceptar con la falta de madurez correspondiente, pero yo ya no quiero dar vuelta para atrás en mi lento camino hacia la claridad y la tranquiladad. La meta aún está tan lejos. Además tú me eres demasiado pura y hecha de un tabaco de Virginia demasiado valioso, como para fumarte sin escrúpulos. En fin de cuentas, no preciso comunicarte y jurarte que te llevo siempre conmigo a todos lados y que es también por eso que no soporto a la mayoría de la gente, porque te quiero tener a solas para mí. Porque en realidad no soporto demasiado a la vez, y lo único que me interesa, eres tú. ¿Tengo acaso un solo amigo aquí? ¡Y tú te pones celosa! Si te las ingeniaras un poco, conseguirías todo de mí. Así a como lo hacen las mujeres astutas, que pretenden ceder y en realidad imponen su voluntad. Si me concedes el poquito de vida intelectual (¡de todos modos mucho no es!), obtienes el resto de mí automáticamente. A la primera también pertenece el gusto por escribir cartas: Tú, mi polluelo, sabes escribir unas cartas tan amorosas y pícaras que es una lástima, que a menudo se encuentren entre ellas algunas escritas en hieroglíficos, que le tiras al lector por la cabeza como un amo malhumorado le tira un hueso carcomido a su perro: „¡Ingéniatelas para sacarle algo!"

¿Estabas cansada? Entonces escribe al día siguiente. No hay apuro. Cuando no se está de humor, se lo deja. Paciencia. Podría hacer muchos comentarios sobre la juventud moderna tan antipática, que ya no tiene tiempo para una hermosa carta bien redactada y que se limita a hablar por teléfono o a escribir una corta postal. Pero esto no te atañe a ti, tú eres casi tan anticuada como yo, tu viejo oso, y me puedes hacer feliz con tanta facilidad a como lo hiciste hoy. El oso te confiesa que goza haciéndote sufrir con sus mentiras y sabias charlas porque es una comedia demasiado divertida cuando la joven gatita con sus suaves patitas y sus ojos resplandecientes toma el juego en serio.

¡Alabado sea el día, alabado sea la hora en que tú naciste! Terriblemente vieja te estás poniendo pero al mismo tiempo vas adquiriendo sabiduría. Y tu viejo mentor te promete permanecer fielmente a tu lado el año próximo, enseñarte y dejarse enseñar muchas cosas útiles y ser siempre un Henry Esmond obediente, blando y paciente. "

Hay un tema que lo mueve mucho y con razón:

„Acerca del tema de la máscara: Si hay algo de lo cual estoy celoso, es de ella. Siento como ella me arrebata la mitad de ti, como para ti ella es más importante que yo, que es a ella a quien prefieres. Sino no pudieras recibirme con esa cara, en casa y en donde sea. Me siento como si me echaras por encima de la cabeza un balde con agua helada lleno de pescados pegajosos. No me podré olvidar jamás de tu cara en la estancia. Sólo por hacerle caso a la máscara no cedes en pequeñeces; porque tú temes al igual que los católicos que con una sola piedra se desmorone toda tu prisión en la que te has encerrado, escapando a los hombres así mismo que a mí. Por desconfianza y pronta para la defensa. Y tienes razón cuando aseguras llena de orgullo que no has cambiado mucho. El resultado es que te veo partida en dos mitades: Una me pertenece a mí (el lado luminoso, alegría, eterno juego), la otra a tus padres (oscuridad, seriedad, ofuscamiento). Pero yo te quiero tener completa o desisto de ti.

Al menos en una cosa mi actividad misionera resultó exitosa: tu conversión al ateísmo. (Debo aclarar que yo estimo mucho a la gente con fé; transitan con mayor seguridad por la vida que nosotros. Pero personalmente no quiero tener nada que ver con los católicos. Me son demasiado prehistóricos; los estimo, pero desde lejos) Pero mi cerebro analítico ha encontrado una falla: Desprenderse de algo siempre es más fácil que adoptar algo nuevo. Tú te has desligado de una capa, que en realidad necesitas en este mundo helado, y te hallas más desvestida aún, con frío, convertida en una gran molestia para la sociedad humana. Yo encuentro mucho más importante que te vistas calentita, que te pongas todas las camisetitas, polleritas, pullóveres que ha inventado el cerebro humano, para que la vida entre los hombres sea más agradable y alegre, para que no andemos por el mundo como las bestias de uñas afiladas, con jorobas o con el complejo de asesinos de nuestros padres, etc.

Queda la pregunta: *¿Por qué acostumbras estar desnuda, vacía y ofuscada? ¿Por qué no te interesa dar alegría a los demás? O más correctamente, porque tan mala no eres, ¿por qué tienes constancia en ello?* Yo siempre encuentro la misma contestación: *Porque, cuando estás con tu familia, gastas todas tus energías en ponerte la cara que creaste para ellla. Me dices que no necesitas energía para ello. Peor aún: En estos tres años la maldita cara se te ha pegado por completo a la piel! Yo la veo, cada vez que me encuentro contigo; un reflejo de ella te acompaña hasta que se ha retirado en tu interior. Pero durante el regreso a tu casa vuelve a resurgir y toma posesión de ti; desaparece tu fuerza de voluntad; asemejas a una muerta; reduces tus fuerzas a la mitad y te conviertes en una muñeca. ¿No te das cuenta de cómo odio esa larva? ¿Cómo te la tengo que arrancar, aunque tu verdadera cara se convierta en una sola herida sangrienta?*

No sabes lo feliz que me puse cuando durante la cabalgata aquella te arranqué el sí. Durante mucho tiempo no toqué el tema, porque pensaba que tú precisabas la calma. ¿Y más tarde? Nada. Yo estaba desesperado. Y luego el segundo sí - dado con reservas interiores. Tu alma permanece cerrada, no logro acercarme a ella. Y con el pasar del tiempo resulta cansador y estresante que siempre te alejes, te escapes. En „Gone with the wind"("Lo que el viento se llevó"), *Rhett Butler* dice al final: „*I wish I could care what you do or where you go, but I can't. My dear, I don't give a damn!"* ("Desearía poder interesarme por lo que haces o adónde vas, pero no puedo. Mi querida: ¡no me importas ya!.")

Ayer, cuando te veía en el autobús delante mío, después de que me había hecho el cuento aquel, y que te reías triunfante, vestida con ese tu viejo trajecito marrón, me tuve que reir también y pensé para mis adentros: „¡Qué chica macanuda!" Y al cine sólo quería ir para estar cerca de ti.

Y así seguimos adelante. E."

¡Qué necesidad tenían los Fernández de mandar a Genoveva a médicos, si el mejor de todos se encontraba al alcance de la mano! Pero evidentemente los conocimientos de la psicología moderna no estaban aún a la disposición a principios de los 40.

A pesar de las dificultades entre ambos, a pesar de que los dos poseen sus dudas ante el gran paso que están por dar, la decisión será positiva. Pero antes, muy previsoramente, Eduard copia en tinta roja como la sangre unos fragmentos de textos del gran novelista y hombre de estado británico Benjamín Disraeli:

„En lo que concierne el amor, todos mis amigos que se casaron por amor y belleza, o bien golpean a sus esposas o viven separados de ellas. Esto es efectivamente el caso. Yo cometeré muchas locuras en mi vida, pero no tengo la intención de casarme por amor, lo que creo es una garantía para la infidelidad" (extraído de "*Carta a su hermana*").

„Lo más precioso para el hombre y lo que una Providencia benévola le prodiga bastante comúnmente, es el encontrar en otro corazón una simpatía perfecta y profunda con el fin de unir su existencia con esa otra, para compartir con ella todas sus alegrías, para que le mitigue sus penas, lo asista en todos sus proyectos, le conceda todos sus gustos, lo aconseje ante eventuales

dudas y lo apoye en situación de peligro, haga su vida agradable con sus encantos, interesante por su inteligencia y dulce por la enorme variedad de sus ternuras - encontrar tu vida bendecida por una influencia de esta índole y sentir que tu influencia puede bendecir aquella vida, este destino, el más divino de los dones divinos, tan perfecto que el poder y hasta la fama no pueden rivalizar con sus delicias - todo esto la naturaleza se lo había negado a Sidonia. "(extraído de „Coningsby o la nueva generación")

Mientras Disraeli, en la carta a su hermana, expresa una visión totalmente pesimista acerca del matrimonio, en este segundo fragmento, entre medio quizás como hombre más maduro, ha mutado su percepción en alabanza a la comprensión entre los sexos. Y es sobre esta piedra angular que Eduard está decidido a constituir su matrimonio. Se casan. Un día 13, desafiando el destino, retándolo como si en este mundo no hubiera poder natural ni sobrenatural más potente que este amor único entre ellos. La vida les enseñará que tan banales no son las supersticiones, que la simple oposición a ellas no es suficiente para luchar con las dificultades cotidianas.

Eduard, en las fotos, luce elegante en su frac de color gris, su mirada es firme y denota un aire de seguridad y convicción que parecería profesar: *"Este es un emprendimiento correcto, que va a llegar a un final feliz, estoy contento de lo que estamos haciendo, ¡esto se los digo yo!"* Genoveva, en su compañía, en la de sus hermanas o sola, en su largo vestido de la más blanca seda, ella, en cambio, tiene la mirada puesta en algún punto fuera de nuestro alcance, parece atravesarnos, no registrando el mundo delante suyo, con una mirada ofuscada, seria, falta de la alegría y felicidad de la que haría menester para tan halagüeña ocasión. Ningún entusiasmo en esta fiesta con quinientos invitados, al contrario, el mutismo, el encierro, la oposición, la máscara de los días de familia expuesta abiertamente, sin recelo, sin diplomacia, negando todo esfuerzo por demostrar sentimientos positivos, confrontando a sus invitados con todo su desprecio, o peor aún, su indiferencia o su falta de interés por ellos. ¡Este mensaje en el día más delicioso en la vida de toda mujer, el día tan ansiado y añorado, que es el de la boda con el hombre de su libre elección!

A pesar de esta postura presagiante de un futuro desastre, el matrimonio, en sus comienzos al menos, lo lleva a Eduardo al mayor de los éxtasis:

„Ahora me voy a la cama y sólo quiero decirte rápidamente, que te quiero muchísimo y que siempre te voy a tratar bien, dentro de mis posibilidades dado mi mal genio. Acariciaré tu piel de caballo árabe, no lo pellizcaré, porque para eso es demasiado blando y fino y pulcro y suave, como todo ese pequeño mamífero esbelto y delgado, que seguramente siempre sabrá hacer todo lo que de él se requiera, galope, trote y paso corto; siempre te seré fiel, siempre estaré a tu lado y te tocaré y te estaré agradecido por estar ahí y aguantarme a mí, ese pobre tipo aburrido; y la casa sólo me gusta porque tú andas en ella, de la sala a la cocina y al comedor y de regreso a la cocina y rápidamente al baño y aún más rápidamente te lanzas a la cama, y todo conmigo - si tú quieres; luego nos acostamos allí y miramos las estrellas por la ventana, escuchamos el ruido de las olas del mar, nos agarramos bien fuerte, no decimos ni una palabra y no necesitamos lentes para cuidar a la zonza humanidad, nos olvidamos de todas las tonterías que nos agobiaban y cómo nos torturábamos el uno al otro, y así tendremos una vida mucha más hermosa, pura e íntegra que antes jamás hayamos tenido, y el viejo molusco puede estar contento de que le va bien a su lindo cordero que tanto lo preocupaba, que ahora se ha convertido en una gran oveja respetable y alegre, de cuyos ojos lacrimosos brilla la realidad de la felicidad, y así será siempre, no importa dónde

nos encontremos, ni cuánto tiempo duremos sobre esta vieja buena tierra, y te tenderé mi largo pescuezo, cada vez que quieras posar tu piececito de miniatura en él, y seré para siempre tu viejo osito bailarín. "

Una hermosísima declaración de amor, la entrega total con aceptación total de la compañera. Expresa la felicidad que vive el joven matrimonio en armonía, en un mundo celestial, fuera del mundo banal de la rutina. Luego vendrán los tres primeros hijos, Eduard, Hartmunt y Lisa, que gozarán este ambiente de profundo amor conyugal. ¡Pero nada es eterno en esta tierra!

Barcos

1865. Puerto de Cádiz. Ildefonso Fernández se despide de su madre sollozante. La abraza, le deposita un beso ligero en la frente, con la certeza que será el último, que sus cuerpos nunca más se tocarán. Ella, la viuda, acorde con la costumbre, para siempre vestida de negro, e incluso la cabeza tapada por un pañuelo de ese color. Disminuida está por la vejez, a causa del arduo trabajo en tierras secas, infértiles por falta de descanso, por la imparable demanda de producción de esta familia que vive al borde de la miseria, donde el hambre se ha instalado sin la intención de abandonarla jamás. Ildefonso será una boca menos que alimentar. El mayor de siete hermanos vivos, cinco fallecidos ya a temprana edad por enfermedades varias. A pesar de las publicaciones, la propaganda y hasta los agentes que notifican y así mismo realizan contratos para el ingreso a las colonias, a pesar de que en Galicia, sobre el Uruguay, circulan mayor cantidad de informaciones que sobre el resto de España, Ildefonso desconoce el rumbo del barco, a cuya tripulación ha logrado sumarse. Desprovisto del dinero para un pasaje, brindará a bordo todo trabajo necesario, fregar cubierta, vaciar latrinas, ayudante en la cocina. Por un Nuevo Mundo. Por nuevas perspectivas. Que valen oro. Dado que inexistentes en su país natal. Ningún temor lo acecha. Toda puerta que se abre, es mejor que el infortunio alrededor suyo en la España que está por abandonar. Él, al menos, no es de aquellos que han vendido o hipotecado las tierras paternas para poder partir; tampoco compartirá el hacinamiento malsano y causante de cuantiosas enfermedades en la bodega del barco.

Ildefonso mira a su derredor. Caras hirsutas, cuerpos demacrados, vestimenta regular, seguramente la dominguera, la mejor que sus compañeros desgraciados poseen o han obtenido de

51

parientes en las mismas condiciones deplorables de vida que ellos mismos. Bajo el sol inclemente del verano andaluz la vida parece estar paralizada. El agobio en estos seres desesperados pesa más que el aire estancado. La angustia ha dejado rastros inconfundibles en los rasgos de sus caras. Luego, durante la larga travesía por el océano con sus caprichos, sus días calmos interrumpidos por otros de tormentas descontroladas, el ondular en las aguas tranquilas en alternancia con sacudidas de derecha a izquierda, acompañados de estos vaivenes incesantes, los hombres se irán acercando unos a otros. Sí, en su mayoría son del sexo masculino; las mujeres han permanecido en tierra firme, esperanzadas que sus esposos, sus prometidos, padres, hermanos o hijos prosperen en la Tierra Prometida, y que llegue el día, en que les propongan seguirlos para el comienzo de una vida más holgada, más placentera.

Ildefonso es trabajador, es decir lleva el trabajo en las venas. La vida no le ha brindado otra ocupación. Torcer el lomo, doblegarse ante la tierra grosera, hasta mezquina, sin voluntad de brindar sus retoños sino ante un esfuerzo casi sobrehumano. Ella no daba tregua. Si no se la mimaba, si no se le proporcionaba su gran vicio, el agua, no había retorno, no había gratificación. De fertilizantes pretendía poco. Sabía que el escaso ganado no producía suficiente estiércol, no saciaría su hambre. E Ildefonso había aprendido de ella, con poco se daba por satisfecho, no tenía grandes pretensiones, aunque soñar, eso sí, los sueños, propios de la juventud, lo acompañan.

Con su espíritu despierto, con su rapidez mental, además de una gran destreza manual adquirida en los quehaceres campestres, la ayuda de Ildefonso pronto es requerida por muchos compañeros a bordo. De modo que al arribo en el continente sudamericano, en la embarcación, su nombre es conocido de todos. No había calculado él, qué beneficios le traerían estos contactos. Para un joven de 19 años en lejanas tierras ignotas, por primera vez en la situación de valerse por sí mismo, lleva un tesoro invalorable en forma de estos conocidos. Porque entre ellos hay algunos con parientes más o menos asentados en el nuevo país, quienes lo orientarán, le mostrarán caminos a probar, a seguir. No perderá él el tiempo en callejones sin salida, directamente emprenderá la ruta prometedora, segura.

Montevideo

Llegada al puerto de Montevideo, importante en la zona, rival de aquel en la otra ribera del río, de Buenos Aires. Ambos enlazados en severas contiendas, en continuas disputas por el poderío; Montevideo habiendo sido durante décadas y hasta siglos, el punto de partida ideal de suministro hacia el interior del continente sudamericano, hacia el Paraguay y hasta el rico Perú. La ciudad se encuentra resguardada de las aguas tormentosas del Océano Atlántico, al borde del agua color chocolate del Río de la Plata. Este metal nunca se había encontrado en la propia región, pero la avidez del conquistador había bastado para que él lo imaginase en la turbidez de los lodos acarreados desde cientos de kilómetros. A los habitantes de la región se les tilda de *plateanos* o *platenos,* aunque también se los llama simplemente *indígenas.*

Montevideo, el *"asilo de Marte"*, el *"crustáceo"* o *"centro de fuerzas"*, calificativos utilizados por Eduardo Acevedo Díaz en su novela histórica *"Ismael"* de 1888, constituye el centro de apoyo y resistencia del sistema colonial. Es la segunda ciudad fortificada de América, siendo la primera San Juan de Ulloa. La llamada *Banda Oriental* que la rodea, carece de las apetecidas riquezas mineras y representa en realidad una tierra sin provecho, una *"terra incognita",* hasta el día en que se descubre el valor del ganado que se ha propagado por sus llanuras despobladas. Por encontrarse en una zona fronteriza, codiciada por los portugueses, es la región de luchas contra indios extremadamente guerreros.

53

Montevideo es a la vez puerto, centro militar y administrativo, sus habitantes por consiguiente en demasía masculinos. En 1778 se la había declarado *"puerto mayor"*, por lo cual todos los barcos provenientes de España y los que a ella se dirigían, debían hacer escala en Montevideo. Son justamente las entradas aduaneras las que aportan el auge a la ciudad. Aunque esta, desde lejos, desde el mar, a Ildefonso le diera la impresión de grandeza con su fuerte muralla, con la sobresaliente catedral frente al Cabildo y sus innumerables miradores, en verdad semeja a un simple pueblo español engrandecido, ¡y eso que cuenta unos 150.000 habitantes! La mayoría de sus calles todavía de tierra, al cabo de largas lluvias, se transforman en barrial, difícil de atravesar con los carruajes o los carros tirados por caballos o corpulentos bueyes. El ciudadano evita andar a pie: tanto hombres como mujeres, tanto los pobres como los esclavos montan a caballo, y ¡desde su lomo se ve pedir limosna! Son niños de a caballo, los que transportan la leche en botellas de cerámica por la cuidad. Ildefonso se encuentra ante casas bajas con techos de teja, plazas descuidadas, dejadas a la buena de Dios, entre tambos y caballerizas. Es visible que los montevideanos viven en casi la misma pobreza que los primeros pobladores, es decir siguen siendo rudos e ignorantes, entre ellos muchos analfabetas. Tan extrema es la pobreza que no se exigen impuestos; son únicamente voluntarios los que los pagan. Una ciudad maloliente, a causa de las aguas servidas que se echan delante de las casas, al igual que los deshechos, los huesos, etc., no muy diferente del obrar en la Europa que Ildefonso acaba de abandonar. Pero a estos malos olores se les suma otra causa: en los campos baldíos, a la espera de ser embarcados para su exportación, se amontonan los cueros – ¡hasta un millón y medio llegan a expedirse al año! - de a cientos, de 300 a 500, amarrados con correas y guascas para asegurarlos contra el viento y la lluvia. De tanto en tanto, se desatan los montones para sacudir los cueros uno a uno ¡con el fin de ahuyentar las polillas! Este procedimiento, además de costoso para los comerciantes, libera un aire nauseabundo. Y tampoco los saladeros, al pie del Cerro y formando un cordón alrededor de la ciudad, despiden olor a rosas. En toda la región del Plata y durante toda la época colonial, la Banda Oriental es la única región con saladeros. La carne salada se cuelga dentro de vastos edificios, y una vez seca, se expedirá a Europa. Mientras en las afueras de Montevideo, hasta a dos millas de distancia, quedan diseminados huesos y pedazos de carne cruda, que ejercen natural atracción a las moscas. En consecuencia, en las viviendas es tal el mosquerío, que durante las horas de la comida, uno o dos domésticos, gran plumón en la mano, cumplen la única función de ahuyentadores de estos insectos.

Ya Xavier Marmier, miembro de la Academia Francesa, en sus *"Lettres sur l'Amérique",* luego de su viaje por el continente en 1850, había comparado la situación en la Banda Oriental con aquella en el cuento de la Bella Durmiente, pero recalcando una diferencia: aquí el hada mala declara que los dones recibidos por las otras hadas le serán inútiles ya que la zona será perseguida y aplastada por el flagelo de la guerra. Sus palabras se volverán veraces: Por un lado, la urbe reposa plácidamente en un devenir tranquilo, por otro lado, las contiendas en la campaña así como los repetidos asedios de la ciudad la estremecen con vehemencia.

Ildefonso se encuentra con una población poco activa, que matea, fuma, conversa. Deambulan por las calles los vendedores pregonando todos aquellos artículos necesarios para la vida cotidiana: *"Hermosas papas", "excelentes escobas", "leche realmente fresca", "panecillos recién hechos, calentitos", "peces, admírenlos".* ¡Con razón no se ven mujeres en las calles! ¿Qué necesidad tienen de abandonar sus aposentos, si la mercadería llega por si sola directamente a sus puertas? Pero Ildefonso se percata que tampoco en la tarde, y menos aún en la noche, las mujeres se atreven solas por las calles. Las que ve, indefectiblemente se encuentran en compañía masculina. El código moral no les permite las andanzas solitarias, y ellas viven recluidas. Pronto aprenderá que la mujer decente solo sale a la calle con un esclavo o esclava, una mujer soltera con su madre o alguna amiga casada. Sobre todo son pocas. Ildefonso no va a tardar en percibir la desproporción entre el número de hombres y aquel de las mujeres. No le extraña, dado que en el barco había vivido una relación similar. ¿De dónde podían provenir las mujeres si no embarcaban, si solo venían continuamente arreadas de hombres en busca del Eldorado? ¿Encontraría él a su Dulcinea? Se ve ante una labor herculeana. Pero primero tiene que establecerse, encontrar su rumbo.

Con varios de sus compañeros se instala en un conventillo, cuatro en una pieza malsana a la cual penetra el aire solamente a través de la puerta de entrada, es decir cuando se la deja abierta. Se llega a la habitación subiendo la escalera al primer piso y luego andando por el pasillo, abierto hacia el patio interior, al cual dan tanto los aposentos de la planta baja como los de este primer y último piso. Para todo inmigrante, los conventillos son la única posibilidad de acomodo a su llegada al país, aunque se les considera el antro de la prostitución. En 1880 se encontrarán en Montevideo 469 alojamientos de esta especie, albergues para un total de 15.000 personas. En ellos se hacinan familias de varios integrantes en un solo cuarto, cuyo funcionamiento incluye el de cocina. El baño, en un estado calamitoso de higiene, es compartido por todos los inquilinos, de modo que las epidemias de disentería y de fiebres, que se propagan regularmente por la ciudad, encuentran con facilidad a sus víctimas aquí. Estas enfermedades son causantes de repetidos cierres de los conventillos por orden del Cabildo. Ildefonso se entera que en 1857 de los 20.000 pobladores de Montevideo, 2.500 han muerto a causa de la fiebre amarilla. Él no desea ser un perjudicado más. Su única vía de salvación es huir de la ciudad, aunque la campiña no le auspicie un lecho de rosas. Al contrario, le espera una vida dura.

El gaucho

Del campo, prácticamente despoblado, es el ganado quien ha tomado posesión. Razas europeas, en su origen introducidas por los conquistadores españoles, en el interín se han tornado especies semisalvajes. Se hallan esparcidas por el interior del país de una forma totalmente descontrolada. Su carne salada, el tasajo, se exporta al igual que su cuero. Son estos dos productos los únicos comerciables, la propia riqueza del país. Los estancieros emplean a un decenar de peones para el control y sobre todo para el arreo de las manadas bovinas a los saladeros. Cuando el trabajo abunda, también se requiere la mano de obra del gaucho, aquel ser casi nómade, acostumbrado y/o confinado a una vida fuera de la sociedad, al margen de la Ley. La vastedad de las tierras le brinda una envidiable independencia, pero a la vez lo barbariza. En un principio ha sido producto del mestizaje, de madres indígenas; con el pasar del tiempo se detectará mezcla con la raza negra. Existen varios apelativos que describen bien su manera de ser: desalmado, fascineroso, trashumante. Por un lado se le admira por su destreza de a caballo; ¡al galope aparece como aunado al cuatrúpedo, el centauro criollo! Por otro lado se le teme, por su estricto código de honor, su orgullo que una vez herido, hace saltar el cuchillo o la faca que mata sin piedad y sin consideración por las consecuencias para víctima ni victimario. No se le puede tener confianza; bajo la influencia de alcohol, sus reacciones son incalculables, desmesuradas. En cambio a través de la música, desentonada la mayoría de las veces, se congracia con su público. Además del caballo, es la guitarra su eterna acompañante. Cortarle una cuerda a este instrumento, ¡significa insultarlo! Mientras que entregar el pañuelo bordado con cabellos de la propia china, es señal de compromiso. Él se conforma con una comida como pago y sigue su camino, aunque nunca con destino claro. Rehusa el casamiento, ya que no siente la necesidad de oficializar sus sentimientos. En cambio abunda el creyente, de modo que ¡las iglesias le abren sus portones para que pueda escuchar la misa de a caballo!

Ildefonso se mantiene alejado de estos seres rebeldes. Tampoco lo atrae el indio, otro ser maltratado por la sociedad. El prócer Artigas había entendido a estos hombres, a tal extremo que se propuso brindarles su protección; en cartas a diferentes autoridades había demandado el apoyo en pro de los nativos que él califica de nobles y generosos, quienes, aunque se les considere hostiles, no desconocen el bien. El hecho de que sean infelices, Artigas lo atribuye bien claramente al maltrato del Blanco, e intercede para que se les demuestre más amor, se deje de mantenerlos en una exclusión vergonzosa, se les otorgue trabajo, alguna oportunidad, lo que a su vez demostrará las cualidades del indio, además de sacarlo de su ignorancia y de su incivilización. Él no posee nada, ni campo ni rebaños, necesita de todo, de los instrumentos más sencillos de trabajo, desde aquellos para la labranza hasta las mismas semillas. Pero finalmente será de utilidad a las provincias, según Artigas, contribuirá a su bienestar y a poblarlas, ya que estas carecen prácticamente de colonos. Los indios le retribuyen su afecto a Artigas, denominándolo *"padrecito Artigas"*, saliendo a su encuentro pidiéndole la bendición y siguiéndolo con sus familias.

El campo

Ildefonso entabla amistad con uno de los peones, Rogelio, con el que comparte una choza de barro. Por 1880 el censo agrícola registra 27.580 construcciones de este tipo. Esta vivienda sencilla, a Ildefonso le resulta preferible a la más sólida del conventillo, porque el barro es un aislante natural tanto contra el frío en invierno como contra los calores sofocantes del verano. Un inconveniente es la inexistencia de un verdadero piso. Se le barre a diario, echando los deshechos junto con tierra hacia afuera. Con el tiempo se va formando un leve hueco en medio de la única habitación; el suelo se va desgastando. En las arreadas de ganado, Ildefonso irá conociendo otro tipo de vivienda: El de los inmigrantes alemanes, provenientes de Rusia originariamente, pero llegados desde la Argentina al litoral del río Uruguay más tarde. Ellos fabrican verdaderas casas de ladrillos de arcilla con pasto, es decir utilizan terrones con gramilla entremezclada, lo que proporciona mayor solidez. Las paredes miden entre 80 y 100 cm en su parte inferior, mientras se van adelgazando hacia lo alto a unos 40 a 50 cm. Se les revoca, y luego se les pinta de blanco, de modo que, a diferencia de los ranchos color marrón oscuro, ¡se les divisa desde lejos! Al ser invitado a entrar a una de estas casas por la puerta típica, partida al medio en dos hojas horizontales, de las cuales la superior, a modo de ventana, se puede mantener abierta, mientras la inferior permanece cerrada para evitar que las gallinas y otras aves menores penetren al interior, se queda admirado del piso: este también es hecho de arcilla mezclada con heno bien pisoteado. *"Perdone el estado actual. Pero estamos a viernes, y es los domingos que le pasamos una mano de barro, a veces también de arena, para pegarlo mejor. Claro, necesita un mantenimiento constante."* Ildefonso ve claramente la diferencia con su morada actual. ¡Y las paredes! ¡Están coloreadas! *"Eso sí que es un trabajo arduo",* le vuelve a explicar llena de orgullo la ama de casa. *"Lo hacemos nosotras las mujeres. Vamos pasando un trapo enrollado empapado con la pintura."*

Ildefonso toma una decisión: *"¡Tampoco seguiré viviendo en una maldita choza hasta envejecer! Ya he mejorado un poco. Mantendré los ojos abiertos para una colocación mejor."* Pero tan fácil no se le hace la situación. El país se encuentra constantemente en guerras, de las cuales él no entiende mucho. Ha escuchado algo de colorados y blancos, los dos partidos opuestos, los citadinos contra los estancieros. Estos últimos se llevan a sus peones, llamados agregados, a la lucha armada, ni los unos ni los otros con formación guerrera ni con el armamento necesario. Igualmente falta la dotación de un uniforme. Se parte con la vestimenta habitual: el chiripá, el cinto, las botas de un cuero fino, si acaso un poncho. Las armas son la lanza, una simple caña tacuara con una hoja de tijera de esquilar, el cuchillo, el sable, ¡además de las temidas boleadoras!, también llamadas las Tres Marías o las tres chinitas. A veces ni el gobierno tiene los medios económicos para proveer a sus soldados con armas de fuego. Eso sí: ¡el caballo siempre está presente! Ante tanta escasez, tanta pobreza, el único rédito para los guerreros es el carcheo, el saqueo, el despojo de sus vestimentas del enemigo muerto. ¡Pagos no se le realizan a la peonada llevada por la fuerza!

En estas luchas, Ildefonso se encuentra con opositores prácticamente desconocidos para él hasta ese entonces: Soldados gubernamentales de la raza negra, antiguos esclavos en libertad, pero sin otra opción que el servicio militar. En 1842, en el Uruguay, se ha abolido la esclavitud para el hombre negro, pero no para la mujer ni los niños. Por la pura necesidad de soldados, ¡servicio al cual se les recluta por la fuerza! Y del cual intentan escapar escondiéndose por ejemplo en la vasta campaña. Excepcionalmente adquieren el grado de oficiales. Recién en 1846 obtendrán la igualdad legal y civil.

El alimento de todas estas huestes es siempre la misma: la carne. Se sirven de lo que encuentran en el camino, participando en un robo abierto tanto las tropas estatales como las opositoras, sin escatimar. A los propietarios del ganado les resulta imposible salir en su defensa. ¡La soldatesca es peor que las plagas del Egipto bíblico! En realidad, el abigeato y el contrabando son castigados por una severísima legislación, pero por lo general es difícil implementarla. Las guerras, sobre todo la Guerra Grande, con una duración de 13 años, de 1839 a 1852, significa la ruina de la ganadería, que a su vez acarrea aquella de la industria saladeril. De esta, a su vez, surge la quiebra de muchos estancieros, quienes tienen que vender sus campos – ¡a un tercio de su valor!

¡Ha llegado la hora de nuestro Ildefonso! Con un pequeño monto ahorrado se hace de varios cientos de hectáreas de campo. Ha escuchado de la nueva fábrica de carne embutida, de un extranjero, un tal Liebig. Por eso las ha elegido en la cercanía de la ciudad de Fray Bentos, un nombre que pronto va a ser muy conocido en Europa, ¡mientras que el de Montevideo se ignora! Le está claro que la extensión de tierra es mísera. Se vive la época de la ganadería extensiva, no se cultiva forraje como complemento alimenticio para los duros meses de invierno con sus incesantes lluvias, sus heladas matutinas. Y la guerra ha posibilitado la proliferación de una plaga colonial: Los perros cimarrones que atacan tanto al hombre como a la res. Originariamente traídos por los españoles como perros domesticados, al quedarse sin dueño, abandonados en las vastedades de la campaña, se resguardan en las cimas – de ahí la apelación de cimarrones – o en los matorrales. Viven en jaurías y alrededor de sus cuevas se encuentran esparcidos los huesos de terneros, sus presas más fáciles en la persecución del ganado. Con el pasar del tiempo se vuelven salvajes, de modo que el Cabildo de Montevideo se ve obligado a dictar un decreto en zonas como Pando, Miguelete, etc. ¡exigiendo de cada vecino la presentación mensual de las orejas de dos perros! En cambio domesticados, representan un fiel compañero del gaucho, excelente ayuda en el arreo de los vacunos. Ildefonso no tarda en encontrar dos cachorros que educa con paciencia y que lo acompañan día y noche, lo protegen, lo idolatran. Rómulo y Remo, en perpetua competencia, velan por su amo.

Ildefonso tiene un arduo trabajo delante suyo. Siguiendo la usanza en estos tiempos del retorno a la vaquería colonial, en que se sale a la búsqueda de reses sueltas, sin dueño aparente o al menos no declarado, en que todo bovino saludable es bienvenido, él tira sus escrúpulos por la borda, haciendo lo mismo, y comienza a formar su tropel. También los caballos abundan, mientras que las yeguas se matan únicamente por su cuero y por la grasa. Al comienzo marca los animales con una hermosa *I* entrelazada dentro de la *F*. Se ha legislado el uso de las marcas que habían alcanzado magnitudes enormes y se colocaban en cualquier parte del animal, el cual, al ser vendido, volvía a ser marcado por el nuevo propietario. Por lo general se trataba de símbolos, una capa, un pescado, un corazón, lo que facilitaba el reconocimiento a los analfabetas. Ildefonso no tarda en percatarse que la seguridad está en el alambre: Tiene que formar potreros para separar el ganado según edades, para un mejor control de sus integrantes. Como ayudantes debe emplear a algunos tupamaros. Así designaban despectivamente los españoles a los pobladores de la campaña, a los criollos, de carácter arisco, hosco, casi tan peligrosos como los cimarrones salvajes. Acostumbrados a una libertad desprovista de control en la inmensidad del campo, es difícil tenerles confianza. Entonces Ildefonso recuerda a su compañero de rancho en su primer trabajo de estancia. Hace venir a Rogelio.

El alambre es caro, hay que sumarle el corte de postes, hay que sumarle el sueldo – aunque mísero – del peón alambrador, quien luego será despedido, ya que el alambre suplirá parte de sus tareas. En fin de cuentas, ¡el alambrar tiene el costo de un tercio del valor de la tierra! El 10% del personal quedará sin trabajo, y se formarán villorios de miseria. Es el precio para el adelanto, es la revolución en el campo. Solo con la ayuda de los cerramientos se logra el mestizaje, la mejora racial del ganado con animales importados, un hecho rápidamente reconocido por el gobierno, que exige mediante el Código Rural en 1875 el alambramiento de los campos. Mientras que en ese primer año se importan 2.141 toneladas de alambre, ¡dos años más tarde ya serán 6.646! ¡En diez años dos tercios de la propiedad privada rural se encontrará alambrada! Quedan atrás los tiempos de los cercos de piedra, erigidos por europeos conocedores de la profesión milenaria de pedreros, de los cercos vivos de palmeras, cactus, talas o acacias y del sencillo zanjeado bordeando una posesión.

Del tasajo al extracto de carne

Ildefonso, para sí, no puede permitirse lujos de ninguna especie. Todo lo invierte en la producción bovina, en su futuro. Por el momento le es suficiente acomodarse en una cabaña con puertas realizadas con pieles de toro, mientras va dejando atrás el cercamiento de los corrales con palos nudosos y retorcidos, extraídos de talas o espinillos. Estos palos se unían con guascas peludas de cuero vacuno, que ahora serán suplantadas por el valioso alambre. La carne bovina se exporta en forma de tasajo, es decir salada, pero un visionario alsaciano nacido en la ciudad de Estrasburgo y que ha servido en la corte del Brasil, José de Buschental (1802-1870), encuentra otro método, el de la conserva de carne. Funda al borde del río Santa Lucía una fábrica y suministra al ejército francés con este producto. También es el primero en introducir toros ingleses Durham para la mejora de la raza, además de vacas lecheras suizas que forjarán la industria láctea de la que se conocerá como Colonia Suiza. Buschental se vuelve tan rico que mantiene en su espléndida residencia del Buen Retiro, en el actual barrio del Prado, un jardín zoológico con aves exóticas, cobras y pitones traídos de la selva brasileña. Mientras su fábrica es de corta duración, surge una nueva, la Liebig. E Ildefonso logra lentamente hacerse un nombre, hacerse conocer en el ámbito de este novel emprendimiento, el cual con avidez acoge las reses, que partirán en pequeñas vasijas de vidrio, más tarde en latas, hacia el Viejo Mundo.

La ciudad de Fray Bentos se había fundado en 1858. Se llegaba a ella desde Montevideo en diligencia tirada por ocho a diez caballos, relevados en postas. ¡Un trayecto de cuatro días para unos 300 kilómetros! Dada su ubicación al borde del río Uruguay, los barcos extranjeros arribaban directamente a su puerto en pos de la carga alimenticia. ¿Pero qué había dado comienzo a esta fábrica? Dos alemanes, el ingeniero Georg Christian Giebert y el químico Justus von Liebig, observan en el Uruguay, en la infinidad de la campiña, las innumerables manadas de reses. En Europa la carne es costosa, y Liebig había experimentado y obtenido buenos resultados en la fabricación de extractos de carne. ¡Ya en la Inglaterra del siglo XVII se los elaboraba caseramente como provisiones para viajeros! Y también James Cook en la segunda mitad del siglo XVIII los llevaba en sus expediciones. En Francia, por el 1800, son los químicos Proust y Parmentier, quienes fabrican industrialmente una masa gelatinosa seca. Pero tanto Liebig como Max Joseph von Pettenkofer, reconocido profesor de química de la universidad de Múnich, operan un cambio en la implementación de los extractos: Los utilizan en la cura o el fortalecimiento de enfermos de cólera y de enfermedades intestinales. Pettenkofer produce este alimento en pequeñas cantidades y preconiza que una cucharada disuelta en agua restituye al enfermo, incapacitado de retener cualquier otro tipo de comida. Al mismo tiempo, el extracto constituye una alternativa nutritiva y barata de la carne. En 1847 Liebig había publicado su método que llama la atención de Giebert. Los dos científicos deciden ponerlo en práctica a gran escala en el pueblo de Fray Bentos. Las máquinas las encargan en Inglaterra, la gran nación industrial de la época. Liebig es quien supervisará los controles de calidad del producto que será exportado directamente a Inglaterra y a Francia. Mientras por ejemplo durante la guerra de Crimea en los años 1854 a 1856, en la que Francia, Gran Bretaña e Italia atacan a Rusia para impedir que se apodere de partes del Imperio Osmánico, estos países europeos importaban únicamente el cuero de los animales para sus soldados y las monturas de los caballos, y mientras el mercado de carne se reducía a dos países importadores, el Brasil y Cuba, de modo que

¡la carne llega a valer lo mismo que el cuero!,¡ahora, en la fábrica Liebig no se desaprovecha ninguna parte de la res! Eso sí, ¡30 kilos de carne se reducen a 1 kilo de extracto! Fundada en 1861, ¡ya a finales de 1864 se exportan 25.000 kilos de extracto! A los ejércitos coloniales europeos, las porciones de 350 gramos enlatadas, les resultan practiquísimas como alimento a sus soldados en las guerras en África y en Asia. A su vez con las ganancias, los inversores van adquiriendo tanto tierras como novillos. En 1868 poseen 12.000 novillos en 11.500 hectáreas. Y no faltan las ideas de marketing: Para promover y popularizar la marca Liebig, se crean juegos de niños, menúes, calendarios, afiches, papel, etc. con imágenes y escenas relativas al ganado y a la fabricación del extracto.

También del punto de vista social, la fábrica Liebig pertenece a la avanguardia: Pone a la disposición de los empleados de mayor responsabilidad, los químicos y los supervisores, hermosas casas amobladas con todas las comodidades y un jardincito; para los obreros casados se han instalado 80 casitas de dos a tres dormitorios; para los solteros hay salas dormitorios con capacidad de 20 a 50 hombres con una cocina común; se dispone de un gran salón de fiestas; se proporciona apoyo a una banda de música de 40 personas; hay una escuela, un banco, seguro de enfermedad y de invalidez, agrupaciones de consumo. Todo esto para los 1200 a 1300 empleados, cifra a la cual remontan en el período de la zafra.

A comienzos de la Primera Guerra Mundial, los británicos, grandes tenedores de capitales en la compañía, van a exigir que se despidan a todos los empleados alemanes. Temen que envenen las conservas, cómoda ración diaria para las tropas tanto inglesas como francesas, ambas enemigas de los alemanes. El nombre Fray Bentos es conocido entre los soldados que bautizan con este apelativo un tanque F41 porque ellos mismos se sienten encerrados en una lata, de la cual forman el contenido: la carne de cañón. Este tanque salió al ataque en la batalla de Somme el 22 de agosto de 1917, pero fue capturado por los alemanes y luego paseado como botín de guerra en las calles de Berlín a finales de ese año. Los británicos justamente habían querido impedir que el enemigo apresara este armamento, y estudiara la tecnología utilizada. Lo especial de este modelo era que atravesaba trincheras y alambrados de púas. Por consiguiente los alemanes ensancharán las trincheras, por lo cual los británicos, a su vez, le agregarán al tanque fajinas, del tipo utilizadas ya en el Medioevo para cruzar las fosas de las fortalezas.

En este fin del siglo XIX, se viven grandes adelantos como la construcción de las vías férreas que E. A. Díaz en su obra *"Brenda"* describe exuberantemente y con voz crítica por los enormes destrozos de la naturaleza, al referirse a los trabajos ingenieriles del uruguayo Raúl Henares en Río Grande del Sur: *"Desmontar, nivelar, echar puentes, desecar lagunas, repar collados, escalar cumbres, cegar torrentes, horadar granitos, flanquear sierras, al galope incesante y transformador del hacha, del pico, de las máquinas de fábrica, confundiéndose el sudor caliente de los rostros y de las manos con la humaza de la hulla y el vapor de las calderas, en esa actividad febril y vertiginosa que abate en cada árbol del bosque viejo un siglo de vida vegetativa; que burla el abismo apoyando en sus riscosas pendientes los estribos del pasaje de hierro que lleva al valle salvaje el despertar de otra aurora, y el ruido de ruedas más rápidas que los potros soberbios y los gamos de sus malezas; que hace irrupción en las montañas arrastrándose paciente por sus desfiladeros, en forma de inmensa culebra de acero que alargara su cabeza hasta el nido de las águilas y de los buitres; que hiende moles y descuaja espesuras para que entre por vez primera con la luz del sol, el correo misterioso y formidable del mundo que piensa, anda, reacciona, combate, transforma, avasalla, utiliza y proyecta a la distancia los rayos de su foco poderoso; todos estos esfuerzos, estas empresas audaces, estos prodigios de la humanidad luchando con el obstáculo y abriendo puertas anchurosas a la corriente de la vida que desborda, en el campo de una naturaleza ubérrima, cuya savia salta a chorros...*" Mientras el ferrocarril es el motor de la industrialización y del crecimiento económico, sobre todo en Inglaterra, no jugará este rol en Latinoamércia.

La oveja merino

Ildefonso se vuelve suministrador de reses a la joven compañía Liebig, se ha incorporado a esta nueva industria en el momento justo, al encuentro de la suerte. Sus posesiones de campo van en aumento al igual que el número de reses. Nunca se da por satisfecho, nunca se estanca, siempre está al acecho de nuevas perspectivas, nuevas inversiones. Así es como se lanza a un novedoso emprendimiento: Incorpora otra especie prometedora de animales, la oveja. Mientras que a principios del siglo XIX los escasos ejemplares no producían más que míseros 500 gramos de lana, que, a su vez, dada su reducida calidad, solo servía para rellenar colchones o almohadas, ahora, a través de la cruza con lanares importados de raza, la producción aumenta a 1.150 gramos. La calidad del "*merino*", utilizado para telas de categoría, cobra renombre en Europa. ¡El Uruguay ha encontrado un nuevo rubro exportable! ¿Qué ha pasado en Europa? Mientras en España, los reyes hasta entrado el siglo XVIII habían prohibido - ¡bajo pena de muerte! - la expedición al extranjero de la oveja merino, es decir procuraban mantener un monopolio sobre esta lana fina, en el interín, se ha dejado de lado la oveja, dado que la carne vacuna ofrece mayor rédito. Y tampoco hay algodón en el mercado: La Guerra de Secesión en los EEUU entre los años 1861 y 1865 ha imposibilitado la plantación de este elemento primario para la vestimenta. Estos factores externos impulsan las exportaciones de la lana, con lo cual el Uruguay amplía su producción a un tercer pilar, la lana llegando a derrocar al cuero de su primacía: mientras que en 1862, la lana constituía solamente el 10% del comercio, en 1884 va a superar a las del tasajo y sobre todo a las del cuero, ¡que veinte años antes, con el 33%, había ocupado el primer puesto en las ventas al exterior! Además con este novel artículo se añaden nuevos compradores, Francia y Bélgica, de donde la lana se reparte a Alemania y a otros países europeos. A través de esta diversificación, tanto en los artículos como en los compradores, el Uruguay aventaja comercialmente de forma significativa a los demás países sudamericanos. ¡Es esta ampliación la que le proporciona la base de su prosperidad!

Ildefonso se vuelca a este rubro. Puede mantener al ovino en medio del bovino, aunque poniendo extrema atención en no recargar los campos. Pero pronto se da cuenta que necesita mano de obra especializada con conocimientos del mestizaje y de las enfermedades del lanar, ya que este es más delicado, menos sufrido que el vacuno. Solo la encuentra en los extranjeros que aportan la experiencia de sus lugares de origen. Sus exigencias son altas: Un tercio del procreo anual. Ildefonso todavía se puede considerar con suerte, porque los hay que demandan ¡el 50% de los nacimientos! La peor enfermedad de la oveja es la sarna, un ácaro ínfimamente pequeño que debilita al animal, cuya lana resultará de menor calidad. El gran peligro de la sarna radica en su rápida propagación dentro del rebaño, por lo cual se procurará apartar los animales afectados. En lo que respecta al mestizaje, el continente australiano lo había implementado con anterioridad obteniendo resultados positivos considerables, y en consecuencia representando un competidor de envergadura.

Está claro que la oveja resiste mejor la sequía que el vacuno, y además requiere cinco veces menos tierra que aquel, ¡aunque también requiere cinco veces más personal! En fin de cuentas el rendimiento, además de producirse anualmente, ¡es el doble del bovino! Son los barraqueros quienes adjudican el precio a los productos, y también son ellos quienes actúan de prestamistas a los estancieros para sueldos de peones y de esquiladores. A su vez, con la buena paga, el personal rápidamente se independiza y logra comprarse su propia tierra. Esto conlleva a la sedentarización de la población rural.

Ildefonso se integra a la Asociación Rural del Uruguay, fundada en 1871, en plena Guerra Civil. Esta agrupación le transmite los fundamentos para transformarse de estanciero-caudillo en estanciero-empresario, cambio que solo funciona mientras operen la paz y el orden interno.

Deja a Rogelio como administrador de confianza, puesto que lleva el apelativo *mayordomo*, mientras él se dirige a Montevideo. Rogelio que se ha criado en el campo, domina a fondo no solo los problemas de este, sino por sobre todo los humanos. Porque el criollo tiene una idiosincracia especial. Hay que saber tratarlo, aflojarle la rienda en lo necesario para volver a tirarla a los pocos instantes. En muchos establecimientos los estancieros incitan a sus empleados, llamados *tapes,* a que se endeuden con ellos, a que realicen sus compras a través suyo, de modo que se crea un estado de dependencia semejante al del esclavo. Rogelio tiene horror a este tipo de trato e intenta por lo contrario, fomentar un espíritu independiente y libre en sus trabajadores. De todos sus caprichos el más peligroso, es el del honor. Toda ofensa por más mínima que sea, hace saltar el cuchillo. Y si el criollo no reacciona, no hiere o mata a su contrincante, es considerado cobarde por sus conocidos, evitado, desdeñado por ellos, se vuelve insignificante, ignorado, abandonado. Por eso Rogelio trata de velar por la paz entre el personal, además de cumplir un rol de juez. No es de extrañar que mismo presidentes del Uruguay usarán el duelo para rehacer su honor manchado por una crítica severa en algún periódico, por rencillas políticas.

Duelos, en los que se eligen las armas, los ayudantes y se brinda la presencia de un médico, ¡copia exacta del hábito europeo ya caído en desuso en esta época! E. A. Díaz, en su obra ya citada *"Brenda"* de 1886 lleva esta costumbre a tal exageración que nos presenta a dos doctores, dos médicos, que se enfrentan en un duelo a espada ¡por el cuerpo de una muerta (la examante de uno de ellos)! Por lo general se desechan las armas de fuego, pero en una ocasión será nada menos que el (ex)presidente José Batlle y Ordónez, ¡participante de sendos duelos!, quien las propone por tener la mano imposibilitada para el sable ¡a causa de un duelo anterior! ¿Y qué sucede? Mata a su contricante Washington Beltrán en 1919. En la ciudad, al igual que en el interior, el duelista no es considerado criminal ni inmoral. Al contrario: Se le acepta, se le sigue recibiendo en el hogar. No se le denuncia a la policía. Nadie ha visto ni oído nada. Se le ampara. ¡Se honran los códigos rígidos del duelo!

La alta sociedad en Montevideo

En el interín, la ciudad de Montevideo ha evolucionado. Hay otros estancieros, que como Ildefonso, han hecho fortuna. Es hora de mostrarla, de vivirla, de gozarla. En los barrios de la Aguada y del Prado se erigen lujosas mansiones rodeadas de parques cuidados. Se copian palacetes europeos, se trasplantan visiones ajenas nacidas de una larga tradición a un ambiente, a un clima, a una nación nueva, sin ningún escrúpulo. Ildefonso, perplejo, no duda un instante. Él forma parte de ese grupo enriquecido, también él construirá su mansión. Y buscará con quién habitarla, compartirla. El mejor lugar para relacionarse es el teatro, en el cual se representan las piezas clásicas españolas del Siglo de Oro. Allí se les permite a las mujeres concurrir en el seno de la familia. Lucen sus mejores prendas, sus alhajas, en una exhibición pública del bienestar adquirido. Ya ha pasado la moda, exclusiva del Río de la Plata, de las peinetas adornadas con piedras preciosas, auténticas joyas realizadas en la década de 1830 por Manuel Masculino. En su taller se fabricaban cien docenas de peinetas y peines por día, las más grandes medían ¡más de un metro de ancho! Las había de carey, material caro importado entre otros países de la India, o menos costosos de astas de vacunos. También fabricaban camafeos, anillos, pulseras, bastones y cabos de cuchillos. ¡Ocupaba hasta 106 operarios, entre ellos a mujeres! ¡Era tal el furor de este adorno que doña Carmela Bustamente poseía más de cien piezas!

Tampoco en los agasajos de flores para los cumpleaños o los días del santo se escatima: Hay quienes las envían en estuches de plata cinselada, a veces adornados con rubíes y esmeraldas o brillantes. Detrás de cada flor se puede descubrir un mensaje: La madreselva significa respeto, la rosa, estima y el clavel, atracción.

El teatro es el lugar de reunión, de encuentros casuales, de nuevos vínculos, y por ende el mercado casamentero. Ya en la iglesia, ese otro centro social, Ildefonso se había sentido atraído por una muchacha vivaracha, de estatura más bien pequeña, de andar rápido, enérgico, con pelo azabache recogido en largas trenzas, con ojos color café, de mirada profunda. A los diez días ya está enterado de los pormenores de la familia Asturias. Son estancieros como él, habitan un caserón en la Aguada, forman la segunda generación en el país. Dos de las hijas las han casado con propietarios de grandes extensiones de campo, solo les falta encontrar el marido adecuado para María de los Ángeles.

Ildefonso se encuentra en una situación difícil. Su fortuna no es equiparable a la de los Asturias. No ha tenido el tiempo de formarla aún, mientras ellos llevan decenios en el país. Se siente seguro que algún día hasta los pueda sobrepasar, pero ellos no se van a conformar con visiones, calificables de ilusiones. Además sabe de sus competidores: En la ciudad por cada mujer hay dos hombres. Se habla del "*paraíso de la mujer*", mientras que el Paraguay, por el contrario, es considerado el "*paraíso de Mahoma*", en el cual, a como se describe en el Corán, multitud de huríes, de vírgenes, aguardan a los hombres. En el Uruguay, la proporción es aún peor en el campo, donde siete hombres compiten por una mujer, una situación que explica el gran número de raptos de doncellas. Pocas había encontrado Ildefonso allá porque en la soledad de la campaña, la mujer se siente insegura y huye a la ciudad. Eso sí, toda mujer siempre optará por un europeo y rechazará al criollo, aunque el primero no le ofrezca riquezas, meramente por las semejanzas entre sus idiosincracias. En los pueblos, los centros de comunicación y encuentro habían sido las pulperías, lugares de venta de todo artículo indispensable para la vida diaria, desde la yerba, la harina, el azúcar, el tabaco, galletas, las velas, etc., los huevos jugando durante años el rol de la moneda de cambio para estos productos. En el almacén, los hombres juegan al billar, y suelen acompañar sus conversaciones con tragos de caña, por lo cual una mujer decente se mantiene alejada de estos centros en horas nocturnas. No es de extrañar que por razones de seguridad, ¡los mostradores de estas pulperías se encuentran resguardados por una sólida reja de hierro, las ventanas poseen verjas, las paredes son fuertes! El pulpero siempre está enterado de los acontecimientos más recientes, juega el rol de intermediario para todo tipo de transacción, es juez en peleas de gallos, en los juegos de naipes, en riñas. Por último es prestamista, hasta de los mismos estancieros, ¡cuyas propiedades a veces terminan en sus manos! Existe otra oportunidad para sociabilizar, aunque menos alegre: los velorios.

Ildefonso se mira a sí mismo con ojo crítico: Ha pasado los treinta, las primeras canas han aparecido en su densa cabellera negra, sus ojos negros siguen centelleantes, su cuerpo es fornido, no puede negarlo: posee el atractivo del hombre maduro. Y recuerda a los monjes de su pueblo natal, quienes no habían dado tregua en la instrucción de los chiquillos campesinos, se habían esforzado al máximo en transmitirles toda clase de conocimientos, los estatutos morales, un comportamiento correcto, hasta señorial, además de amistoso. ¡Qué agradecido les está ahora en la lejanía este joven casamentero! Sin estas lecciones no podría conducirse conforme a las reglas de convivencia en la sociedad urbana.

El novio

Con el fin de impresionar a los Asturias, Ildefonso adquiere una gran parcela en el Prado y convoca a uno de los arquitectos de mayor renombre en Montevideo. En realidad no es el momento ideal para supervisar los trabajos de su impresionante mansión, que lleva el apelativo de *"chalet"* y cuyo estilo, por ser indefinido, se llamará eclecticismo, a como se denomina la mezcla de características de distintas épocas. Ya existen en el centro casas imitando los estilos del pasado, desde el gótico al morisco, desde la casa suiza al castillo de la Edad Media.

Aunque el campo requiere su presencia, Ildefonso está empecinado en llevar adelante su proyecto que le permitirá adquirir el título de *"don"*, un distintivo social de importancia en esta especie de nobleza de nuevos ricos que se ha creado en la ciudad. Los primeros pobladores de Montevideo, los *"vecinos feudatorios"*, a pesar de su origen extremadamente humilde, a través de las Leyes de Indias, habían obtenido un solar en la ciudad además de una estancia, pero por sobre todo se los había convertido en patricios, concediéndoles el derecho de usar el calificativo honorífico de *"don"*. Ciertas familias se enriquecen de tal manera, que se vuelven propietarias de 280.000 cuadras de estancias, saladero y comercio como en el caso del padre de José Fructuoso Rivera, mientras que el hijo, al contrario, va a morir empobrecido por haber sacrificado sus bienes en pro de la lucha independizadora.

Ildefonso, al no pertenecer a la casta del empleado público ni a la del militar, a diferencia de estos, no necesita la autorización del Rey, del Vicerrey o del Capitán General para casarse. Pero sí deberá comprobar la limpieza de sangre de acuerdo a lo sancionado por los Borbones en la Real Pragmática de 1778. Esta sanción con raíces en el siglo XV, procura evitar matrimonios desiguales desde el punto de vista social y de la raza, en un principio con judíos o mudéjares. En América, la Corona se ha puesto en la mira, impedir el mestizaje con el indio y con el negro.

Para la erección de su hogar, ¡hay tanto que elegir, tanto que importar! Porque está de moda hacerse traer por barco en la compañía francesa de las Mensajerías Imperiales, que arriba a Montevideo desde el año 1860, hasta los mismos materiales de construcción. ¡El Uruguay representa para Francia, desde el punto de vista comercial y marítimo, más que todas sus colonias juntas! Ildefonso no escatima en nada. Las aberturas serán de cedro, los cielorrasos de lapacho, la boiserie de caoba, los pisos de marquetería, cubiertos de lujosas alfombras persas, las rejas de hierro repujado, el cortinado de seda y encaje, los zaguanes tapizados en mármol. La fuente del jardín la hace revestir con "*Pas de Calais*", aquellas piezas de cerámica francesas, de tamaño reducido, 11cm x 11cm, con simples trazados del tipo puntillista, sobre un fondo blanco, puntos azules o morados logrados por medio de óxido de estaño; son las que también adornan la cúpula de la catedral de Montevideo. ¡Tal es el éxito de estas cerámicas que solamente en el correr de los tres meses de agosto a octubre de 1886 se importan 212.500 azulejos de este tipo! ¡Es que la compañía Fourmaintraux Hornoy en la ciudad de Desvres, con oficina comercial en París, imprime sus catálogos en español para la clientela sudamericana, siendo el Uruguay (junto con Argelia) el país de mayor importación! A mediados del siglo XIX, Desvres, ubicada en la provincia de Pas de Calais, es el productor y exportador de azulejos más grande del norte de Francia. La región le proporciona arcillas, agua y combustible en forma de bosques, todo lo necesario para la producción de estos artículos, además de brindarle excelentes ceramistas. Es así como se hace un nombre en las exposiciones nacionales e internacionales. En Montevideo, en todos los barrios, entre los años 1840 y 1910, período en que se construye la mayor parte de la ciudad, será este el tipo de azulejos predominante, económico por su sencillez. En cambio Ildefonso, para los cuartos de baño y para la cocina de su representativa mansión, va a elegir las nuevas cerámicas de la era industrial del estilo "*Art Nouveau*" con gran variedad de motivos y de excelente calidad, también francesas, pero de mayor costo por sus dibujos en relieve. La cocina la reviste completamente, techo incluido, para simplificar la limpieza y para dar la impresión de mayor lujo. La construcción de los baños ha obtenido gran importancia, después de haber estado relegados al mero fondo de la propiedad. Ahora tienen dimensiones considerables. Por otra parte la ciudad se ha ido modernizando, por ejemplo gracias a los *Montevideo Waterworks*, una compañía inglesa, que a partir de 1880 suministra la capital con agua potable proveniente de Aguas Corrientes. La primer tubería se instalará hasta la Plaza Matriz, donde la población se abastece de agua en baldes. Poco a poco la empresa irá conectando los hogares a la red de saneamiento. Este confort, Ildefonso lo instala en su edificación.

Le llega el turno al interior de la vivienda. En casa de los Asturias abundan las revistas extranjeras. En "*L'Illustration*" se le abre un mundo desconocido para él hasta ese entonces de muebles de alta calidad y decorados suntuosos, las listas de precios adjuntas. Decide aplazar su elección. Ahora que la edificación se encuentra en su fase final, en que el torreón sin función alguna, emplazado en el tercer piso tal un periscopio, hace resaltar aún más esta residencia en su entorno, es el momento de dirigirse a su futuro suegro, a pedirle la mano de María de los Ángeles. Ildefonso no duda de la respuesta, ya que las miradas de la joven, las cortas conversaciones con ella durante sus visitas al té o a una cena, todo este ser virgen lo había invitado sin escondrijos, sin recelo a una declaración. Pero es el padre quien tiene el poder, la *patria potestas*, sobre las mujeres en su hogar. Un padre ausente, desde España p.ej., ¡la puede otorgar a un hijo en Sudamérica para que la aplique en sus hermanas! Ildefonso, siguiendo el código moral de su entorno, hasta el momento, no ha podido pasar tiempo a solas con su elegida.

Se festeja el noviazgo, y el novio obtiene la autorización explícita para visitar a su novia en su casa. Ildefonso manda una participación a los familiares en España. No les ha escrito a menudo, pero cada tres a seis meses les ha enviado monedas de oro, libras esterlinas, el pago usual también p.ej. en la fábrica Liebig. Hasta la Primera Guerra Mundial son moneda corriente en el Uruguay, su gran orgullo. Porque en cambio los vecinos, como Argentina y Brasil, usan solamente el papel moneda, sin el respaldo del precioso metal. Y entre medio Ildefonso ya puede comunicarse por telégrafo con su familia, ¡una comunicación más fácil con las capitales europeas que con el interior uruguayo!

En la boda no faltan ni los vinos franceses y españoles, ni el champán *Dom Pérignon*, ni el tabaco y los cigarrillos de La Habana. Los trajes y vestidos que se lucen, están hechos con las mejores telas de Inglaterra y Francia, los caballeros de frac. La novia luce un vestido de la *Maison Lengerie* de la calle Sarandí, sucursal de una de las más famosas tiendas para novias de París. Unas quinientas personas se reúnen en el palacete de los Asturias. Se bailan los valses de Johann Strauss al son de una orquesta de cámara. Los periódicos pugnan entre sí en alabanzas sobre la vestimenta de la novia y de los invitados, amén de los manjares servidos en porcelana *Limoges* con cubertería *Christoffle*, y las bebidas vertidas por sendos mozos en copas de cristal *Val Saint Lambert* exhibidas en espléndidas bandejas de plata. A medianoche no falta el chocolate caliente. Por su gran número, los diarios tienen un trabajo arduo de competividad entre sí. Son en 1886 unos 21, más 40 publicaciones periodísticas, todos vendidos por suscripción previa y a montos altos.

Cambios en la ciudad

Ildefonso penentra en una nueva etapa de vida, la citadina, con sus mejoras visibles en forma de calles empedradas y la extensión de las vías de tranvías, aún tirados por caballos. En 1890 se cuenta con más de 500 tranvías y unos 4000 caballos a su servicio. El crecimiento de la ciudad se acelera, se crean teatros. Son los intensivos contactos sociales, la vida matrimonial y el advenimiento de los hijos, que propulsan a Ildefonso a una nueva decisión: promueve a Rogelio al rango de su asociado en el manejo de la estancia, y él mismo, vuelto un estanciero ausentista, entra en el rubro exportador-importador al igual que muchos otros hacendados. Su clientela se extenderá de los estancieros enriquecidos hasta el círculo orista, compuesto por los grandes comerciantes y los banqueros. Todos ávidos de una vida en el lujo, en exuberante competencia por demostrar la riqueza adquirida. Ildefonso se percata que el latifundismo y la casi monocultura practicada van estancando el país. Se necesitan nuevos emprendimientos, pero faltan los técnicos a la vez que la formación para ellos. Son las humanidades, entre ellas sobre todo la abogacía, las carreras preferidas por la sociedad acomodada, quien desprecia las profesiones manuales. Es así que los británicos traerán sus obreros para la construcción de las vías del ferrocarril que a su vez aportará a la población nuevas cualidades como la puntualidad, un fenómeno casi desconocido, sobre todo en el interior del país. Por la falta de relojes son las campanadas de las iglesias quienes indican el pasar de las horas.

Desde la fundación de Montevideo en los años 1725/26 llegan incesantemente oleadas de inmigrantes, sobre todo españoles, que siempre acarrean el mismo código moral y de valores, inculcados por la enseñanza católica. De este modo no se produce una transformación en la idiosincracia de los locales, sino al contrario un fortalecimiento de la manera de pensar ya establecida en la población. Normalmente los residentes provocarían la aculturización de los nuevos llegados; debieran ser los más fuertes, pero el permanente flujo de nuevos pobladores impide este proceso, produciéndose al contrario una fusión entre los distintos grupos.

La vestimenta va cobrando importancia, y tanto mujeres como hombres, tanto de la clase alta como de la media, se rigen según los cánones de la última moda. Se realizan soirées de indumentaria, en la Rambla en Pocitos o en la de Ramirez, en corsos en el Prado, en bailes o en el teatro. A causa de los rápidos cambios en la moda, los ciudadanos se despreocupan del arreglo de la ropa que además se cose de telas de regular calidad. Por lo tanto se ve a personas con zapatos rotos, agujeros en el traje o alfileres en las prendas. El pastor W. Nelke cuenta 44 alfileres en la parte trasera de una hermosa blusa de una señora durante un trayecto en tranvía hacia Pocitos. Por otro lado ve a mujeres paradas delante de la ventana abierta de sus casas, perfectamente maquilladas, empolvadas, bien vestidas, como prontas a salir a una fiesta. De forma que Horacio Quiroga en su cuento *"Una noche de Edén"* de 1907 hará decir a la Eva desnuda: *"hoy las mujeres bien vestidas llevan exactamente como en las edades salvajes, plumas en la cabeza, pieles en los hombros, piedras en el cuello, flores en la cabeza y grandes plumas en la mano. ¿Dónde está el progreso...? ¿En qué revela su decantado refinamiento de arte?"*

La esclavitud

El gran caserón de Ildefonso y su familia en aumento requieren manos que ayuden. En la cocina gobierna la corpulenta cocinera Rosalia, quien protege sus deliciosas recetas de ojos inquisidores como un can cerbero. Hasta la antecocina da paso, más allá ni la señora de la casa obtiene autorización. Luego están las dos mucamas, Andrea y Mambará. Esta última es de raza negra, una raza liberta a partir de 1846, pero que no ha tenido la oportunidad de avanzar. Para las mujeres negras, las únicas puertas abiertas son el servicio doméstico o el de lavandera. Concurren en bandadas a los hoyos de la Aguada, a la Estanzuela o a la *Playa de los Pocitos*, donde en pequeños pozos en la arena friegan la ropa. Llevan una vida de miseria y su etnia no es aceptada en la sociedad. Ya en 1729 Zabala, para su primer Cabildo, establece en un acta que el gobierno será integrado por *"personas las más beneméritas, de buenas costumbres, opinión y fama, que no fueran inferiores ni tuvieran raza alguna de morisco, judío ni mulato."* En 1813, en igual tono, le escribe el general Belgrano a quien será el libertador de Argentina, Chile y Perú, José de San Martín: *"No estoy contento con la tropa de libertos; los negros y mulatos son una canalla que tiene tanto de cobarde como de sanguinaria, y en las cinco acciones que he tenido, han sido los primeros en desordenar la línea y buscar murallas de carne. Sólo me consuela saber que vienen oficiales blancos, o lo que llamamos españoles, con los cuales acaso hagan algo de provecho."* Pero el propio San Martín no obrará de manera demasiado diferente: Para el cruce de los Andes confiscará a los esclavos de servicio doméstico y de labores agrícolas a sus propietarios haciéndolos ingresar a su ejército. Lo mismo hará durante la conquista del Perú, en la que se jacta de haber incorporado a 650 esclavos a sus tropas. San Martín, hay que acotar, ha sufrido muchas ofensas por su piel oscura, por la que se le tildaba de mestizo. El jefe chileno Marcó del Pont, al recibir el acta de Independencia, le manda decir a San Martín por medio de su oficial: *"Dígale a su general que yo firmo con mano blanca, no con mano negra como la de él..."* Tampoco la literatura se convierte en la defensora de estos malvistos. El político y poeta argentino José Hernández no escatima en poner ideas similares de desprecio en boca de su personaje Martín Fierro, cuando este se bate con un gaucho negro: *"A los blancos hizo Dios/ a los mulatos San Pedro/ a los negros hizo el diablo/ para tizón del infierno"* (capítulo 7).

No muy distinta es la opinión expresada sobre el indio en *"Tabaré"*, obra de 1887 de Juan Zorrilla de San Martín: *"¿Estás pensando/ que son capaces de pasiones buenas/ esos hombres, nacidos para esclavos?"* ¡Porque también a los indios se los esclaviza! Poca confianza se les tiene: *"¡Oh! ¡El padre, el padre Esteban!/ ¡De masa de indios quiere hacer cristianos! ¡Inocente ilusión!"* Tampoco sentimientos se les conceden: *"¡Raza maldita! ¿No es capaz, entonces,/ de amor y gratitud? Todo es venganza?"* O: *"¿Entonces es verdad, ¡verdad Dios santo!/ que el indio nos odiaba?/ ¿Es verdad que en su pecho no hay latidos,/ y que jamás su corazón se ablanda?"* O: *"Huye del indio esclavo, me decían,/ sólo hay odio en su alma;/ no tuvo hogar, ni madre, de ternura/ su raza es incapaz: todo lo ultraja."* Ni alma se les reconoce: *"¿Pues no ha dado en creer, el buen hidalgo,/ que el indio de estos bosques tiene un alma/ como la nuestra, y es vasallo y súbdito/ del Rey Nuestro Señor?"* Peor aún: *"¡Maldita raza!/ Luchan como demonios, no como hombres."*

Para la Corona española, la venta de esclavos había representado un negocio lucrativo: percibía impuestos ¡al igual que sobre toda otra mercadería! Hacia 1780 eran 16 pesos por cada negro, ¡época en la cual un peón ganaba entre 5 a 8 pesos al mes! Pero también los mercaderes locales se enriquecían en este Montevideo, ¡vuelto el centro del mercado esclavista durante la Colonia! En 1751/52, al realizarse la tasación de los bienes de los montevideanos con el fin de hacerlos participar en los costos de la defensa de Montevideo, ¡se valoraba un esclavo adulto en 200 reales, uno menor en 100, mientras que cada vacuno ascendía a 2, una yegua a 4 y una oveja a 3 reales! Veinte años más tarde, en el censo de la población de la ciudad, no se toma en cuenta el número de esclavos negros ni el de los indios, igualmente esclavos. ¡El oficio poco apreciado de verdugo, quien por ejemplo debía aplicar los azotes a un reo, se delegaba a un negro! La justicia, en el caso de un reo esclavo contra una víctima española, no encontraba indulgencia para el negro. En el caso contrario, siempre se mostraba transigente con el español. ¡Una justicia tambaleante!

A mediados del siglo XVIII llegaban entre 15 y 20 barcos negreros al año, ¡mientras que por 1810 su número había aumentado a 229! Se traían de la llamada Costa de los Esclavos de 450 kms de largo, también tildada de Guinea, un término genérico para gran parte del oeste africano, es decir Angola, Congo, Benim, Togo hasta Nigeria occidental. Esta era la región más poblada en la época colonial. A Montevideo también llegaban desde el Brasil, pero a partir de 1791 se comienzan a introducir desde Mozambique, intercambiándolos por productos del Uruguay, cuero, sebo, cuernos vacunos, carne secada, el charqui, o salada, el tasajo, lana y trigo. Parte de la carne salada estaba destinada al consumo tanto para la ida a África como para la vuelta a Sudamérica. Con porciones del sebo se ablandaban los cueros que a su vez se utilizaban para sellar la estructura interior de las embarcaciones. Los africanos habían recorrido un larguísimo trayecto antes de llegar a las costas uruguayas: Se los "cazaba" en el centro del continente y se los llevaba en caravanas a pie hasta la costa mozambicana en el Océano Índico, ¡de modo que, antes de embarcarse, ya estaban agotados! Luego pasaban un período en reclusión en pésimas condiciones, hasta que amarrara un navío que los compraba, pero que a su vez debía terminar sus negocios de ventas de artículos y de aprovisionamiento de los alimentos necesarios para cruzar el Atlántico. Algunos buques, con el fin de eludir las latitudes sureñas demasiado frías para los negros, y de esta forma evitar la muerte de muchos de estos seres en demasía debilitados - el Cabo de Buena Esperanza se encuentra en el paralelo 36/37 - se desviaban hacia el norte, hasta el paralelo 25, con lo cual la travesía se prolongaba aún más. En el recorrido, un gran porcentaje de los presos perecía, por causas múltiples: El frío, el hambre, tormentas, guerras entre las naciones europeas, que acarreaban bloqueos, ataques corsarios, el escorbuto y enfermedades contagiosas, entre ellas la sarna, que se propagaban fácilmente a causa del hacinamiento. A bordo se acomodaba a los negros según su altura, confinando a los pequeños a los lugares reducidos. La llegada a Montevideo presenta nuevos riesgos a través de los bancos de arena en el Río de la Plata. ¡Se cuentan más de 60 naufragios ante la costa de Maldonado y Rocha solamente entre 1867 y 1878! Pero la naturaleza no era el único peligro: ¡también aquí los corsarios estaban al acecho! Los reclusos que llegaban con vida, estaban débiles, magros, extenuados. En el puerto, los inspeccionaban médicos que ponían a los enfermos en cuarentena, o bien en la propia nave, marcada con una bandera amarilla, o en el caserío de los Negros, situado en las afueras de la ciudad, a orillas del arroyo Miguelete. Los navíos se desinfectaban quemando azufre, y luego se les echaba vinagre mezclado con plantas aromáticas. En la "Luisa", en 1804, de los 300 negros partidos de Mozambique, 91 habían muerto de disentería. Ese mismo año se instala un lazareto en la Isla de Flores por la llegada de un cargamento con 30 negros ¡de los 300 que se habían embarcado! La documentación relativa a estos casos de enfermedades está relatada en tono seco, exento de sentimiento o compasión. Para algunos cautivos, la trayectoria no acababa en Montevideo: se vendían hasta el Perú, es decir que debían seguir en gran parte a pie, ¡atravesando los Andes! Estos prisioneros recorrían un itinerario que iba ¡de la longitud 40° este a la 80° oeste! La venta a Lima era el negocio de mayor rendimiento: Se pagaban allá 750 pesos, mientras que solo 120 en Brasil y 250 en

Buenos Aires. En 1805 la población de Montevideo contaba 94.000 habitantes, de los cuales ¡un tercio eran africanos!, el 86% siendo esclavos. En las calles, un esclavo precedía a su señor alumbrándole; en las iglesias, una esclava extendía una alfombra para resguardar a su señora del frío del piso al arrodillarse, ¡ya que la catedral, al igual que San Pedro en Roma, no poseía bancos! Es decir que los esclavos son un medio para resaltar el estatus social del amo; al no haber minas como en el Perú o Bolivia, ni grandes plantaciones como en Norteamérica, su función es la de apuntalar la ostentación. En el interior del país en cambio, los esclavos representaron el mayor contingente de mano de obra de los saladeros, la base de la riqueza del país. Tampoco los jesuitas en la Calera de las Huérfanas habían desdeñado la labor de negros, a los cuales en un principio habían intentado salvar de los esclavistas brasileños. Es más: ¡el número de negros superaba al de los indios! Se le daba importancia a sus necesidades espirituales, ¡limitándose al estímulo de ellas toda la empatía vertida hacia esta raza! Así mismo la abolición de la esclavitud no se producirá a consecuencia de ideales humanitarios. ¡Todo lo contrario! Son razones económicas que conducirán a la liberación del negro: el asalariado ofrece un mejor rendimiento laboral y además se le puede despedir – antes del surgimiento de las leyes laborales – al término de la cosecha, de modo que en fin de cuentas, resulta menos costoso que el negro que se debe seguir alimentando aunque no se disponga de trabajo para él. En consecuencia serán los negros y los pardos quienes se dedicarán a los trabajos artesanales y manuales, desdeñados por el blanco ¡quien no desea ensuciarse las manos!

Mambará se puede considerar con suerte. A ella no se le considera una mercadería como es usual en los anuncios, en los que aparece por ejemplo la oferta de una joven negra a la par de *un tacho grande para todo uso.*" En esta casa se la trata bien, de igual manera que a las otras empleadas. Tampoco debe temer el manoseo ni la violación sexual por parte de su patrón, actuación corriente en muchos puestos de trabajo. Por sobre todo, aquí no se le encierra en ninguna jaula de tortura, no se la encadena ni se le ponen grillos. Ni siquiera latigazos se le administran, un castigo costumario de muchos amos e incluso amas. Al contrario: María de los Ángeles se ocupa ella misma de enseñarle a leer y escribir, dado que Mambará, como la mayoría de su raza, no ha tenido la oportunidad de asistir a una escuela a pesar de la ley de educación común y gratuita, promulgada en 1877. Imposible ir a un colegio si ya con seis años se le adjudica la tarea de cuidar a los hermanos menores, y más adelante a ayudar a la madre en su trabajo de lavandera. Mambará se siente agradecida ante tanta bondad, ante ese amor al prójimo vivido y expresado en este hogar. Por eso pone la mayor buena voluntad en asimilar la fe católica, pero nunca dejará de creer en los malos espíritus que le fueran inculcados en su infancia.

Una de las obligaciones de Mambará es aprontarle la ropa a los niños. Todos se visten igual: las niñas con unos delantales a cuadros, los varones con camisa de la misma tela que las niñas, acompañando los pantalones grises. Ella no se explica por qué una familia tan acomodada restringe los gastos de ropa al mínimo. No sabe nada de la vida de príncipes que no la están pasando mejor: las hijas del rey de Bélgica, Leopoldo II, el monarca más rico de Europa en la segunda mitad de este siglo XIX, visten año tras año los mismos hábitos ajustados con un cinto en la cintura. En invierno sufren del frío en los enormes aposentos palaciegos, imposibles de calentar por sus dimensiones, y no les es permitido usar pieles; la finalidad siendo simplemente la de fortalecerlas contra el frío y por ende contra enfermedades.

El rol de la mujer

María de los Ángeles quien desdeña el gasto en ropaje para su cuantiosa familia constantemente en expansión, pronto tendrá que asumir otros costos: va a emplear a una gobernanta, dado que en las escuelas públicas sus hijos se mezclarían con las clases bajas, estarían expuestos a una decadencia moral y a la descristianización según rezaba la Iglesia. En estos colegios se hacinan hasta 50 y en casos extremos hasta 80 alumnos en una clase, por lo general muy mal ventilada. La educación privada a domicilio es permitida, a pesar de que ya desde 1870 existe en Montevideo un jardín de infantes gratuito para niñas y varones de 3 a 6 años. En 1876 José Pedro Varela y su hermano Jacobo Adrián comienzan a impulsar la coeducación, aunque recién se imponga en 1945 en las escuelas públicas. Para las hijas de Ildefonso se encuentra aún vigente un rol preestablecido: es el de reproductora biológica. Su función conlleva la de ser representante y conservadora de las ideas y de los valores sociales imperantes, los cuales va a transmitir a su vez a sus descendientes. En las clases altas contrasta con esta tarea la de la mujer como simple adorno. Toda su educación se verá orientada a esta última función: lectura, escritura, algo de *"cuentas"*, un idioma extranjero, por lo general el francés, la lengua de la cultura, el bordado, un instrumento musical, sobre todo el piano. Hasta el mismo filósofo Carlos Vaz Ferreira (1872 – 1958), en su obra *"Sobre Feminismo"* de 1914, afirma que la mujer no llegará *"a un grado de potencia mental tan grande como el hombre"*. La mujer podrá desempeñarse, pero *"cuando se trata de la genialidad en su grado más alto"*, la mujer se queda atrás, solamente podrá ocupar puestos subalternos. No ha habido avances en la visión sobre la mujer descrita por el gran reformador de la enseñanza uruguaya, José Pedro Varela (1845 – 1879): *"Ninguna educación hará iguales a aquellos a quienes la naturaleza ha hecho tan distintos como el hombre y la mujer."* En fin de cuentas, la mujer es la guardiana de la fe en el seno del hogar. Debe ser discreta, austera, recatada. Debe controlar sus pasiones, moderar sus impulsos, atemperar sus emociones. El ejemplo a seguir es el de la Virgen María. Se le ve como propio de la naturaleza de la mujer, calificada como el sexo devoto según la Iglesia Católica. Debe ser sumisa y ordenada. El ideal de esta mujer lo dibuja clara- y quizás irónicamente E. A. Díaz en su obra ya citada *"Brenda"* de 1886. Pone en boca del secretario Perea las siguientes palabras: *"¡Oh, la educación era correcta! En el templo, el velo discreto; en el paseo, los ojos bajos y pudorosos; en el baile, nada de roces inconvenientes. Con las reservas necesarias, andaba mucha virtud por el mundo. Las visitas tenían su hora y términos fijos; de sobremesa se rezaba el rosario; al toque de ánimas, la plegaria; la malilla y el dominó, a las nueve; los enamorados cerca de los ancianos, para oir sanos consejos. ¡Ah, mi respetable señorita, de aquella moral sólo quedan vestigios!"* A lo cual responde su interlocutora Areba de forma crítica: *"Muy rigurosa era."*

Para más, se parte de la base que el saber podía ser riesgoso para la virtud de la mujer. Si la mujer obtenía los derechos políticos, se pervertiría, saldría a la calle. A la larga se vería fortalecida, y los hombres desvigorizados. Una evolución dañina para el sexo masculino. Mientras tanto las clases bajas se limitan a lo práctico: lavado, planchado, costura, arreglo de calzado, ya que las niñas acabarán en el servicio doméstico. En el campo, este ni siquiera será pago, dado que se le considera un deber de la mujer hacia el patrón. A su vez los menores de 12 años gozan de cierta protección porque no podrán ser ocupados en trabajos rurales durante el período escolar. El hacendado desempeña un papel de suma importancia para los campesinos y los peones a su servicio, por ser dueño de vida, hacienda y honor de sus empleados. La estancia, además de empresa económica, es una célula social, del estilo feudal: por un lado cobija, por el otro exige, p.ej. el desempeño como militar en el caso de un litigio, una guerra. El visionario Ildefonso, por su parte, se adelanta a su época, instalando una escuelita en la estancia, pagándole el sueldo a la maestra y aportándole los útiles a los niños. Recién en 1919/20 el gobierno exigirá a los estancieros como deber moral el de proporcionar la enseñanza a los niños con el claro propósito de apoyar el movimiento evolutivo de la nación.

La situación de la mujer de clase baja es tan mísera que prefiere votar en contra de la ley del divorcio. Sencillamente no tiene la posibilidad de ganarse su sustento por ser tan mal paga. En un artículo del primer número del periódico *"La lucha obrera"* de 1884 se enfatiza el derecho de la mujer al trabajo. Se le considera una alternativa al casamiento como seguridad económica. Se estima que el trabajo en fábricas puede tener un efecto "virtuoso" y "moralizador", es decir resguarda a la mujer de la prostitución. Pero hay quienes opinan lo contrario: Por el contacto con hombres en la fábrica se crea justamente la oportunidad de la prostitución. La prostituta es tentadora y seductora, mientras que la madre-esposa es ideal, etérea, asexuada. Se crean dos categorías bien diferenciadas, creadas y admitidas por los hombres por su funcionalidad.

El Código Civil de 1868 autorizaba a la mujer a casarse a los 12 años, y al varón recién a los 14, pero siempre con la autorización de los padres; así mismo le concedía a la mujer el permiso de contraer matrimonio libremente a los 23, mientras que al varón recién a los 25. De todos modos, la mujer no estaba facultada para abandonar el hogar paterno antes de los 30 años, a no ser con el fin de casarse. Hasta 1946 la mujer casada mayor de edad necesita la autorización del marido para ejercer cualquier profesión. Para más no estaba capacitada para disponer libremente del producido de su actividad laboral, ni de los bienes que adquiriera con ello y ¡ni siquiera para administrarlos!

María de los Ángeles ya tendrá que poner mayor atención en la custodia de sus hijas, porque a comienzos del siglo XX se instituye el llamado "*Paseo Elegante*" en la calle Sarandí. Esta ha sido embellecida con árboles y bancos, amén de sus cafés, como el "*Agua Sucia*" o el "*Moka*". Entre las 17 y las 19 es el horario pico para el galanteo, el juego del abanico sirviendo de comunicación secreta. Las jovencitas solteras siempre aparecerán acompañadas, ¡por no decir vigiladas! Existen pocas excepciones, como la emancipada y bohemia María Eugenia Vaz Ferreira (1875-1924), la hermana del respetado pensador Carlos Vaz Ferreira. Ella rompe las barreras, tomando sola el tranvía hacia las afueras de la ciudad, y regresando igualmente sola, en medio de las miradas escandalizadas de los demás pasajeros y transeúntes. Su objetivo es "*épater les bourgeois*", crear la estupefacción en los burgueses. Y lo logra. Pero con anterioridad ya ha habido otro tipo de mujeres que se han sobrepuesto a los cánones de la sociedad, se han vuelto activas en el ámbito político, en el que respaldan a sus consortes. Ana Monterroso de Lavalleja (1791 – 1858), como muchas otras mujeres que habían quedado solas por hallarse sus maridos en las contiendas y guerras, por consiguiente también a veces presos o en el exilio, debe ocuparse no solamente del mantenimiento del hogar, sino también de los negocios familiares, y más aún, colabora con la causa política del esposo, es decir recauda fondos, cura heridos, hace de correo y hasta organiza revoluciones.

Nuevos modos de vida

A comienzos del siglo XX ha cambiado la vida en Montevideo; la mira está puesta en los adelantos de Europa. Se han abierto tiendas con objetos importados de París, y la publicidad en los periódicos incita a vestirse siguiendo la moda. Y es a la mujer a quien se dirigen las ofertas, es ella el centro del consumismo. Para damas como María de los Ángeles la elección se dificulta: O bien sigue las pautas de la Iglesia Católica, es decir se mantiene alejada de las tentaciones modernas, vive austeramente, dentro de los confines del hogar, no se deja encandecer por el brillo de la exclusividad, o acepta ciertas ofertas para un bienestar más opulento y placentero. Sin abandonar las líneas de la familia modelo, adopta las costumbres de algunos modernismos, entre ellos, al menos en los meses de verano, la diversión de los baños de mar. Estos forman un contraste con la reclusión y el encierre domésticos que se hacen notar en la palidez de la piel, marcadas ojeras, acompañadas de una mirada languideciente, huidiza, melancólica y las uñas comidas. En su hija mayor, en Eulalia, se notan las primeras señales de la nueva enfermedad de este fin de siglo, la neurosis. Aparecen los primeros conflictos generacionales. Eulalia pertenece a una juventud que no acepta incondicionalmente la voluntad de los mayores. Se vuelve rebelde, quiere imponer sus puntos de vista, descubre su personalidad propia. No llega al extremo de perder el control de la palabra, se dirige respetuosa- pero secamente a sus progenitores. Por suerte su madre es una asidua lectora, a diferencia de las clases ignorantes, es decir las bajas, y encuentra en un periódico una solución al malestar de Eulalia: Deportes al aire libre, juegos de pelota, gimnasia en general, salidas al mar. Todo lo contrario a la vida de encierro llevada hasta ese momento. Y contra la anemia, otro mal muy expandido y que afecta a la joven Eulalia, se diversifican los menúes. La salud pasa a ser un bien a cuidar. Se enferma el que no toma las precauciones debidas, el que se despreocupa. La culpa de una enfermedad está en uno mismo. La nueva filosofía es la de tomar conciencia de los riesgos causados por la falta de atención en su modus vivendis.

Uno de los quehaceres de María son sus picnics ¡que se vuelven legendarios! Desde la sopa, pasando por el plato fuerte de carne acompañado de ricas papas, ensalada y el infaltable postre de dulces. Todo se carga en grandes canastos, los comensales se instalan encima de extensas frazadas, el inmaculado mantel colocado en el centro. Y no se olvida del *five o'clock tea* dejando atrás el clásico mate, que cuando era compartido, se convertía en vehículo transportador de enfermedades. Para calentar el agua lleva un práctico primus, que en realidad es la cocina del pobre. Y de regreso a la casa no faltan los juegos de cartas y de lotería con todos los integrantes de la familia.

A lo largo de la playa Ramirez, en los comienzos la más concurrida, y en la de los Pocitos, la más alejada, pero sofisticada y comparable al balneario francés Biarritz, se encuentran casillas de madera que funcionan como vestuarios y a la vez brindan acceso directo al agua. Se imitan las costumbres de Europa, más concretamente de la Inglaterra victoriana industrializada, donde los baños de mar se ponen de moda por haberse descubierto su efecto saludable. Desde la otra orilla, la aristocracia argentina se traslada y ocupa los hoteles costeros y costosos. Por los años 1860-70, los hombres y las mujeres se bañaban por separado, habiendo una zona libre de 200 metros entre ambos sectores. Un hombre que osara acercarse a la sección de las mujeres podía recibir pena carcelaria, ya que las playas eran controladas por policías. Y en realidad, para los hombres no había demasiado que ver en las mujeres: ellas se bañaban cubiertas de pies a cabeza con pantalón negro y blusa del mismo color. Para colmo existían playas para caballos también. Y en la rambla de los Pocitos se sale a caminar, otro descubrimiento en pro de la salud, muy revolucionario para este pueblo sedentario.

Un nuevo deporte de moda es el lawn-tennis desplazando al fútbol que se ha convertido de juego de la aristocracia en aquel del pueblo. De todos modos, María de los Ángeles, como buena católica, se dedica a la caridad, a la visita de asilos y hospicios, plenamente conciente de su misión social. ¡Delante del comedor de la sociedad de beneficiencia se forman a diario colas de indigentes a la espera de una comida caliente! ¡No hay que olvidar que un noveno de la población se sigue hacinando dentro de las malsanas condiciones de vida en los conventillos de la ciudad! Por quien el corazón de María late con gran intensidad, son los niños, por aquellos abandonados por sus madres, un número en constante aumento por la inestabilidad económica de muchas mujeres. María desea rescatar aunque sea a algunos de una vida callejera, de la mendicidad, del robo. Día a día pasa varias horas en el orfanato, ofrece horas de lectura, de juegos, de atención y amor. Hasta le han inventado un apodo: Angelísima, que la llena de orgullo. Hay noches en las que los pensamientos acerca de los chiquillos la persiguen, la abruman. A su vez se vuelve miembro de la *Liga Nacional contra el Alcoholismo*, una cruzada contra este vicio seriamente en aumento tanto en la capital como en el campo, donde la bebida se considera medicina contra algunas enfermedades y vigorizante en general. Eso sí, a María le cuesta entender el lunfardo hablado en los bares, unos 2.450 en el Montevideo de 1910. Este lenguaje rioplatense de origen carcelario contrasta con el afrancesamiento al que María está acostumbrada en sus círculos sociales, donde predomina una admiración generalizada por la distinguida cultura francesa aunque sea Inglaterra el país más avanzado industrialmente.

Así María de los Ángeles cumple el rol de gran dama al lado de Ildefonso, quien no solo va agrandando su fortuna sino revestirá puestos importantes hasta el del mismo Ministro de Hacienda.

Tiempos de gloria

Domingo nuevamente. Y a la pregunta del padre:

„¿*Están listos?*", empiezan a aparecer uno tras otro, de última, la madre. No porque se hubiera maquillado durante largos minutos, ni porque se hubiese atardado probando la vestimenta apropiada para esta salida rutinaria de todas las semanas. Ella por lo general era muy rápida en cualquier tipo de emprendimiento y menospreciaba la coquetería. No era lo externo lo que contaba a su modo de ver, la ropa jugando un rol totalmente secundario. Pero hacerle una demostración de poderío a su marido, y lograr salir vencedora aunque fuera ante una sutileza, eso formaba parte de su devenir diario. Ambos despilfarraban sus energías en una lucha sin tregua entre ellos, con el solo fin de herirse el uno al otro. Ya no existía la posibilidad de una comunicación adulta y madura entre los dos. La habían suplantado por una microguerra con su balística propia.

Los chicos van tomando lugar en el coche, un Mercedes Benz, ningún modelo lujoso, no, el más sencillo de su marca, pero que por eso no dejaba de impresionar en el entorno. Mas de pronto el papá, que acababa de cerrar la puerta del automóvil, la vuelve a abrir diciendo:

„¡*Caramba, me he olvidado de mi billetera con los documentos del auto!*"

Ocasión bienvenida para la esposa que se siente autorizada a acribillar de injurias a su marido:

„*¡Típico! ¡No podía ser de otra manera! ¡Lo hace a propósito! ¡Con el solo fin de hacerse el importante, el interesante! ¡Siempre hay que esperarlo a él!*"

Los cinco hijos, impávidos y completamente ajenos al maneje entre sus progenitores, no muestran ninguna reacción. Miran hacia afuera por las ventanillas, como si fueran a descubrir algún tesoro, alguna belleza escondida en la naturaleza circundante del archiconocido jardín de su casa. Pero cada una de las cabecillas está maquinando lo suyo:

Eduard o Eduardo, el mayor, de 18 años, se pone a agitar la cabeza en disentimiento, pensando para sí: „*¿Llegará por ventura el día en que estos dos vayan a ser capaces de comportarse debidamente, de tratarse con respeto, de dejar los juegos para los niños?*" Pero él mismo conoce la respuesta y no se hace ilusiones de que la relación entre sus padres llegue a mejorar jamás. Ante este callejón sin salida, no le queda otra forma de demostrar su descontento y de deshacerse de él que moviéndose nerviosa- y descontroladamente en su asiento.

Hartmunt, el segundo, de 17 años, mira el reloj con insistencia, como si su mirada fuese capaz de detener el movimiento de las agujas. Cada avance de estas va acompasado por las contracciones de los músculos de su cara, claro indicio del incremento de su mal humor.

Lisa, de 15 años, sentía un franco terror ante los eventuales arranques de furia del padre. Mientras que Genoveva, de 8 años, conversando consigo misma en un mundo imaginario, parece ni haberse percatado del altercado familiar. Es la única que posee la virtud de saber cubrirse con un manto repelente de ataques exteriores sumergiéndose en un mundo aparte, libre de las pesadillas humanas. Lorena de un año, en cambio, dormita plácidamente en los brazos de su madre.

El padre de regreso, la cuantiosa familia emprende en silencio el trayecto al almuerzo dominical en la casa de la abuela. Aunque callados, cada uno sigue ocupado con sus propios pensamientos:

La señora Gruber pasa revista a los hermanos, con los que se encontraría en casa de sus padres, piensa en la larga y abrumadora ceremonia de la comida, en las fuertes voces entreveradas de los familiares, por lo general entre treinta y cuarenta personas.

El señor Gruber le tiene horror a estos encuentros con sus turbulentas conversaciones que finalmente no sirven para ningún intercambio coherente de ideas, en que muchas frases se comienzan y nunca se terminan, porque algún sabelotodo interpela con un comentario fútil o supuestamente irónico. ¿Quién iba a poder concebir o expresar pensamientos cabales e inteligentes en este alboroto, en este caos interminable? Para él con su frialdad germánica, acostumbrado a la meticulosidad y al cálculo exacto, los almuerzos degeneran en pura conmoción exenta de sentido.

El matrimonio forma una pareja dispar, con pocos puntos en común. Mientras que ella no le da importancia a su apariencia externa, mientras no invierte ni tiempo ni dinero en ropa o cremas cosméticas, su marido, por el contrario, sí valora el aspecto superficial, llevando sus uñas cepilladas y cuidadas, trajes a la medida, los zapatos siempre lustrados. Ella, por su parte, para gran desesperación de su esposo, se come las uñas, no las pinta jamás y no le ha visto la cara a una manicura; sus zapatos desconocen las pastas, si acaso reciben una escupida y una pasada con un trapito; el peinado, ese sí, por lo general arreglado en la peluquería del barrio, a la cual la señora concurre asiduamente todas las semanas como otras a la iglesia. ¿Y en el carácter? Él más bien callado, serio, cerrado, a la vez que ella es sociable, conversadora, es decir, el temperamento germánico asociado al exuberante latino.

De la muchachada, Eduardo es el más ansioso por llegar, deseoso de encontrarse con sus primas, sí, de su edad solo había representantes del sexo femenino. Seguramente se le ocurriría alguna anécdota divertida con la que lograría amenizar el grupo de sus admiradoras. Con acerbo está revisando los registros de su memoria en busca de alguna hazaña, de algún cuento, que aún no hubiese revelado. No se desespera, confía completamente en su talento. ¿Lo había defraudado alguna vez acaso?

¿Y Hartmunt? Su cerebro está embebido de fórmulas matemáticas, de combinaciones complicadas que había que entrelazar para encontrarle la solución a aquel problema que ha quedado inconcluso a causa de la indeseada partida. ¡Maldita interrupción de varias horas! El aplicado hubiera preferido quedarse encerrado en su buhardilla de verdadero estudiante intelectual, para penetrar con su constancia y con su estoicismo cada día un poco más dentro del reino de la sabiduría. Entre sus primos, ninguno compartía sus intereses, y las muchachas no le llamaban en absoluto la atención, por serles demasiado triviales. Además estas no iban a perder ni un solo minuto en rodear a su hermano, en centrar toda su atención en él; esto le está clarísimo. No existía ni la más mínima probabilidad de que se interesasen por sus hondos temas científicos.

Lisa está contenta de salir de entre las cuatro paredes de su casa. ¡Vida, por fin, alegría, risas, gritos, gente! Ni los tíos y las tías, ni los primos menores que ella, le interesan. Pero las primas de su edad, con esas añora encontrarse.

A Genoveva le da igual quedarse en casa o salir. Se siente bien por doquier, porque transporta con ella su pequeño mundo particular, de modo que no necesita del real con sus fealdades. Con una sonrisa permanente en los labios y un reflejo de vaguedad en los ojos, despegada del suelo terrenal, parece volar suavemente por los aires. Nadie le toma a mal su falta de materialidad, además en el barullo reinante los domingos son pocos los que perciben lo etéreo de este ser frágil.

También la señora Gruber se halla transportada a otro mundo. Este reencuentro con sus padres le hace pensar en su pasado, en su juventud. ¡Cuántas agresiones no había acumulado en contra de su despótica madre a lo largo de los años! Su padre, aunque enérgico y fuerte como un oso, siempre había jugado un rol atenuante gracias a su carácter benévolo. Sin embargo había sido partícipe en la oposición a los claros deseos de su hija. No se le dejó ir a una escuela, ni pública ni privada, para evitar que entrase en contacto con una capa social más baja. Se la instruía con profesores privados recluída en la casa. Recién con el aumento del número de hijos, a la edad de once años, se le mandó a un liceo de monjas muy exclusivo en compañía de su hermana predilecta, la alegre Patricia. Genoveva, una vez fuera del control de sus padres, usa el colegio no como emporio del aprendizaje, sino como la oportunidad tan preciada para deshacerse de sus agresiones acumuladas por tantas prohibiciones. Llama la atención por su mal comportamiento, aunque no se le niegan su inteligencia y sus capacidades en prácticamente todas las materias. Se pone a fumar en los baños, esconde los libros de los profesores, juega con sus compañeras a las damas debajo del pupitre, durante trabajos escritos corrige disimuladamente los de algunas amigas, le corta las puntas de los cabellos a su vecina de banco, deja que le corten los suyos, se peina, en fin, su fantasía no encuentra límites. Recordando sus hazañas, Genoveva Fernández de Gruber se sonríe pícaramente. Cuando no tenía ningunas ganas de ir al liceo, o se escondía en los baños toda la mañana, o no iba para nada, es decir le indicaba al chofer de sus padres que la dejase en un parque público, en el que hacía sus estudios - mucho más interesantes que los proporcionados por las religiosas - de la vida real de la gente. Claro está que tantas maldades no podían permanecer en lo oculto por demasiado tiempo. Las monjas no toleraron más su mal ejemplo para las demás niñas recatadas. Tuvo que cambiar de institución. Allí fue más precavida. Su comportamiento mejoró. Hecho el bachillerato, comunica a sus padres su propósito de realizar estudios de jurisprudencia. ¡Sus progenitores reaccionan horrorizados! En la facultad se mezclaría y relacionaría con todo tipo de gente. Los Fernández se consideran demasiado distinguidos, y desean apartar a su hija de este gran peligro. Que se quede en casa, que se instruya leyendo las obras de la literatura universal. Su destino igual está claro: Se casará con algún rico heredero a la par de ella. Genoveva no logra oponerse a las órdenes de sus padres con respecto a los estudios. Pero hasta el momento actual, en lo más profundo de su corazón, no ha sido capaz de perdonarles su actuación, aunque entiende que haya sido producto de la forma de pensar de aquel tiempo. Los que se llevarán los frutos de su lucha, serán sus hermanos: Algunos van a obtener el permiso para realizar estudios universitarios. ¡Su maldición fue haber nacido en una época demasiado temprana!

Un día conoce al hombre de su vida, el que la salvará de la esclavitud de sus padres. Él representa la libertad, el progreso europeo, la evasión del poder asfixiante de una madre empecinada, quien para colmo de males, la arrastra a la iglesia todos los domingos. Y este extranjero culto, aparecido de la nada, le ofrece la liberación de la agobiante religiosidad omnipresente en su casa. ¿Qué más podía soñar? Además este hombre algún día la llevaría al Eldorado, a Alemania, donde conocería ese mundo impregnado de cultura y de historia. ¿No era esta acaso la oportunidad de su vida? ¡No dudó un instante! Tenía que aprovecharla, para escapar del yugo de su casa. Al principio se encontraban a escondidas. Con su fantasía sin límites se le ocurrían constantemente nuevas excusas para sus salidas inusitadas. Daban paseos por la playa, se sentaban en alguna roca y conversaban durante horas sobre obras literarias. Él parecía poseer un tesoro inagotable de conocimientos. Luego llegó el día en que pidió su mano.

Los Fernández quedaron espantados. ¿Quién se encontraba delante de ellos? ¿Qué árbol genealógico les podía presentar, qué rango social tenía su familia en su lugar de origen? ¡Y no había que olvidar el aspecto financiero! ¿Podría él con su mísero salario de profesor mantener a una familia con decencia, por no decir con ostentación? Para todas estas preguntas no encontraban respuestas satisfactorias. Se tuvo que conformar con un „no" rotundo. Era obvio que no era digno de pertenecer a la parentela de los Fernández. Con mucha frialdad se lo hacían sentir. Esta ofensa, esta profunda herida en el frágil sentido de su honor, Eduard Gruber no la olvidaría jamás.

Pero Genoveva continúa persiguiendo su meta. Será este su esposo o ninguno. Inventa argumentos, llora copiosas lágrimas, pero sus padres quedan inmutables. No la toman en serio. „Es un capricho de una adolescente", se dicen. Ante su persistencia, ceden. ¡Genoveva, la victoriosa! Se celebra la boda un 13 de marzo. Eduard Gruber obtiene un empleo en la firma de los Fernández. Nuevamente la tenacidad de Genoveva aporta frutos para sus hermanos: Ellos podrán casarse con la pareja de su elección, los padres no se les oponen. Todos se casarán por amor, pero no siempre por eso el matrimonio será feliz, ni tendrá la base económica para su consumación en medio del lujo.

Así el matrimonio de Genoveva aparece agobiado desde sus primeras instancias bajo un mal augurio. Las diferencias entre los cónyugues en lo concerniente a educación, costumbres y proveniencia se convierten con el pasar del tiempo en una barrera infranqueable para ellos. Un gran amor los ata al comienzo, pero las desaveniencias, las constantes peleas aumentan sin cesar, imposibilitando cada vez más la comprensión mutua. Genoveva está desilusionada de la vida, y su situación en un contorno extremadamente católico no le ofrece ningún tipo de salida. El divorcio está descartado por respeto a sus padres. Esta estocada es incapaz de darla. La educación ha penetrado en profundidad. Con estoicismo sigue adelante en este infierno de fabricación propia.

Estos son los pensamientos de Genoveva durante el trayecto de unos 20 minutos a lo largo de la rambla que bordea unas hermosas playas de blancas arenas acariciadas hoy delicadamente por las aguas tranquilas del mar, a diferencia de otras ocasiones en las cuales son embestidas furiosamente por las olas alocadas. La familia llega al recinto de la familia Fernández, un representativo palacete con 314 ventanas según recuento realizado por el mismo señor Gruber. Pero su distintivo más particular es un mirador en lo alto que en realidad no sirve para nada, porque la vista hacia el mar se encuentra obstruida por mansiones construidas en el correr de los años. Sigue, sin embargo, conservando un atractivo peculiar para los nietos a quienes les está estrictamente prohibido el acceso a la temida y temible torre. Rodea a la mansión un suntuoso jardín, conformando la propiedad una pequeña manzana. A la entrada principal, situada en una colinita, se puede acceder en automóvil al igual que a un hotel de lujo. En la planta baja se encuentran el hall de entrada con la majetuosa escalera hacia los aposentos del primer piso, el enorme living, cuyas puertas solo se abren en ocasiones especiales, como los domingos, el comedor de tamaño similar, el llamado hall redondo, un escritorio, además de cocina y antecocina. Todo el mobiliario es de proveniencia francesa, seleccionado en catálogos, forma usual de comandar objetos elaborados en el extranjero durante la primera mitad del siglo XX, la época de las vacas gordas en el país. En el hall de entrada un gran reloj de pie recibe al visitante, a la vez que lo ahuyenta con la gravedad ensordecedora de sus campanadas. Y para inspirar miedo a los niños se halla a su izquierda un baúl, todo tallado con figuras casi demoníacas, y con un contenido misterioso, dado que siempre está bajo llave. En el salón, los sillones están tapizados en un grueso terciopelo color escarlata, las cortinas haciendo juego. No falta el piano que tantas tías y también nietos han aprendido a tocar. Una estufa a leña sirve únicamente de adorno en esta sala, ya que es un sistema de calefacción central el que calienta los ambientes contra el frío invernal. Las alfombras, elaboradas en lejanas tierras por personas que ni saben de la existencia de este país, provenientes de las legendarias China y Persia, amenizan con sus tenues o vivos colores, sus parcos diseños o sus despliegues de fauna oriental los oscuros pisos de roble y los muebles de caoba que en ellos reposan, mientras las arañas de cristal y cobre, grandes y pesadas, dominan majestuosas y altaneras el vaivén a sus pies.

El comedor presenta una gran mesa para hasta veinticuatro personas, mientras a lo largo de la pared un estrecho aparador ostenta el servicio de té, la gigantesca chocolatera giratoria y varios objetos más, todos de la más refinada platería inglesa, completada en la mesa central por importantes candelabros del mismo metal. Todo impecable, resplandeciente, mantenido a través del febril trabajo de las empleadas. No solo el piso es de robusto roble, aún las mismas paredes están forradas hasta un metro cincuenta con este material. Reviste gran parte de una pared un enorme gobelino que en colores claros muestra a tres jóvenes en un florido parque con animales reales como el orgulloso pavo. En las esquinas se encuentran sólidas mesas plegables, abiertas en este día para confinar a los niños en la lejanía de los grandes. Un exilio conveniente tanto a los unos como a los otros.

Es la una. Suena el gong, señal del inicio del almuerzo. Los comensales comienzan a desplazarse plácidamente hacia el comedor. No es difícil encontrar su lugar: Basta con identificar sus iniciales bordadas en el sobre de lino de la servilleta. Durante la comida está estrictamente prohibido levantarse de la mesa. Tampoco existe necesidad alguna para hacerlo, ya que tres o cuatro domésticas se encargan de hacer el servicio y de levantar y cambiar la vajilla. Por otro lado no se puede empezar a comer hasta que no estén servidos todos. ¿No se habrán enfriado ya los manjares servidos en primer instancia? Un poco sí, claro está. Pero ahora comienza la batalla, al menos para los niños. ¡Ellos todo lo saben transformar en juego! A ver, ¿quién es capaz de comer el mayor número de milanesas? ¡Cuatro, cinco, seis, siete deliciosas milanesas enormes, pero bien delgadas, van desapareciendo! ¡Y no olvidemos las innumerables porciones de papas fritas que las acompañan! ¡Pero eso sí, hay que precaverse de dejar manchas en el mantel! Como la imaginación humana no tiene límites, hasta para este pequeño desastre los niños han maquinado una solución: colóquese el vaso o córrase el plato de forma de tapar la mancha acusadora. Otro tormento lo proporciona la fruta. Se debe pelar o partir sin utilizar los dedos. Con tenedor y cuchillo se ha dicho, sea banana, naranja, manzana o durazno la víctima. Es sobre todo el olor a los cítricos que la abuela detesta y detecta inmediatamente. ¡Sálvese quien pueda de la amonestación administrada con rigor conventual!

De pronto, un silencio sepulcral invade la mesa principal. Es que el tío Gerardo está sufriendo uno de sus famosos ataques: Sentado rígido, totalmente crispado, con la mirada fija delante suyo, esparciendo centellas de demencia y chirriando con los dientes al igual que las ramas de los árboles cuando chocan entre sí durante un fuerte temporal. ¡Oh, cuánto temía y abhorrecía Lisa estas situaciones! Pedía al Dios, en el que no creía, que hiciera pasar esta tormenta rápidamente. ¡No es que el tío se volviera agresivo, pero esos ruidos que emitía, espantaban hasta al mismo diablo! Afortunadamente los trastornos solo duraban unos minutos, sus músculos se distendían, la conversación se reanudaba y paulatinamente volvía a reinar el barullo acostumbrado.

Estas desaveniencias eran imprevisibles, por lo cual Lisa prefería no permanecer en las cercanías de Gerardo. De niño había tenido una meningitis, cuyos efectos se mantenían bajo control por medio de una medicamentación que él no tomaba con la debida asiduidad. Sus padres le habían encontrado un pasatiempo que se había convertido en su gran pasión: la apicultura. En consecuencia todos los familiares estaban condenados a ingerir su miel, que, aunque de gusto sabrosísimo a flor de eucaliptus, no era elaborda bajo los cánones de estricta pulcritud. ¡Pero qué impresionante el aspecto de Gerardo bajo su máscara de apicultor! A los chicuelos de esta época sin televisión, se les asemejaba a un ser extraño venido del planeta Marte rodeado de un ejército enemigo de innumerables combatientes avanzando con su zumbido en son de ataque. ¡No quedaba otra que emprender la huída ante este ser siempre envuelto de una atmósfera terrible!

Los otros tíos y las tías le son agradables a Lisa, unos más, otros menos. Algunos son conservadores, otros de izquierda. Los unos más ricos, los otros menos. Los hay intelectuales o de cultura mediana. Se encuentra aquí el microcosmos de la sociedad entera. Así es como resultan discusiones duras encaradas desde puntos de vista antagónicos. A veces las voces se elevan a decibeles intolerables, obligando al portentoso abuelo a intervenir con su voz grave y autoritaria para poner fin a las querellas, sean de orden político u otro. Los domingos en familia nunca son pacíficos.

Existen los domingos especiales también: En esta ocasión, el familiar que ha tenido cumpleaños durante la semana está invitado a tomar asiento a la derecha de la abuela, sea un adulto o un niño. Para los chicos, no son solo los regalos los que hacen tan atractivo este paso inusual, es el hecho de sentarse en lugar privilegiado, al lado de la abuela, que aunque pequeña y enérgica, es una persona que influye gran respeto a los niños. Ellos captan perfectamente que se trata de un día muy particular y saben apreciarlo, valorarlo.

Los encuentros semanales sirven para sedimentar las relaciones familiares. Y de hecho los lazos de unión entre los hermanos se ven fortificados, a pesar de sus diferencias de carácter, además de vivir en zonas distantes en la ciudad, de que la obligación de concurrir cada domingo a la casa paterna les resulta a veces agobiante, de que no siempre la comida o los comentarios de los comensales es del agrado de cada uno de ellos. Sin embargo, todos se esfuerzan en asistir; aunque los almuerzos se están volviendo cansadores con ese sinnúmero de participantes, de esa familia constantemente en crecimiento. Los nueve hermanos de la señora Gruber están todos casados y el catolicismo reinante es el mejor promotor de nacimientos. Las cifras fluctúan entre cinco y diez niños por familia, siguiendo el buen ejemplo de los padres. Solo enfermedades o compromisos realmente de importancia son impedimentos válidos para cancelar la asistencia.

Después de la tacita de café o marcela al término de la comida, comienza la sesión de despedidas. Besos por aquí, besos por allá, ¿cuántos sumarán en total? ¿Treinta, acaso cuarenta? Las familias en retirada, pero Lisa, este domingo, se queda, dada su cita con su prima Dorotea. Pese a que esta con sus diecisiete años, la aventaja en casi dos, las primas se entienden muy bien. Quizás a raíz de los viajes de los Gruber, Lisa sea un tanto madura para su edad. Mientras que ella admira en su amiga su hermosura y su arte de hacer conversación, Dorotea, a su vez, la valora por su rectitud.

Margarita, hermana mayor de Dorotea, ha ideado un programa para esa tarde. Está empecinada en comer un gran helado con un delicioso baño de chocolate que sirven en la heladería de la rambla a tres cuadras de la casa de los abuelos. Pero como siempre, se ha gastado ya la mensualidad en sus otros vicios, los cigarrillos, que fuma a escondidas, los discos, los afiches, a parte de artículos varios de maquillaje, de los cuales su bello rostro podría prescindir fácilmente, en cambio su vanidad no. De las dos menores no puede esperar mejora para las finanzas, pero sí de su propia fantasía. Ha concebido un plan: En la parada de autobús ubicada justamente en la esquina de la suntuosa mansión de sus abuelos irán a pedir dinero para los niños pobres. Por supuesto ella misma se mantendrá aparte. Es mejor que las dos jóvenes se encarguen de mendigar. *„La gente se deja llevar más fácilmente a la compasión y a la caridad ante caras inocentes“*, es su argumento.

Lisa, totalmente avergonzada, maldiciendo la hora en que ha decidido quedarse a pasar la tarde con sus ingeniosas primas, le ruega a ese Dios, en realidad inexistente para ella, que la salve de esta situación. De hecho permanece muda, con los labios pegados el uno sobre el otro con el más potente de los adhesivos: el miedo ante el descubrimiento por los pasajeros de autobús o por los familiares. ¿Qué clase de injurias les profanarían estos desconocidos al enterarse de que ellas tres provienen de esa fina casa, estudian en los colegios más exclusivos, pasan las vacaciones en sus estancias o en los balnearios más costosos? Lo que están haciendo es imperdonable, Lisa lo sabe. Es un robo, un engaño.

¡Peor que hurtar directamente el helado! ¿Dónde está la conciencia de estas jóvenes educadas en escuelas religiosas? ¿Les es realmente suficiente descargar sus pecados en la confesión? ¿Tan fácil les resulta purgar sus almas?

Es Dorotea la que habla por las dos, por las tres. Con una sonrisa encantadora acompaña sus súplicas, describe la pobreza en los hogares de huérfanos, la falta de alimento, vestimenta y juguetes, pero eso no es todo. Se supera a sí misma encontrando el cúlmino de las miserias: la ausencia de calor humano, sobre todo del amor paternal, convertido en palizas bajo la influencia dañina del alcohol. Conmovidos ante tanta elocuencia, los transeúntes dejan caer algunas monedas, pruebas de sus malas conciencias, en fin de cuenta, ni mejores ni peores que las de las tres primas.

Una vez reunido el monto suficiente, con la misión caritativa cumplida, las tres estafadoras se ponen en marcha hacia su meta, la heladería. Reclinadas en sus sillitas, sus ojos resplandecen al llegar las tres copas tan deseadas y logradas con tan simple ardid.

„¿Qué delicia, verdad?", repiten las dos hermanas una y otra vez.

„¿De veras?", piensa Lisa, incapaz de gozar plenamente su postre. „Mis primas parecen haber olvidado completamente la forma en que adquirimos el dinero para su pago. ¿Habrá más de un código moral válido? ¿Se podrán perdonar robos cuando no se le ha causado mayor daño a nadie? ¿Exagero yo con mis escrúpulos o son ellas dos unas desalmadas?", se dice Lisa insatisfecha consigo misma y con el mundo.

De regreso en la residencia de los abuelos, un nuevo programa: Es hora de escuchar la radio. Música de Elvis Presley, el ídolo de todo joven. Así no es de extrañar que Margarita y Dorotea se conmueven profundamente al oir su voz. Arriman sus oídos al parlante como si quisieran penetrar dentro de él. Canturrean los textos que han aprendido de memoria, se desesperan y solo falta que se desmayen, piensa Lisa. ¡Ella se esfuerza, se dice que las primas deben tener razón! Es tan grande la muchedumbre de admiradores de este cantante, que con seguridad tiene que ser muy bueno. Pero sin embargo, Lisa no logra apasionarse. En su casa nunca lo escucha. ¿Qué le diría su padre, él que únicamente pone música clásica? ¿Y comprarse fotos de este músico y colgarlas en las paredes del dormitorio, tapizarlas completamente a como lo han hecho las dos primas? ¡No, por favor, ni una sola se ha comprado Lisa! ¡Ni se le ha pasado por la mente esta idea! Pero para no sentirse excluida del mundo de sus amigas, para no ser rechazada, finge la debida admiración. „En el fondo, somos muy diferentes", reflexiona Lisa.

Dorotea y Margarita residen en la casa de los abuelos para poder ir a un buen colegio privado. Sus padres son ricos terratenientes. Su madre, Patricia, ¡la incarnación de la sociabilidad, el más puro ser citadino!, confinada a la vida retirada y solitaria del campo. ¡Castrada su libertad, languidece a semejanza de un pájaro salvaje encerrado! En cambio, ¡qué placenteras las estadías en la estancia para las jóvenes! Lisa había sido invitada varias veces. Gozaba plenamente las salidas a caballo para juntar el ganado, lo que significaba a menudo, la persecución de algún novillo huraño a galope tendido, atravesando los espinillares que dejaban como recuerdo desagradable sus marcas en piel y ropa. Para su vacunación, los bovinos debían pasar nadando por una especie de tubo, que contenía además de agua, un garrapaticida. Los pequeños insectos pican a su víctima, se prenden a ella, succionando la sangre para su alimento. En consecuencia los animales se debilitan, esporádicamente con un fin letal. Por eso la importancia de estos baños, cuya necesidad las reses no comprenden. Es decir, que, con la ayuda de una especie de picanas, se las debe obligar a ingresar en ellos. El continuo mugido de las vacas origina un espectáculo audiovisual tremendo. Pero no menos impresionante son los baños ocasionales de los humanos en el casco de la estancia.

Un empleado tiene que preparar un gran fuego para calentar el agua en un enorme tanque. El líquido corre por unas cañerias añejas, que no dejan de afectar su transparencia: ¡lo que entra en la bañera es de color marrón! ¡Lisa, la primera vez, no podía creer que se tratase de agua limpia! Como todos sumergen sus cuerpos en estos ríos calientes, ella también supera su repugnancia y los imita. Le aseguran que solo se trata de un poco de óxido en los caños, a su vez el causante de ese olorcito molesto, áspero.

Mucha risa les había causado la experiencia con una nueva empleada, a la que se le demostró el uso de la ducha. A pesar de la supuesta higiene diaria, la mujer seguía despidiendo un olor desagradable. Por eso a Patricia se le ocurrió, espiar por la cerradura de la puerta del baño. ¿Y qué vió? A la flamante muchacha, íntegramente vestida, parada al lado de la ducha abierta, el agua corriendo límpida su curso. ¿Por qué? Por miedo, por falta de conocimiento y de costumbre, por no entender la necesidad de la limpieza corporal. ¡Arduo trabajo el de Patricia para convencer a la empleada de la utilidad del aseo! ¡Así eran las sorpresas en la vida de la finca!

El campo también les proporciona a las muchachas la posibilidad de hacer sus primeros experimentos: ¡Con las inútiles barbas del choclo se fabrican unos cigarrillos artesanales envueltos en un amarillento papel higiénico! Los monstruos deformes, demasiado grandes, de gusto extraño, no aportan gran deleite al paladar, pero por ser de creación propia, las chicas no sienten el verdadero sabor, sino uno que imaginan, que se inventan. El placer es real. Pero igual de real es la consecuencia en la pollera de Lisa: ¡al caer un pedazo del maltrecho cigarrillo en el género, lo impregna con sus inconfundibles señas de quemado! ¡A inventar una excusa pues para cuando las vea su madre!

Pero Dorotea y Margarita, dignas hijas de Patricia, con sus aspiraciones de integrantes plenarias de la ciudad, este domingo vespertino, no tardan en encontrar una nueva ocupación después de finalizada la trasmisión radial de la música de Elvis. Se preparan al encuentro, más bien a echar un vistazo desde lejos, a su otro ídolo: un joven rubio que suele pasar en su Vespa de color celeste por enfrente de la casa de los Fernández, los domingos a eso de las cinco. Ambas hermanas se consideran locamente enamoradas del buen mozo aunque lo conocen únicamente de vista, ¡nunca le han hablado! Las dos bellas jóvenes se instigan mutuamente a profesar alabanzas de la inconmensurable hermosura del desconocido, y más aún, compiten en expresiones de su infinito amor por él. Apoyadas en el marco de la ventana, escrutinan el horizonte de asfalto y hormigón, hasta que dejan escapar un emocionante: „ ¡Ayyy! ", pronto seguido del ruido de motor de la motito. A unos 40 metros de ellas, se apea el rubiecito, no muy alto, pero de facciones que cumplen casi con exactitud las normas de los antiguos griegos, en sus labios una sonrisa conquistadora, no intencionada para sus misteriosas admiradoras, invisibles para él. Conversa con un amigo y desaparece en la casa de este, habiendo terminado así para las chicas, el contacto por el éter con esta beldad masculina. Lisa, persona realista y pragmática, no logra encontrarle nada de arrebatador a una aparición fantasmagórica, intocable. Pero toma parte en el juego, se muestra entusiasmada, solo para formar parte del grupo, para que no la desestimen por ser y opinar diferente de sus primas. ¿Qué atracción le puede suscitar este rubio, siendo el cabello de su padre su rival? Sus primas, en cambio, como buenas latinas, se sienten atraídas por este color tan poco común entre sus conocidos. En todo caso, su amor falto de correspondencia, morirá el día en que se enteran de que el extraño ya tiene novia. Unas pocas lágrimas son suficientes para apagar y enterrar este amor sin esperanza y sin otra base que la afición del adolescente por los sueños.

Entretanto ya son las seis, la hora sagrada del té de la señora Fernández. Después del almuerzo suele descansar hasta este momento, acostada en su cama, leyendo, dormitando, recluida del mundanal ruido de la turbulenta casa. Luego baja, fresca y repuesta a la mesa puesta por la servidumbre. Comienza la ceremonia del té. Porque eso sí, el té lo sirve ella misma, con la tetera colocada en una gran bandeja, junto con la lechera, la azucarera y la jarra con el agua caliente que va agregando a la tetera, a medida que lo necesita. Sirve taza tras taza, ¡ella misma tomando hasta seis! Para las jóvenes esta merienda no tiene gran atractivo, ya que solo la acompañan aburridas tostadas con alguna mermelada, ningún bizcocho, ninguna torta. Después de esta comida frugal, Lisa se despide de primas y abuela para emprender el retorno a su casa.

En la parada del autobús enfrente a la casa de los abuelos, le toca una larga espera. Según un dicho popular: „¡El tiempo pasa, pero el 426 no!" De aburrimiento Lisa se pone a observar un coche estacionado cerca de la parada, un Fiat rojo. Su único ocupante es el chofer, un hombre. „Estará esperando a alguien que debe llegar con el 426", piensa Lisa con su mente ingenua. En eso arriba el tan deseado medio de transporte. Lisa sube, paga su boleto y pasa hacia el fondo del vehículo. Pero, ¡cuán grande es su asombro al ver quién lo sigue! ¡El Fiat con su conductor a solas! ¡O sea que no había aguardado a nadie! ¿O es que la persona no vino? *„Estará yendo a su casa"*, se tranquiliza Lisa. Quiere pensar en otra cosa, pero no le es posible. De vez en cuando vuelve la cabeza y siempre constata lo mismo: El autito sigue detrás del ómnibus. No lo adelanta cuando el grande se detiene en las paradas, no se desvía a otro lado. *„Qué extraño"*, se dice Lisa, cada vez más nerviosa. *„Pero aún habrá luz natural cuando llegue a mi parada. Además hasta entonces, con lo lejos que queda, ¡el perseguidor se habrá aburrido!"*, se consuela en pos de terapeuta. Media hora más tarde arriba a su meta: Lisa se baja por la puerta delantera y cruza la calle por delante del autobús, antes de que este vuelva a arrancar. *„¡Fui tan rápida que seguro que no me ha visto!"*, piensa, como si fuera una experta en autosugestión. ¡Oh, joven ilusa! A los pocos instantes un auto colorado dobla a la izquierda y se halla a pocos metros de ella. *„¡No tengo que volverme loca! Calma, por sobre todo, calma. ¡Y ahí está mi salvación!"* Un poco más adelante ve a un muchacho caminando en la misma dirección en la que ella debe proseguir. En un abrir y cerrar de ojos, Lisa se ha colocado al lado de él. Camina ahora a su par, perdiendo un poco el aliento en esta pequeña subida. Su compañero de caminata no se siente nada halagado por esta sorpresiva aparición de la camarada, por la invasión de su territorio en la vereda. *„¿Qué pretendes, mocosa?"*, la rezonga con la mirada. *„Que piense, lo que quiera, no me importa"*, se repite Lisa varias veces, pero no tiene la suficiente valentía como para confesarle a este desconocido lo que le pasa. Porque, ¿de veras le pasa algo, o solo está viendo visiones? Aún el conductor no ha hecho nada malo. ¿Cómo demostrar que realmente existe una auténtica amenaza? *„No quiero quedar como una histérica, una ridícula"*, y sigue callando Lisa. Entretanto el temido chofer ha desaparecido. Ha acelerado, ¡y quizás no vuelva más! *„¡Solo quedan 50 metros hasta casa! ¡A ver si tengo suerte y logro entrar antes de que reaparezca!"*

Y Lisa, con una voluntad férrea, mantiene el paso con el enfurecido caminante, no deja escapar a este ángel protector, que no sabe nada de su rol de salvavidas, hasta llegar al portoncito de entrada a su casa. Adentro, antes de saludar a sus padres, se para detrás de una cortina, a salvo ahora de mal intencionados hombres, y observa la calle. Aparece, sí, una y otra vez el Fiatcito, pero luego ya regresa la tranquilidad habitual en esta zona de poco tránsito. *„A mamá, no le diré nada, solo se pondrá nerviosa, ¿y para qué? A fin de cuentas me pude defender sola de lo más bien. Queda un peligro: ¿Si vuelve...?"*

Durante los días siguientes, ¡Lisa sale de casa con todos los sentidos puestos en estado de alerta! No aparece por ningún lado un coche rojo, ni hombre que se abalance sobre ella. La pesadilla ha acabado. Vuelve a reinar la seguridad acostumbrada.

La casa de los Gruber pertenece al tipo de construcción de la clase media holgada, en un barrio rodeado de edificaciones de un nivel equiparable. Se encuentra a unos 300 metros de la playa, de la cual gozan durante varios meses tanto la señora como sus hijos. La playa es de singular importancia para los citadinos, ya que, aparte de su función de recreo y regeneración para cuerpo y alma, se ha convertido en un importante centro social. La gente se encuentra aquí a como se lo hace en cafés o en la discoteca. A su vez brinda la posibilidad de conocer nuevas personas presentadas por amigos. El método es muy fácil: Se sale a caminar a lo largo del agua, y se dan encuentros casuales con conocidos. Es comparable, en las ciudades españolas, a las plazas, las que se suele circundar varias veces en las noches, sirviendo aún hoy en día como lugar de encuentro para jóvenes y viejos. En ambos casos, tanto en las playas como en las plazas, se trata de lugares totalmente inofensivos y de gasto nulo. Los integrantes de las capas sociales elevadas solo descienden de mañana a la playa, para evitar mezclarse con las empleadas caseras que bajan en la tarde a pasar sus horas libres.

Ahora, para Lisa recomienza la rutina de todas las semanas: Liceo de mañana, en la tarde, los lunes, miércoles y viernes, clases de francés en una especie de club, en su segundo piso. Para llegar a este, hay que subir por una amplia escalera, cuyos escalones están unidos simplemente por medio de unos barrotes de hierro. Por lo consiguiente, las personas paradas debajo, ¡y aquí siempre son hombres jugando al billar!, simplemente levantando los ojos, tienen fácil presa de los pormenores usados por las mujeres debajo de sus polleras. ¡Y hay que ver la gracia que les causa a ellos! ¡Y la vergüenza pintada de rojo en el rostro de las mujeres! Lisa odia esta escalera y a esos inútiles que se entreponen en el camino entre ella y su gran amor, el idioma francés. No sabe cómo explicarle a su madre, que en estas tardes desea usar pantalones. Ya bastantes problemas tienen todas las chicas en el liceo con su pollera de uniforme: es tableada, de un ancho tal, que los días de viento, durante el recreo en la terraza del edificio, tienen que agarrar fuerte las puntas de la falda para evitar que se levante. Las muchachas ocupadas en proteger su castidad, ¡mientras que los varones, al contrario, cultivando un temprano voyeurismo, están al acecho de piernas descubiertas que en verano se les ofrecen en cualquier playa sin traba alguna! Pero es lo prohibido lo que los atrae. Y por eso, en los días ventosos, muy comunes en esta zona costera, las niñas inventan todas las excusas posibles para evitar subir a la odiada terraza, se esconden en los baños, y no comen las vituallas traídas de la casa, por tener las manos ocupadas en su lucha contra el viento revoloteando sus polleras. Ni padres ni pedagogos entienden las recónditas razones del sexo femenino, al cual solo consideran reacio a la estadía en el frío o al aire libre.

Las jovencitas por un lado se sienten humilladas al mostrar involuntariamente partes íntimas aunque se hallen cubiertas, por otro perciben rabia al sentirse vulnerables ante los muchachitos y al ver las risotadas sobradoras en ellos, que llevan protectores pantalones. ¡Qué fácil es para esos machitos! *„Por eso, yo quiero una enagua. Esa me tapará un poco al menos, y no se verán de inmediato mis bragas"*, se propone Lisa. Pero convertir en realidad este menudo pedido a sus padres, no es obra fácil. La madre la manda donde el padre, que es el que administra las finanzas. ¡Lisa se tiene que someter a un interrogatorio digno de la Inquisición! *„¿No podrán una vez tener confianza en mí? ¿Aceptar que tengo necesidades propias? ¿Ser menos indiscretos?"*, se dice Lisa irritada, menospreciada, denigrada. La compra se realiza. El día del estreno, el padre le levanta la punta de la pollera y grita sardónicamente: *„¡Oooooh!"* ¡Lisa quisiera desaparecer en las profundidades del magma de la tierra! ¡Le queda demostrado lo poco que los mayores comprenden el mundo frágil y delicado de una adolescente! Y no será la última vez que pasa por una experiencia de este tipo.

Lisa comparte la habitación con su hermana Genoveva. Una noche, que esta tiene fiebre, la madre decide acompañar a su hija menor, mandando a Lisa a su lecho matrimonial. Cuando Lisa, de catorce años, en plena pubertad, se acuesta en la cama, oye la pregunta del padre: *„¿Y no tienes miedo de estar en la cama con un hombre?"* Lisa, que veía al padre como tal y no como hombre, que no había percibido el más mínimo miedo, que no había pensado en la posibilidad ni remota ni cercana de agresión alguna, ahora sí siente terror, se acurruca en el borde de la cama, se tapa hasta las orejas y recién logra dormirse al oir los ronquidos plácidos de su papá, cuyas palabras no habían estado acompañadas de ninguna mala intención.

La mayor causa para avergonzarse la encuentra Lisa en su propio cuerpo, en su busto, que se desarrolla de tal forma ¡que no halla cómo esconderlo dentro de los trajes de baño en verano! ¡Ni modo de presentarse ante este pueblo conservador y archicatólico con un gran escote con contenido desbordante!

Otra escena escabrosa de su vida le acontece un día de carnaval. Parada con la muchedumbre, viendo pasar el cortejo de figuras con disfraces, los candombes, las murgas, los cabezones que infunden miedo a los chiquillos, siente de repente una mano en su trasero, luego entre sus piernas. Se corre a un costado, se mueve para adelante, pero la mano, atraída como por un imán, la sigue, la encuentra. Recatada y tímida como siempre, Lisa no quiere armar un escándalo, no quiere llamar la atención de amigos ni de los hermanos presentes con ella. Sin pedir ayuda, sin gritar ni dar una bofetada, se enfrenta al hombre, al atrevido, ella sola: Se da vuelta y le echa una mirada de reproche. Poco efecto tiene esta reprobación, al contrario, parecería instigarlo a más osadía. Se le acerca con todo el cuerpo, y su víctima recién se liberará de su cortejeante cuando acaba la procesión, que por suerte es al poco rato. Otro episodio que Lisa no revela, que entierra en lo profundo de su memoria con la esperanza de hacerlo desaparecer de allí. Infortunio de haber nacido demasiado temprano: ¡en 2016, en Alemania, se ratifica una ley de pena carcelaria al que haya tocado a una mujer en contra de su voluntad!

Suceso semejante en un autobús repleto de pasajeros: Se encuentra aún en la parte frontal del vehículo y no discierne si ese hombre la está tocando realmente o si el roce se debe a lo reducido del espacio con tanta gente. Ella se mueve, comienza a girar en redondo para eludir el contacto. Mientras tanto, él, no parece percatarse de nada, permanece cuerpo contra cuerpo a su lado. Pero el que sí se da cuenta de lo que le ocurre a esta joven, es el conductor. Como un buen padre que se compadece de una muchacha indefensa, le ofrece pararse al costado de su asiento, lo que en realidad está prohibido. Lisa se siente aliviada. ¡Menos mal que existen hombres buenos, compasivos, paternales! ¡Cuántas veces no habrá visto él a otras chicas en situaciones similares! ¡Cuántas no habrán callado al igual que Lisa por miedo al ridículo ante una gran muchedumbre! Pero nuevas dudas acechan a la ingenua Lisa: ¿Qué está pasando ahora? ¿Por qué tarda tanto el conductor en hacer entrar los cambios con aquella gran palanca ubicada delante de Lisa, pasando su mano práticamente a milímetros de su ombligo? *„¡He pasado de Guatemala a Guatepeor!"*, se dice Lisa entristecida, decepcionada de la mente masculina.

En realidad, Lisa pasa como mínimo una hora al día en autobúses. Mientras en la mañana es el padre quien la lleva en coche al liceo, para la vuelta tiene que hacer uso del transporte público. En su trayecto, son trolleybúses los que circulan. Por el resto de su vida le permanecerán en muy mal recuerdo, ya que los trolleys frecuentemente se caen, el guarda debe bajarse del bus, colocar las guías nuevamente en el cable, volver a subir al vehículo, para que finalmente se pueda reanudar el viaje. ¡Las trayectorias se hacen interminables! ¡Y Lisa, con cada movimiento descontrolado del bus, reza por la estabilidad de los trolleys! La larga permanencia en el bus incita a Lisa y a los otros liceales a aprovechar el tiempo para contarse chistes de todo tipo, para charlar y en raros casos para leer algún libro. Pero Lisa, la recatada, encuentra otro tipo de pasatiempo: Se enamora de un muchacho, un desconocido, que suele tomar el mismo bus. No se hablan, solo intercambian miradas, ¡que dicen más que palabras! Antes de subirse al autobús ya le late el corazón a Lisa: *„¿Lo encontraré? ¿Estará él? ¿Me quedará viendo nuevamente a mí y a ninguna otra?"* Pero cuán grande es la sorpresa cuando lo encuentra una noche en la fiesta de una amiga. *„Roberto me ha pedido que los presente. ¿Estás contenta?"*, le dice la anfitriona. Lisa, ruborizada como el cielo a la puesta del sol, se pregunta, de qué modo Roberto ha podido saber quién es ella. *„¡Pero, claro está! ¡Es muy sencillo! Por medio de mi uniforme sabía a qué liceo voy, y luego conociendo a Estela, le pasó mi descripción y bueno, no solo por mi larga cabellera rubia y mis ojos verdosos, sino también por el barrio en el que vivo, ella me pudo identificar inmediatamente."*

Varias horas pasan juntos, bailando casi sin cesar. Se hablan por primera vez. Sacian sus ansias de saber del otro, de conocerlo exhaustivamente. Pero, ¡oh horror! Demasiado rápidamente Lisa se desilusiona. Este no es el joven que se había imaginado, que había adornado en su fantasía con los atributos que ella valora: inteligencia, cultura, amor por los deportes. Este es un ser banal, sin intereses, un vago sin chispa, aburrido. Vuelta a la realidad. Acabado el sueño. ¡A buscar nuevamente en quién poner los ojos!

¡Ocasiones para esto no le faltan! Las fiestas de quince de las chicas se suceden todos los sábados convirtiéndose en el eje alrededor del cual gira la semana. De lunes a miércoles se habla del festejo pasado, a partir del jueves del venidero: Del vestido de la anfitriona o de aquel de algunas de las invitadas, de cuánto había bailado fulano con fulana, de que la música había sido de agrado o no; todo se discute con seriedad como si se tratara de resolver los problemas de la política mundial. Es que para las niñas, estos acontecimientos son de transcendental importancia. Impregnan su adolescencia, dejándola marcada con recuerdos indelebles como sellos de colección, las conquistas y los sinsabores entremezclándose, proporcionando un resultado único: la maduración de cada una de ellas. Estas fiestas, en su origen, servían como introducción oficial de las jóvenes en la sociedad. Este significado habiendo caído en el olvido, se suplanta por otro más accesible a todos: ¡La diversión! Se trata de fiestas grandes, a las que se invitan a cien y hasta a cientos de jóvenes, además de algunos mayores, en primer lugar parientes cercanos. Se realizan en clubes o salones de fiesta, que ofrecen la capacidad para este gran número de personas. Se invita a través de tarjetas de invitación en las cuales se lee como hora de comienzo: las 21 h. Sin embargo, a esta hora, las chicas recién entran a la ducha en sus casas, para empezar luego con la ardua labor del maquillaje y del vestirse. Antes de las 23 h los salones están vacíos, languidecientes de aburrimiento. ¡Pero luego no hay quien la pare a esta juventud ávida de inofensivas aventuritas amorosas! Es en la madrugada que se regresa a la casa, generalmente con el estómago vacío, porque la juventud rechaza la abundante comida ofrecida. ¡En cambio, la bebida americana de color marrón no falta en los vasos de la muchachada!

Las chicas lucen costosos vestidos de finas telas, cosidos por las manos de alguna hábil costurera o modista. Tienen que procurar no usar el mismo vestido en fiestas con los mismos invitados. ¡De este modo los festejos se vuelven un asunto costoso, no solamente para los padres de la agasajada, sino también para los invitados, que aparte del gasto del atuendo tienen que afrontar aquel del regalo! Por lo general la anfitriona elige una joya en una joyería, y es costumbre que los invitados aporten la cantidad de dinero que ellos juzguen conveniente para este colectivo. Es gracias a este sistema que muchas señoritas obtienen su primera alhaja, en la mayoría de los casos un collar de perlas y el anillo haciendo juego.

Las fiestas de quince son la oportunidad de conocer a mucha gente joven, además de poder bailar, en ocasiones, al son de música viva. Por eso las horas y los días anteriores a estos eventos están tan efervescentes de nerviosismo. ¿Y si uno se cruzaba con su príncipe azul? ¿Y si por fin conseguía novio? Por lo general la presencia masculina predominaba. Mientras que las chicas solo tomaban parte respondiendo a una invitación, se toleraba, como presuponiendo una ley inexistente, que los varones llevasen algún amigo no invitado al evento. Buena situación para las chicas. ¡Y qué cambios radicales podían surgir a raíz de estos encuentros! ¡Y al día siguiente quizás salía la foto en el periódico! ¡Mostrarse ante las amigas con descripción del vestido lucido, qué gran triunfo envidiable!

Por el retorno tardío, Lisa muchas veces va acompañada por su hermano mayor Eduard, quien ya posee libreta de conducir. O se queda a dormir en la casa de una amiga, ocasión en la que no se levantarán antes de las doce del mediodía. Todo esto contribuye a que las fiestas estén rodeadas de un halo de exclusividad, a que se les atribuya gran valor, es decir que toda adolescente aspire a obtener invitaciones a ellas.

Con su prima Dorotea, Lisa asiste a varias fiestas de quince. Dorotea no se conforma con esos muchachos de carne y hueso que aparecen en las pistas de baile. Siempre está enamorada o persiguiendo alguna figura imaginaria, fuera de lo común, con atributos extraordinarios. No faltan los casos en que, a pesar de contar entre las chicas más hermosas de la noche, ella se queda sin galán. ¿Por qué? Muy sencillo: ¿Qué joven se va atrever a buscarla en la pieza más alejada, en el rincón más perdido y escondido del salón? ¡Demasiada osadía para un muchacho de unos 17 años! ¡Exponerse a la vergüenza de atravesar, a la vista de todos, pidiendo compermiso por aquí y por allá, un ambiente lleno de conocidos que se reirían de él! ¡No, por más bonita que fuera esta Dulcinea, era demasiado pedir! Y así Dorotea pasa muchas noches sin bailar una sola pieza, volviendo a su casa con el convencimiento que no es atractiva, que nadie se interesa por ella. Lisa le hace compañía. No entiende la causa del retiro físico de su amiga del centro de la fiesta, pero no la deja sola, por simple compañerismo.

La extraña actuación de Dorotea encuentra su culminación en una fiesta, ¡en la cual elige como víctima de su desesperanza una puerta corrediza! Corretea con ella para adelante y para atrás, repitiendo en forma monótona la siguiente letanía: *„¡Nadie me quiere, nadie me ama!"*, acompañando sus palabras con pequeños pasos como latidos de un corazón destrozado. Lisa, a pesar de que no la comprende, que anhela la llegada del príncipe para esta admirable Bella Durmiente, permanece fielmente a su lado, ella también abandonada igualmente por posibles admiradores callados, tímidos, cobardes, incapaces de saltar la barrera de esa puerta corrediza que se abre y se cierra en la lejanía, deseosa de dar paso al Sigfrido, al héroe indómito y valeroso, al osado que atraviese todos los peligros para recibir su prenda en pago. Así como Dorotea se arruina las fiestas, provocando su malogro de una forma casi masoquista, así lo hará con su vida: no encontrará a su príncipe azul, dejando atónitos a amigos y parientes que no profesaban más que alabanzas en descripción de su belleza.

Un día, las dos primas se preparan para una salida en casa de Dorotea. ¡Horas de pruebas de vestimenta, de maquillaje, de peinado, hasta que por fin las decisiones están tomadas! Prontas se presentan ante la madre, ante Patricia, instalada en la capital en una casa con las puertas abiertas para las visitas, una encantadora anfitriona, siempre sonriente, con las más dulces palabras de ternura en los labios. Al ver a su hija, resplandeciente de hermosura, vestida con extremo gusto, un regocijo para todo ojo sano, parece enceguecer y dice: *„Hija mía, mejor harías en no ir* *al baile. ¿Quién te va a mirar a ti? ¿Quién se va a interesar por tu insignificante aparición?"* Dorotea baja la cabeza, su mirada se ofusca, titubea, toda su figura se encoge en varias decenas de centímetros, achicada, abatida, reducida a una nada por las palabras nefastas de esta madre que guarda las amables, acariciantes para todos los demás. Parecería que Patricia hubiese agotado su vocabulario protector, auxiliador, de carácter positivo para adular a los extraños, quedando vacía, exenta de comentarios valorizantes para sus más allegados. ¿O es la envidia que la corroe, recordando que ella, igual de hermosa en su adolescencia, no había gozado de las libertades de la juventud actual, no habiendo salido a bailar jamás, no conociendo más que a un pretendiente, a su marido, el padre de sus hijas? Y Dorotea, subyugada, oprimida, desconcertada, asume el rol dictado por la diosa madre, y siguiendo el mal augurio, se lanza de lleno al fracaso.

No así su hermana Margarita, aquella calculadora jefa de personal, quien con la mayor sangre fría del mundo, como poseedora de poderes sobrenaturales, dirige a las menores al igual que marionetas induciéndolas a obrar según su propio albedrío. ¡Ella, la mayor de las nietas de los Fernández, reúne las fuerzas de toda una estirpe, como si se concentrase en ella la función de conservadora de esta generación! Si Dorotea es bella, Margarita es una Afrodita. Es la admiración y el ideal de hermosura de los nietos que le siguen. Ante su aparición, todos los ojos se vuelcan hacia ella, siguen su paso de reina, las voces callan, hasta el aire permanece quieto. A escondidas, en sus casas, las primitas la imitan, practican sus gestos, el caminar aristocrático con la figura erguida de princesa, la mirada firme transmitiendo la seguridad imperecedera de todo su ser, copian sus modelos de vestidos, su peinado, les sea propicio o no. Margarita, aunque impávida, muy bien sabe el efecto que causa su presencia. ¡No solo en sus parientas! ¡En los hombres también!

Y le surgen problemas ¡que ni un Einstein sabría solucionar sin titubear! Invitada a almorzar a casa de su novio, se desespera: *„No sé cuál de los dos pañuelos ponerme: El azul me lo regaló su mamá, el rojo él mismo. ¡Si me pongo el uno, se me va a enojar el otro! ¿Qué hago?"* ¡Realmente un dilema a ser resuelto solamente por integrantes de la alta diplomacia!

En el teléfono puede pasar las horas hablando con sus pretendientes. Pero cuando se ha peleado con alguno, cuando ya no quiere saber más nada de él, es su hermana la encargada de alejarlo, de comunicarle tanto en el teléfono como en la puerta de la casa que Margarita ha salido, que se está bañando o se fue a estudiar con una amiga, mientras que en realidad se halla tranquilamente recostada en la cama, muerta de risa de la congoja que le causa al muchacho. Con cada día que pasa, con cada corazón que rompe, se vuelve más consentida, más altanera, más desconcertante.

Pero también a esta fierecilla le llega su domador con el nombre de Miguel, así parece al menos. Se comprometen. El día de la boda, Margarita está más hermosa que nunca, sus pronunciados labios carnales acentuando su atractivo sexual, su mirada hechicera provista de una agudeza singular, su esbelta figura rozagante en su traje blanco de novia, ¿o será la de una diosa que se ha dignado mezclarse entre los simples mortales? Hasta el pequeño defecto en el labio inferior se transforma en atracción, en vez de ocasionar rechazo. A los invitados les faltan las palabras, los apelativos para describir tan perfecta belleza, únicamente comparable a las estrellas del cine de Hollywood. Todos envidian a los padres por tan singular encanto, y felicitan al novio por su elección.

Siendo la primera nieta que se casa, son cientos de personas las que acuden al enlace en el hogar de los Fernández.

Cada una de las primas solo anhela una cosa: ¡ser la que obtiene el ramo de la novia! Entonces será la próxima en casarse, en volverse el centro de atención. Que esta atención no dura una eternidad, de esto se percata Margarita muy rápidamente. Después de pasar su luna de miel de viaje, después de traer al mundo un año más tarde a una hija vivaracha, comienza el lento pero continuo desmoronamiento de su vida conyugal. La mimada no está dispuesta a ceder en nada. Miguel concede todo lo que le parece razonable, y en lo demás proporciona explicaciones razonables para su desaprobación, trata de apaciguarla, de tranquilizarla durante sus rabietas de niña malcriada. Desea intensamente conservar a esta muñequita adorable que lo arrastra de un infierno a otro, que lo destroza, lo hace añicos. A los dos años, el divorcio. La parentela azorada. ¿Cómo podía ser posible? ¡La flor de los Fernández legalmente separada! ¡Un mundo se les desmorona! ¿Qué reproche se le podía hacer al marido, hombre paciente, excelente? ¿Qué razones inteligibles podía tener Margarita para rechazarlo? Nadie la comprendía.

¿Y las primas? ¡Miedo les entra! ¡Ante tal competencia, nuevamente libre en el mercado casamentero, se aminoran las posibilidades de encontrar esposo! Y además se preguntan: *„Si Margarita, la diosa, la perfecta, no ha sido capaz de preservar su matrimonio, ¿cómo lo seremos nosotras, las simples, las sencillas, las humanas mediocres? ¿Qué hacer para mantener una unión?"*

Margarita se muda de ciudad con su hija, ejerce su profesión de profesora, pero casi no le permite al padre que vea o visite a su primogénita. La madre teme que la rapte. ¡Precauciones superfluas! A los dos años, Miguel emprende la segunda vuelta: se casa de nuevo. Con otra. Sencillamente. Nuevo aturdimiento entre las primas: *„¿Cómo puede un hombre amar a otra después de haber visto, tocado, sentido a la más perfecta de todas, a*

Margarita? ¿Cómo es posible que la haya olvidado? " Única explicación posible: Es un monstruo, inhumano, falto de sentimientos y de buen gusto. Y no se habló más de él. Pasó a la lista de las personas no gratas. Y a otra cosa. Tan sencillo fue.

Miguel sigue ocupándose de su hija, le pasa su mensualidad, pero para Margarita se acaba la vida de lujo. Tiene que encontrar la vía para lograr sustentarse con su chicuela. En lo amoroso no faltan intentos de convivencia con otros hombres; todos fracasan por las mismas razones por las cuales había fracasado su matrimonio. Además va pasando el tiempo, un factor que trabaja en contra de toda mujer. Su carácter no se ve favorecido por estas experiencias, al contrario, ella se va agriando, cerrando, culpando al mundo de sus desgracias, de su soledad y su abandono, que, aunque obras suyas, no las percibe como tales. Le queda esa hija. Todo su amor lo vuelca en ella. La apabulla hasta la asfixia. No importa, ella le devuelve la misma adoración, una admiración ilimitada - mientras es jovencita. Más tarde la situación cambia: su carácter se ve perjudicado por el trato de aquellas tiernas manos maternales deformadas por una vida conflictiva. Patricia, la abuela, desde lejos los observa hasta que un día, en plan de ayuda, para el bien de la niña, la trae a vivir consigo. Decisión nefasta para la inestable Margarita. Las depresiones la asedian. Pierde su puesto de trabajo por falta de asistencia. Ingiere medicamentos estabilizadores de la mente que le desestabilizan el cuerpo: aumenta de peso, casi al doble. Ya hecha trizas, vuelve a vivir en el seno de su familia materna. Rehusa todo contacto social, se esconde avergonzada. ¡Una estrella fugaz que ha desaparecido del cielo! Para las primas un enigma, una esfinge que presenta todas las preguntas insolubles concernientes a la existencia humana, los problemas más complicados, encarnados en la más bella capa etérea y voluble, que ahora yace arruinada ante ellas, atónitas observadoras y alumnas de las leyes de la vida.

Mientras tanto, Lisa continúa con el hábito de la vida de colegiala. Es buena alumna, sin que le cueste mucho esfuerzo. Al pasar al liceo, su madre la conjura a trabajar duro, ya que el nivel lo exige. Lisa obedece, y a fin de año presenta un boletín de notas que consiste solamente de sobresalientes. Cuando se lo muestra con absoluta ingenuidad a sus amigos del vecindario, sin orgullo ni vergüenza, se lleva una gran sorpresa por su reacción: la tildan de traga, de estudiosa. Por primera vez Lisa concibe como falta el ser buen alumno, el presentar buenos resultados en los escritos, el poner atención en las palabras de los profesores, el progresar, el aprender, el saber. Se le viene abajo un mundo. No entiende. ¿Ha obrado mal hasta el momento? Entonces, a partir del año lectivo siguiente se esmera por obtener notas menos buenas, no toca casi sus libros, se hace la distraída en clase, todo para no ser rechazada, para que se la acepte, para ser parte del grupo. Y alcanza su fin: sus notas sufren grandes bajas, y ella está integrada con sus compañeros.

En realidad, el verdaderamente aplicado de la familia es Hartmunt. Su vida persigue una finalidad bien definida: los estudios. No sale, no juega al fútbol, no va al cine, las chicas no le interesan, su tiempo es demasiado sagrado para estas ocupaciones terrenales. En su cabeza solo existen los libros y las clases, de modo que no es de extrañar que sea el mejor alumno de su grado. ¡Alcanzar esta distinción no le resulta tan fácil, ya que tiene un duro rival en constante pugna con él por obtener y/o mantener este galardón! Ambos igual de ambiciosos. Y los Gruber saben leer en su cara en qué anda el ranking. ¡Si Hartmunt llega cabizbajo, triste, significa que su contrincante le ha ganado, le ha quitado el tan estimado puesto! En cambio, si sus ojos brillan, si bromea y sonríe, todos se sienten aliviados. ¡Ellos participan de sus éxitos y derrotas como si fueran los propios! Son como olas que van y vienen. Se le admira su inteligencia y se le necesita, por ser el único en la casa capaz de cambiar un seguro, de arreglar esas pequeñas cositas que suelen descomponerse, y que andando, hacen la vida tanto más agradable. Él es hábil. Es el gran orgullo de la señora Gruber, ella misma prácticamente incapaz de distinguir un enchufe de una toma. La madre trata de inculcar a sus otros hijos la importancia de estos conocimientos útiles en la vida cotidiana; no obstante el resultado es nulo: todos los demás salen a ella, no muestran ni la más mínima aptitud en este particular.

Entre los dos hermanos se desarrolla una amistad salpicada de feroces peleas, en las cuales el padre tiene que intervenir con severidad. Son muchachos de caracteres demasiado disímiles, en realidad totalmente opuestos: Mientras que Hartmunt es sedentario, Eduardo es el nómade, el inquieto, el nervioso, que no puede permanecer tranquilo en una silla o en un sillón. Todo lo aburre, lo exaspera, se asfixia en una habitación por más aereada que esté. Parece tener hormigas en el cuerpo que le pican por dentro, que le imposibilitan mantenerse sentado quieto, que provocan su eterno vaivén en el asiento. Pero es un ser que irradia alegría, simpatía, buen humor. Es bienvenido a todas las fiestas, invitado a todas ellas, como gran amenizador. Sus cuentos siempre causan risas.

Eduardo es capaz de provocar diversión hasta en las situaciones más insólitas. Un día, va al cine en compañía de su madre y de Lisa. La película aburridísima. Eduardo no halla qué hacer con su tiempo y consigo mismo. Se entretiene moviéndose nerviosamente sobre su butaca de madera que chirria a cada traslado de su peso de un lugar a otro. Su madre lo amonesta. Ya la gente se está dando vuelta desde sus sitios para ver quién es el causante del disturbio en el salón. Eduardo no se inmuta. En una situación así no sabe cómo frenarse, cómo desviar sus energías acumuladas. Pero encuentra otra vía, de menor agrado aún para su madre: estalla de risa. De puro aburrimiento y de desesperación por encontrarse encerrado a raíz de un evento tan ridículo. Porque la película no ha cambiado, no ha ofrecido ninguna situación cómica. Y el público enervado con este joven insoportable, ¿lo sacará a chiflidos? Todo lo contrario: ¡Se contagia, primero de forma vacilante, luego más intensa hasta colmar en un crescendo disparatado de hilaridad. ¡Hasta hacer vibrar las paredes del cine! ¡Prueba de los poderes sociales de Eduardo!

La risa es un don muy especial en la familia Gruber, que no solo Eduardo posee. Lisa no se queda atrás. Un día está citada con Genoveva en un cine, pero llega tarde y ya no encuentra a su hermana delante de la sala. Compra su entrada y se acomoda en algún asiento libre que acierta distinguir en la oscuridad. Esta vez sí se trata de una película divertida, y Lisa no solo es que se ríe fuerte y con ganas, sino que además es prácticamente la primera en dar la carcajada, porque es de las primeras en entender el chiste o lo cómico de la situación. Es una gran amante de las películas de humor, pero advierte con tristeza, que de las verdaderamente buenas, existen demasiado pocas. Al cabo de algunas escenas jocosas, Lisa oye una vocecita conocida detrás de ella que le susurra: „¿Eres tú, Lisa?" Genoveva la ha reconocido en la oscuridad por la forma particular de sus risotadas, sin ningún dato más.

Vacaciones de verano. Los Gruber las pasan en parte en algún balneario del país o bien en la estancia de los Fernández. Los hijos disfrutan ambos tipos de veraneo. Mientras que en la costa se va a la playa y se visitan amigos, en el campo el programa consiste en andar a caballo, nadar y salir en bote por el romántico río. Ante la vida turbulenta, llena de actividades y casi de estrés del balneario, la del campo es más calma, pacífica, ordenada y solitaria. Pero tanto la una como la otra suscita fascinación en cada uno de los familiares.

Este año, los Gruber alquilan por un mes una casa en un balneario exclusivo. Gran alegría para Lisa, quien no goza únicamente de los baños en las límpidas aguas transparentes del océano, de caminatas a lo largo de la playa, de la pesca de pejerreyes, de la búsqueda en la arena mojada de berberechos que se comerán al escabeche, quien de regreso en la capital lucirá orgullosa el bronceado obtenido plácidamente acostada en la fina arena, se alegra por sobre todo al cambio radical de vida. Aquí todo es diferente. Se acabó el ritmo fijo, los horarios preestablecidos para clases de diferente índole. Estos se revierten por completo: A levantarse hacia las 12, desayuno ligero, bajada a la playa y almuerzo por las 15 con la familia, nueva ida a la playa, y luego unos paseitos hasta la hora de las discotecas, llamadas boîtes. Regreso a la casa en la madrugada, con los primeros rayos del sol. En la selección de las playas, porque este balneario ofrece un sinnúmero para distintos gustos y necesidades, es decir, playas de aguas mansas, otras movidas y hasta salvajes, Lisa se rige según la moda: bajará en la mañana a la playa tal y en la tarde a esta otra. Oportunidad de encontrarse con conocidos, de hacerse ver y de ver. Lo mismo ocurre con las discotecas. No se va a cualquiera por más buena que sea la música. Se concurre a aquellas elegidas por la mayoría. A Lisa no le molesta estar presionada por el gusto de otros. Le alcanza el privilegio de poder tomar parte en esta vida perfumada de lujo, de extravagancia, de lo selecto, de rozar con la manga de su blusa aquella de un posible millonario, de respirar el mismo aire expirado por algún heredero de miles de hectáreas de campo, al que nunca conocerá quizás, pero con el que compartió durante algunas horas los mismos placeres, los mismos sonidos, la misma vista, los mismos olores, juntos, pero sin saber acaso el uno del otro.

A pesar de haber cumplido entre medio 17 años, a pesar de que en la ciudad Lisa es controlada y observada bajo un régimen severo, aquí sus padres le permiten salir a las discotecas. Las leyes normales pierden su vigencia en esta especie de isla, donde solo rigen el dinero, la excentricidad, el derroche, la ostentación. Es un Mammón presente pero invisible que no usa presión sobre los veraneantes que también pueden pasar todas sus vacaciones simplemente haciendo playa sin necesidad de gastar demasiado dinero.

Una mañana, al regreso de una discoteca, es la empleada medio dormida quien le abre la puerta a Lisa. Como bienvenida le dice: *„ ¡Sigue así! ¡Arriba! ¡Continúa rompiendo los corazones de los muchachos!"* Palabras que surten un efecto muy saludable en Lisa. Sus salidas ya no son en dependencia de la compañía de Eduardo. Es más, los señores Gruber, al finalizar el mes de alquiler, hasta le permiten regresar por una semana a solas con una amiga, Marta, al balneario. Como aclaración argumentan que dentro de algunos meses se mudarán a Alemania y que allá la vida de todos modos es más libertaria. Un mensaje claro: que la niña se fuera acostumbrando a arreglárselas sola en un mundo exento de leyes de moral al igual que en el balneario. Un curso acelerado casi gratuito en amoralidad para jovencitas inocentes.

¡Lisa no puede creer lo que oye! ¡Pero no hace preguntas! Empaca su mochila, aún bajo el aturdimiento de la sorpresa. Hasta su abuela se entera de este permiso especial. En un intento por colaborar con la estadía de su nieta, le entrega algunos billetes, que, cuando Lisa los cuenta, suelta una carcajada: ¡No le alcanzarán para mucho más que un simple helado! La abuela está totalmente despistada. Los precios en el balneario son exorbitantes. *„Es el gesto lo que cuenta",* se consuela la adolescente.

Lisa y Marta toman el tren. Casi lo pierden por llegar demasiado tarde, a sabiendas que los ferrocarriles en el país nunca funcionan en hora. ¡Saltan al vagón en marcha, una marcha muy lenta que no se acelerará prácticamente en los cien km del recorrido! Ha comenzado la aventura. Ellas interpretan el pequeño percance con el salto al tren como de buen augurio. ¡Sabrán sobrellevar impedimentos! Se sientan sobre una de las banquinas de madera. Es la primera y única vez que usan este medio de transporte en el país porque dejará de funcionar poco tiempo después. Su impuntualidad es prácticamente legendaria. Pero ellas arriban a destino. De la estación de ferrocarril siguen en parte en autobús y luego a pie hasta el minúsculo apartamento de una amiga de la señora Gruber. Estaba a su disposición hasta que la amiga llegara en persona, lo que sucedió a los tres días. Ahora comienza el dilema para las chicas: no logran ponerse de acuerdo de adónde ir. Ambas tienen amigas en el balneario que las alojarían por unos días. Pero a Lisa le disgusta la de Marta y viceversa. Como están decididas a permanecer juntas, Marta propone ir a un hotel. ¡Lisa horrorizada! No le parece adecuado que dos jóvenes se vayan solas a un hotel. *„¿Qué dirán mis padres, si se enteran?"*, pregunta nerviosa. Pero Marta, más madura que Lisa, dotada de la sangre fría nórdica de su raza holandesa le responde: *„¿Y por qué van a tener que enterarse? Les contarás que estuviste en casa de mi amiga Estela, que ellos igual no conocen, y listo el asunto."* *„No me va a alcanzar el dinero"*, aclara Lisa. *„No te preocupes. ¡Yo tengo suficiente! Además así me desquito por las primeras noches en lo de vuestra amiga"*, la tranquiliza Marta. Lisa, aunque no muy convencida de la equiparación, no se opone más.

Hoteles de lujo o de alta categoría están descartados a causa de la situación financiera de las dos chicas. Sin titubear se dirigen a otros en la zona central, con a penas una o dos diminutas estrellitas. Por razones de economía se deciden por una habitación con baño en el sótano de un hotel. Que no reciba casi luz solar, no tiene importancia alguna para ellas que solo piensan permanecer en ella para pernoctar. Así, alejadas de los otros huéspedes, sería menor el peligro de ser vistas por la gente. ¡A Lisa no la deja en paz la idea de encontrarse con conocidos! *„¡Pero les dices que estamos viviendo en lo de Estela!"*, le grita Marta exasperada por la insistencia de Lisa en el tema. *„¿Mentirles?" „¡Claro está que sí!"*, responde su tutora.

Pasan días muy lindos en la playa, hacen cálculos exactos para el gasto del dinero en común, parten y comparten todo, y no hay noche en que no salgan a bailar. Pero al quinto día aparece Tom. Es conocido de Marta, un amigo que le desagrada a Lisa, porque considera que no es compañía adecuada para su camarada. *„¿Qué puede tener en común con un hombre de más de treinta años? ¿Por qué no sale con muchachos de veinte o de máximo veinticinco? ¿De qué vive Tom? ¿Tiene una profesión?"* Obviamente a Marta lo que la atraía era justamente la madurez de este individuo. Lo que ella busca es el peligro, la transgresión del límite a lo prohibido. La cautivan los misterios de la vida vedados a las jovencitas de familia bien. Y Tom resulta ser la encarnación de todos esos vicios humanos que los padres se esmeran en mantener alejados de sus hijas cuidadas. Marta le revela a la virginal Lisa de qué vive Tom: Se encuentra con mujeres casadas, atractivas, un tanto abandonadas por sus esposos, y ellas le pagan a él por los servicios que sus maridos ya no les brindan. Lisa no lo cree posible. Que existe la prostitución femenina lo sabe, pero la masculina, no, debe ser un malentendido por parte de Marta. Esta, como una vieja sabia, le asegura que no se equivoca, que hay muchas mujeres insatisfechas en este mundo. Lisa, perpleja, no sabe si creerle. En todo caso, se siente corroborada en su impresión de disgusto y rechazo por Tom.

Una noche, de regreso de una discoteca, un tanto en las afueras del balneario, sentadas en el viejo Volkswagen de Tom, riendo, discutiendo, bromeando, Tom no parece poner mucha atención en el escaso tránsito. ¿Habrá bebido demasiado? En todo caso, ese pobre motociclista, que rodaba correctamente a su extrema derecha, quizás un obrero en el camino a su trabajo, ¡mientras que estos holgazanes volvían de una parranda!, vuela por el aire, su moto rozada por el coche de Tom. „¡Hay que ayudar al seguramente herido!", le pasa por la mente a Lisa. „Quizás necesite una ambulancia o un médico." Pero no alcanza a pronunciar una sola palabra, porque Marta se le ha adelantado: „Tom, debes partir a la ciudad. A nosotras déjanos un poco más adelante y continuaremos los par de cientos de metros a pie. Apaga las luces del coche, toma este dinero, que quizás te haga falta. ¡Y suerte!" Sin titubear, Tom sigue los consejos dados por esta chicuela, apaga las luces, embolsa el dinero sin chistar, él, al fin y al cabo, acostumbrado a ser mantenido por las mujeres, y deja bajar a las dos jóvenes en las cercanías del hotel. Nadie mencionó al motociclista, al maltrecho, al dañado sin culpa, que probablemente yace dolorido, con algún hueso quebrado al costado de la carretera. Por suerte ya está por amanecer y pronto alguien lo socorrerá, se consuela Lisa, demasiado cobarde y acobardada en esta situación fuera de lo común para ella, una situación que se escapa a su dominio. ¡Y qué insegura se siente! ¡Y Marta, en cambio! ¡Cómo ha sabido manejar la catástrofe! ¡Sin parpadear! ¿Es acaso una de las amantes de este gigoló? ¡Admirable esta Marta, pero a la vez temible! ¿Qué otras sorpresas le proporcionaría aún a Lisa?

Fuera del coche, Lisa se siente aliviada. „Menos mal, que no nos agarró la policía", piensa. „¡Si les llegaba la noticia a mis padres, nunca más me dejaban salir así! Ahora al menos estaremos a salvo de la compañía demoníaca de Tom", se tranquiliza Lisa. Marta, en cambio, tiene otras preocupaciones: „Ojalá no descubran a Tom. Seguro que su coche está ligeramente *abollado en la parte derecha. ¿Le alcanzará el dinero que le dí para arreglarlo antes de ser descubierto? Además los papeles del coche no están en regla. ¡Pobre Tom!"*

„¿Cómo que pobre Tom?", se dice Lisa enfurecida. *„Al contrario, que lo encuentren, que lo castiguen. ¡Justicia! ¡Y que se le brinde ayuda al herido!"* Sin embargo ánimo para abrir la boca no tiene Lisa. Calladita vota en pro del inocente abandonado, mas ella tampoco vuelve hacia él para socorrerlo ni proclama por las calles el nombre del prófugo.

Excitadas y ensimismadas en sus pensamientos llegan las dos amigas al hotel no lejano. Abren la puerta de su habitación, ¡y nuevo susto! La pieza está inundada. El agua ha surgido del baño. No parece ser de cloaca, por no despedir olor, más bien asemeja a agua limpia, proveniente de alguna avería de la cañería. En conciliábulo deciden no informar la recepción. El hotel está completo, es decir tendrían que abandonarlo en búsqueda de otro alojamiento, para el cual no les alcanzaría el dinero. Ya no les quedan más que dos días, durante los cuales el agua seguirá subiendo de nivel, dañando la pintura y los muebles. Pero ellas no tienen idea de estas cosas, solo de los pesos restantes en sus propios bolsillos. Informan a las empleadas que no desean que se les haga el dormitorio. ¿Qué grito habrán pegado el día del descubrimiento de la inundación? ¿Qué maldiciones habrá proferido el dueño?

Las dos chicas abandonan la escena de sus aventuras muy satisfechas, pudiendo comprobar a sus padres que son capaces de sobrevivir solas. No revelan sus grandes pesadillas, esto hubiera aniquilado su demostración de madurez. Lisa, contrariamente a sus costumbres, revisa durante días la sección policial de los periódicos sin encontrar mención alguna del malaventurado motociclista. Y como Marta al igual que Lisa poco después abandona el país, el tema no se tocará nunca más entre ellas, una historia policial más sin solución.

Lisa crece en este ambiente discrepante: Por un lado palpa con las manos la gran riqueza de los Fernández, por otro lado crece en un medio burgués, teñido y acompañado por la avaricia paterna. Pero la vivencia de estos contrastes no resulta en absoluto dañina: al contrario, le sirve a Lisa para abrir bien sus ojos, la provee de flexibilidad y la capacita para sobrevivir en cualquier tipo de sociedad y de situación. De los Fernández adopta el indescriptible orgullo, la conciencia de ser algo especial por pertenecer a una estirpe reconocida, mientras que de los Gruber adquiere la facultad de arreglárselas en la vida cotidiana, de vivir la vida real y no solo la de los cuentos de hadas. Munida de estos conocimientos del mundo de los humanos va a partir a la vieja Europa, llena de expectativas, con el dolor de abandonar a amistades, pero con un entusiasmo genuino.

Los alemanes en el Uruguay

Las primeras colonias de alemanes se congregan en el Litoral, es decir a lo largo del Río de la Plata y del río Uruguay, en los departamentos de Colonia, Soriano, Río Negro, Paysandú y Salto. Entre 1885 y 1890 alrededor de 800.000 emigrantes abandonaban anualmente Europa. Esta cifra aumenta a 2 millones hacia la Primera Guerra Mundial. Se habla del *"alud inmigratorio"* para el período de 1870 a 1914, en el que 40 millones de europeos se dirigen a ultramar. La causa es la extrema pobreza, a su vez resultado de la explosión demográfica. El estado uruguayo admite la entrada de extranjeros para fomentar la agricultura. Bienvenida es especialmente la mano de obra humilde y trabajadora.

A consecuencia del advenimiento del nazismo en Alemania en 1933, para evitar su persecución, son ahora los judíos quienes tratan de emigrar. Suiza introduce la obligación de visado a los alemanes. Dado que los pasaportes de alemanes judíos llevan sellada una gran *jota* mayúscula, los suizos a ellos los dejan entrar sin visado, como gesto humanitario. Y Alemania misma no se opone a que judíos partan con documentación falsa, porque el país se enriquece a través del éxodo, por medio del impuesto a la huída (*"Reichsfluchtsteuer"*) ¡que asciende a nada menos que el 25% del patrimonio en 1934! Y a partir de 1941, los judíos residentes en el extranjero perdían la nacionalidad alemana, con lo cual sus posesiones pasan a las arcas del estado alemán. ¡La misma reglamentación se aplica a los deportados! Con el transcurso de los años, los países van cerrando sus fronteras, de modo que 1938 se torna el año de mayor inmigración judía al Uruguay. Después de la anexión de Austria por el ejército alemán, el gobierno uruguayo intima a sus cónsules en Suiza ¡a facilitar pasaportes a aquellos ciudadanos austríacos que posean capital! En tal caso no necesitan presentar la restante documentación, como ser certificado de buena conducta. Se habla de un aumento de "turistas" al Uruguay, pero se trata de un giro notorio en la política uruguaya que siempre había mantenido sus puertas abiertas a desposeídos. Con relación a su población total, en fin de cuentas, ¡el pequeño Uruguay admite más emigrantes que los EEUU! Comportan un total de 10.000 refugiados de Alemania.

Para emigrar al Uruguay, el extranjero debía poseer 400,- dólares americanos o un contrato de trabajo. En Alemania se forma un centro de ayuda para formular la solicitud, para el financiamiento de la travesía y de la documentación. Además este ente ofrece cursos profesionales y de lengua.

En 1932, se funda la *organización extranjera* ("*Auslandsorganisation*", "*AO*") del partido nacionalsocialista alemán en el Uruguay. Para hacerse miembro, son indispensables tanto la nacionalidad como la ciudadanía alemanas. De los 6.000 alemanes residentes en el país en aquel entonces, unos 1.000 son ciudadanos alemanes. En 1935 se crea en Paysandú el partido nazi junto con la asociación de *juventud hitleriana* ("*Hitlerjugend*"); los jóvenes se presentan de uniforme en sus reuniones de carácter sobre todo deportivo-militares. Tanto el colegio alemán de Paysandú como la *Hindenburgschule* de Montevideo reciben ayuda económica del *Reich*, ¡es decir siguen las pautas del partido nazi! Por eso, los opositores al nazismo crean una nueva escuela en la capital, la *Pestalozzischule,* de corta duración, ya que tiene que cerrar en 1940 por razones económicas. ¡La *Hindenburgschule* se halla habilitada como Liceo de Enseñanza Secundaria! Ha surgido de una escuela eclesiástica fundada en 1847 que admitía niños sin conocimientos de la lengua alemana para poder llenar sus aulas, y que alcanzó un máximo de 210 alumnos.

Mucho antes del comienzo de la Segunda Guerra Mundial, los uruguayos demuestran abiertamente su descontento y su desconfianza hacia los alemanes. En consecuencia, las autoridades deciden vigilarlos, mandando espías. Como se inculpa a ciertos agricultores de guardar documentos secretos en colmenas, se envían apicultores, supuestamente para examinar la higiene de las colmenas. También se inspeccionan viviendas en la ciudad de Paysandú en 1940. Teléfono y correo son controlados. De esa forma, algunos alemanes resultan presos, a veces por unos días, otras por años. El 20 de mayo de 1940, la población uruguaya realiza demostraciones delante de la embajada alemana en Montevideo y destroza las vitrinas de la compañía Bayer. La desconfianza culmina con el cierre de la escuela alemana de Ulmenau, Paysandú, en 1942, por parte de las autoridades uruguayas. Gran parte de la biblioteca del colegio, probablemente con la mayor cantidad de libros alemanes en el Uruguay, fue quemada por orden de un funcionario.

El mismo recelo lo van a demostrar a su vez los alemanes hacia los uruguayos, después del ataque británico al acorazado alemán Admiral Graf Spee en diciembre de 1939. La legación alemana insta al gobierno uruguayo a investigar la posible aplicación de gases por parte de los ingleses contra el barco alemán. El resultado es negativo, pero el Dr. Meerhoff, alemán y nazi, sostiene lo contrario.

Cursan teorías sobre planes subversivos alemanes, tanto en Argentina como en Uruguay: allá el *plan de la Patagonia*, acá el de *Fuhrmann*. Se vincula a ambos con la *"AO",* la organización extranjera nazi, también llamada *"la quinta columna de Hitler"*. Esta pretende, con la ayuda de los cinco millones de alemanes radicados en el extranjero, lograr la conquista del mundo entero. En América del Sur tiene como finalidad cambiar el mapa político de ciertas regiones. En 1938, el Dr. E. Ehrlich en Berlín menciona los territorios en el Nuevo Mundo poblados por alemanes y que estos deberán ampliar a una comunidad alemana sin fronteras. Ese mismo año se publica en el *Deutsche Volksbund für Argentinien* perteneciente a una organización nazi, un mapa de Argentina con población únicamente de indios primitivos y de colonos alemanes. Concretamente, en Argentina, se deseaba anectar la Patagonia para formar los *"Estados Unidos del Sur" ("die Vereinigten Staaten des Südens")*, pero en 1939 se pudo comprobar que se trataba de una noticia falsa. A continuación, la Argentina prohibió todo tipo de asociación de extranjeros.

El *plan Fuhrmann* era similar al argentino: Pretendía la conquista del Uruguay para transformarlo en colonia agrícola. Se descubre el plan en junio de 1940 y al señor Arnulf Fuhrmann, junto a los demás jefes, se les somete a un proceso criminal, que durará tres años, al cabo de los cuales se condena a Fuhrmann a trece años de prisión, pero se le libera en 1946. La Comisión Investigadora y la Cámara de Representantes encargan un estudio sobre las usanzas de los alemanes en el país. Su autor, Hugo Fernández Artucio, recibe amenazas por parte de alemanes a causa de la publicación en 1940. La hace bajo forma de libro de unas 150 páginas, ¡que se reeditará a los 10 días a raíz del gran interés por parte del público uruguayo! Fernández Artucio documenta la actividad subversiva del *Partido Obrero Nacional Socialista Alemán*, fundado en 1933, y denuncia a los jefes de este movimiento, tildándolo de anti-uruguayo. A través de entrevistas, Fernández Artucio descubre que el *Partido Obrero* presiona a sus integrantes a denuncias en el caso de incumplimiento de la reglamentación nazi. Esta comprende el deber de: comprar en negocios de otros nazis, emplear a nazis, ayudar a otros nazis a obtener un trabajo, enviar a los hijos a escuelas nazis, hacerse miembro y/o ganar nuevos miembros para el partido, etc. Las normas citadas fueron enunciadas en Stuttgart en 1937, después de que las *AO* fueran incorporadas al Ministerio de Relaciones Exteriores del *Reich* el 30 de enero de ese año. Así es que el Ministro de Alemania en el Uruguay, el señor Langmann, se siente capacitado a declarar abiertamente en 1938 que no solo representa a su gobierno, ¡sino también a su partido!, es decir el nacionalsocialismo.

Las medidas que toma el *Frente Alemán del Trabajo*, una agrupación obligatoria de alemanes, también de aquellos residentes desde hace décadas en el país, son p.ej. el boicot a las mercaderías de un comerciante alemán y el cese del suministro de mercancía desde Alemania, en el caso que él no adhiera al *AO*. El monto de la afiliación se envía al *Reich*. Existen, según las pesquisas de Fernández Artucio, *"Rollkommandos"*, tropas de castigo corporal, que no escatiman en dar palizas a los que no acatan las reglas del *AO*. Tampoco faltan las represalias en Alemania a los familiares de opositores al nazismo en el Uruguay. El ultraje racial (*"Rassenschande"*), es decir un casamiento o una relación sexual con una persona no perteneciente a la raza aria, es penado por igual si se comete en Alemania o en el extranjero. En resumidas palabras, ¡el *AO* extorsiona, amenaza y castiga! No solo distribuye los periódicos oficiales del partido nazi en Argentina y Uruguay, sino que obliga a los miembros a asistir a las exhibiciones de películas exclusivamente de carácter político, a contribuir a las colectas para la *Sudetenhilfe* o al *Winterhilfswerk* (auxilio de invierno, comparable a las colectas realizadas en la España franquista de ayuda a necesitados), ¡ambas contribuciones a ser expedidas al *Reich*!

Existen en el Uruguay comercios pertenecientes a nazis, pero no todos sus empleados comparten la ideología, debiendo esconder sus verdaderas opiniones por miedo a represalias y/o a pérdida del puesto de trabajo. Queda claro que en el Uruguay viven personas regidas por leyes extranjeras, en este caso nazis. Los colegios cumplen la función de transmitir las ideas nacionalsocialistas. Presentan retratos de Hitler en sus aulas y exhiben la bandera alemana. En Paysandú se prohibe la enseñanza del castellano en el colegio alemán.

Según Fernández Artucio, los nazis entrenan *tropas de asalto* (*"Sturmabteilung"*, *"SA"*), con prácticas de tiro y entrenamientos de guerra. Además poseen más de cien motocicletas, que son adaptables a fines militares. Pero la prueba más contundente que se ha encontrado contra el grupo nazi, son mapas del Uruguay confeccionados por al Instituto Geográfico Militar y de su pertenencia. La escala es 1/50.000, ¡una medida para fines militares o económicos, pero de ningún modo turísticos! El plan concreto de Arnulf Fuhrmann, ciudadano de Salto, es ¡una ocupación militar que estaría finalizada en el correr de solo quince días, un *Blitzkrieg,* una guerra relámpago!

También el *plan Fuhrmann* parece haber sido falso, ya que los nazis en el Uruguay no poseen ni las armas suficientes ni los medios para ocupar el país. Los EEUU tienen interés en crear rumores desestabilizadores en los gobiernos sudamericanos, desean instigarlos a unirse a los Aliados y a una declaración de guerra contra Alemania. A consecuencia del proceso Fuhrmann, la embajada alemana debe disolver el *AO* el 12 de junio de 1940, y el Uruguay romperá las relaciones diplomáticas con Alemania a comienzos de 1942, mientras que le declarará la guerra a ella y al Japón recién el 13 de febrero de 1945, ¡cuando la guerra no solo está casi finalizada, sino que además ganada por los Aliados! El país que más preocupa a los EEUU es la Argentina con su gobierno militar, proclive al fascismo. Y ella le declarará la guerra a los países del Eje más tarde aún: ¡el 28 de marzo de 1945!

Tan grande es el temor de EEUU ante la Argentina con su posición antiamericana, que ya en 1940 idea el plan de establecer una base aeronaval en las orillas del Río de la Plata. En 1944 surge una nueva tentativa de implantar una base, esta vez, en la Laguna del Sauce, nuevamente bajo el pretexto que los nazis atacarían el Uruguay directamente. Los EEUU encuentran apoyo tanto en Gran Bretaña como en los servicios secretos uruguayos. Aunque los trabajos al respecto se comenzaron, al volverse de conocimiento público, tanto el pueblo como senadores se opusieron y se paró la obra.

Durante el gobierno de Baldomir (1938 a 1943) existía una política de "caza de brujas" y circulaban listas negras conteniendo los nombres de nazis, además de una uruguaya, una americana: *"Proclaimed List of Certain Blocked Nations"* y la británica: *"Statuary List"*. Los judíos en el Uruguay instan a los otros judíos a no comprar en los negocios enumerados en estas listas y en comercios nazis en general. Como en 1940 el ambiente está tan sensibilizado en contra de los alemanes, en junio la *Comisión judía pro Defensa* extiende tarjetas de legitimación a aquellos miembros judíos refugiados de Alemania ¡para que no se les confunda con nazis y no se les expulse de sus puestos de trabajo! Por otro lado, los judíos no desean llamar la atención de forma negativa en el Uruguay e incitan a sus correligionarios a adoptar las costumbres del país, que las mujeres no fumen en lugares públicos, ni en el café ni en la playa, que se hable el castellano, que no se den paseos en grandes grupos. Muchos judíos son vendedores ambulantes, con la particularidad que introducen la compra a crédito en el país. Hay quienes fundan fábricas textiles creando otra novedad, la de la confección, que va a sustituir al sastre y a la modista.

Antes de la llegada de los fugitivos del nazismo, había habido otra ola de inmigración judía: La de los sefardistas del Imperio Osmánico que se encontraba en decadencia a comienzos del siglo XX. Son personas provenientes de países como Siria, Jordania, Egipto; vivían bajo el yugo de ese imperio. En 1967 son unos 50.000 judíos los que viven en el Uruguay, mientras que en 2007 su número se ha reducido a 17.500 por la emigración a Israel y destinos varios.

Otros alemanes que llegan al Uruguay pertenecen a la congregación de los menonitas. Estos son integrantes de una iglesia evangélica libre. Su nombre proviene del teólogo Menno Simones, un holandés que vivió de 1496 a 1561. Se caracterizan por su honestidad, por compartir la propiedad, por ser pacifistas y opositores al servicio militar, por lo cual se les consideró subversivos y fueron perseguidos en la Europa del siglo XVIII. Se les denomina "*los callados*" ("*die Stillen im Lande*") por su pasividad. En Prusia se les tolera porque son ellos quienes, a través de la construcción de diques, vuelven cultivable la tierra inundable.

El 29 de octubre de 1948 arriba a Montevideo el barco holandés "*Volendam*" con 751 menonitas provenientes en su origen de Danzig de donde habían huído en 1945 ante la llegada del ejército ruso. El transporte lo organizó y lo financió el Comité Central Menonita (MCC) de EEUU. Este mismo comité respalda la adquisición de la estancia *El Ombú* de 1.200 hectáreas, ¡la que con anterioridad había pertenecido a la compañia Liebig! En 1951 llega la segunda ola de menonitas, provenientes de Galicia, Ucrania y Polonia, y fundan la colonia *Gartental*. El idioma que los une es el *Plautdietsch*, una forma del alemán que data del siglo XVI.

Dado que son muy trabajadores y que se ayudan mutuamente, progresan rápidamente. Por ejemplo, ya en 1956

141

utilizan la energía eólica para generar electricidad. Pero existe un problema: No poseen documentos de identidad, son apátridas. En 1958, la embajada alemana logra que el estado alemán les otorgue el documento y la nacionalidad alemanes.

Fernández Artucio y el peligro nazi en el Uruguay

El profesor de filosofía de la Universidad de Montevideo, Hugo Fernández Artucio, realiza dos publicaciones más sobre el mismo tema nazi. La primera la intitula: *"The Nazi underground in South Amercia"* y es editada en Nueva York, la segunda, *"The Nazi octopus in South America"*, que es publicada en Londres en 1943. El contenido de ambas publicaciones es exactamente el mismo. En todo caso queda claro que estas dos naciones, los EEUU e Inglaterra, están sumamente interesados en propagar, en fomentar el miedo y el odio a los nazis. Porque son estos dos sentimientos los que Artucio azuza en su obra de carácter francamente tendencioso.

Por esta afinidad a la polémica, ya expresada con vehemencia en un discurso ante la asamblea universitaria, Artucio es arrestado con prisión en 1936. No solo manifiesta la existencia de agentes de países totalitarios que construyen planes contra la seguridad nacional, ¡sino que acusa al gobierno uruguayo de darles su beneplácito! En el *Congreso Internacional de las Democracias americanas* que se realizó en Montevideo en marzo de 1939 se revela la penetración nazi en Latinoamérica. Y es a partir de octubre de 1939 que Artucio va a relatar diariamente y durante 6 meses en una emisión de radio *El Espectador* casos concretos de la expansión nazi en el Uruguay. La audiencia de todo el país le trasmite acusaciones contra este grupo. Estas son evaluadas en colaboración con un exjefe de policía de Montevideo.

Pero serán dos periódicos democráticos argentinos, *"La Prensa"* y *"La Vanguardia"*, quienes publicarán sus investigaciones el 2 de mayo de 1940. Y mientras el Uruguay no ha reaccionado a sus declaraciones, la BBC inmediatamente propaga por todo el mundo la noticia de actividades subversivas alemanas en el Uruguay.

Y ahora sí, el gobierno uruguayo reconoce el peligro: En junio de 1940 pone el sistema de transportes, los puertos y las ciudades fronterizas bajo el comando del Ministerio de Defensa Nacional. Este mismo hace un llamado al pueblo para que se enrole en el ejército, y la Cámara de Diputados da la autorización para la compra de artefactos de guerra. Se conjetura que los nazi, al verse descubiertos, van a actuar antes que el Uruguay sea capaz de armar su defensa. Por eso el gobierno coloca guardias militares en puentes, cruces ferroviarios, faros y en las vías principales de acceso a las ciudades. Igualmente se controlan las emisoras radiales. Las acciones culminan con trece cabecillas nazis ante tribunal. El arribo casual en estos días de dos cruceros americanos a Montevideo, ¡se interpreta como la garantía de ayuda militar de parte de los EEUU!

Artucio se ve nuevamente acusado, esta vez por un nazi, el propietario de un diario, que él supuestamente ha difamado. Pero entre medio, Artucio cuenta con el apoyo del Congreso, y para más se acelera el juicio contra los trece nazis apresados a pesar de la presión comercial ejercida por Alemania.

A causa de este revuelo, varios países latinoamericanos invitan a Artucio con el objetivo de aprender de las experiencias uruguayas respecto al riesgo nazi. Inglaterra no se queda atrás, pero el país en que más tiempo pasará, serán los EEUU. Casi un año permanece aquí, porque este será el país, que liberará la batalla final contra los nazis, argumenta Artucio, mientras que Sudamérica representa la base lógica para un ataque nazi a los EEUU.

El plan nazi de convertir el Uruguay en la *"Alemania Antártida"*, en un *"estado experimental a la Mandschukuo"*, al igual que aquel que los japoneses crearon en marzo de 1932 en Manchuria para usarlo como productor agrícola (¡el 85% de las exportaciones pertenecían a este rubro!) tenía raíces aún más antiguas. En 1849 se funda en Hamburgo la *"Hanseatische Kolonisationsgesellschaft"* *("Sociedad hanseática de colonización")* con la finalidad de llevar colonos alemanes al Brasil, donde por 1940 habita el 90% de los alemanes radicados en Sudamérica. En 1903, Wilhelm Sievers había publicado *"Südamerika und die deutschen Interessen"* *("Sudamérica y los intereses alemanes")*, en el cual recalca la importancia del continente sudamericano para la expansión del imperio alemán. Luego, en 1911, Richard O. Tannenberg publica *"Grossdeutschland, die Arbeit des 20. Jahrhunderts"* *("„Alemania engrandecida, la labor del siglo XX")*, donde incita al gobierno alemán a apoderarse de África Central, el Cercano Oriente, las islas del archipiélago de Malasia y de la mitad sur de Sudamérica; estima que un imperio colonial de esta magnitud es equiparable al poder político de Alemania. Por 1942 los nazis reproducen el mapa futurista de Sudamérica para el año 1958 que había realizado Tannenberg. Un atlas *"Deutschland und die Welt"* *("Alemania y el mundo")* muestra los estados de Paraná, Santa Catarina y Río Grande do Sul como colonias alemanas.

Pero, ¿cómo se imaginaban los alemanes la conquista de todos estos territorios? Apuestan a una guerra psicológica que finalizará con una rebelión desde adentro. Los alemanes radicados en Sudamérica deben estimular a los otros pobladores a mostrar su descontento con el gobierno local. Deben hacerles creer que Hitler les distribuirá tierras a todos por igual. La pobreza es la aliada de los nazis. La inigualdad económica, el hambre en medio de la plenitud, la falta de servicios médicos, un gobierno que no representa a los grupos mayoritarios, les facilitarán la tarea destructora a los nazis. Uno de ellos, el consejero del gobierno argentino Von Faupel, tiene la osadía de recomendarle a los generales de no proteger la vastedad de la Patagonia, que a consecuencia quedará completamente desprovista de guarniciones, convirtiéndose en fácil presa para el enemigo. A partir de 1940, von Faupel pasará a ser uno de los directores del *AO* en Berlín. La propuesta de Artucio, en cambio, es clara: influenciar la opinión pública en la dirección contraria, hacerle comprender que la democracia está en peligro en América del Sur, que se debe salir en su defensa contra los nazis, sobre todo porque las fuerzas armadas en todos estos países son débiles. Aún en la conferencia de Río en 1942, la Argentina se opone a declararle la guerra a Alemania. Pero las grandes naciones, los EEUU e Inglaterra, siguen instando a los países sudamericanos a sumárseles en la guerra contra el Eje, lo que lograrán con el pasar del tiempo.

Frío en el alma

La familia Gruber se muda a Alemania, a la ciudad de Hannover, capital del estado de Baja Sajonia. Medio millón de habitantes, el carácter provincial. Edificaciones grises, faltas de alegría, en un país en camino hacia la riqueza, las cicatrices de la guerra prácticamente cerradas ya. Arribo en plena primavera, a comienzos del mes de mayo, el famoso mes placentero, así tildado por el máximo poeta alemán, Johann Wolfgang von Goethe, porque es la época del florecimiento, del renacimiento de la naturaleza, muerta, cohibida durante los fríos meses del crudo invierno. Todos los alemanes, con los ojos puestos en cada capullo que intenta abrirse, sedientos de captar la explosión de colores en los suaves pétalos después de tantos meses de opacidad. Pero la recién llegada, la descendiente de una raza mediterránea, mimada por un clima templado, desconocedor de hielos y nevadas, no ve más que lo que falta: El sol diario que le caliente el cuerpo y el alma. Las lluvias y lloviznas entristecen y ofuscan su mente, impidiéndole la visión de las hermosuras existentes de verdad. Con lo cual los dados están echados para una estadía de sufrimiento y de rechazo.

En realidad esta hubiera sido la oportunidad para la señora Gruber de abandonar a su marido, permaneciendo ella en su país natal. Andando mal el matrimonio, sufriendo ella, él y sus hijos, cuán fácil hubiera sido poner fin a la vida en común. Pero no, ella siempre actuando en contra de la sencilla lógica, argumenta distinto: *„No quiero que los chicos algún día me echen en cara, que yo les cerré el camino hacia una sólida carrera en Alemania, en un país industrializado, de futuro cierto."*

146

Lisa cree descubrir una razón diferente en la forma de actuar de su madre: *„En realidad para ella significa una aventura, un gran cambio con nuevas experiencias enriquecedoras. Desea satisfacer su propio interés y su curiosidad por conocer el mundo desarrollado. Además no la habrá abandonado totalmente la esperanza de comenzar una nueva etapa de reconciliación con su marido. Todo muy humano, comprensible y aceptable.“*

Así es como en el año 1968 los señores Gruber se embarcan con Hartmunt, Lisa, Genoveva y Lorena, de a penas 3 años, a Alemania, Eduard quedándose en Sudamérica, dado que ha encontrado un empleo satisfactorio. Se instalan en un gran apartamento de 200 metros cuadrados en la casa paterna reciclada, en una de las mejores zonas residenciales de la ciudad. La familia muestra un estándar de vida elevado. Y al principio, la señora Gruber está contenta y hasta orgullosa. Sí, el esposo tiene un buen puesto de trabajo, reconocido por la sociedad en la que les ha tocado vivir. Ella se puede permitir el lujo de emplear a una limpiadora, quedando a su cargo solamente las compras de vituallas y el cocinar, los mismos quehaceres realizados hasta el momento en su patria. Suficiente tiempo le resta para satisfacer sus gustos literarios y gozar de largas siestas, sus únicos vicios vitalicios.

Pero, con el pasar de las estaciones, el clima se le convierte en una barrera insalvable. Los interminables inviernos fríos y húmedos, además de grises acongojan esta alma solitaria. ¡Si al menos vivieran en el sur del país, donde el *Föhn*, ese viento proveniente de la caliente África, acarrea una oleada cálida junto con los revitalizantes rayos del sol, aunque en mucha gente también provoca dolores de cabeza, si estuvieran en el sur con su cercanía a la dulce Italia, sus playas, sus lagos, su población risueña y conversadora! ¡Cuánto mejor se sentiría! Pero no, es que el señor Gruber justamente para provocar a su mujer, para irritarla, para castigarla, para vengarse en ella de su altanería, para doblegarla había elegido el norte de Alemania, ¡zona propicia para depresiones hasta en los mismos alemanes! Así lo siente e interpreta ella, aunque no desconoce las sabias razones que han guiado a su marido a tal decisión. A pesar de estas condiciones externas desfavorables, ella no sucumbe; su voluntad férrea y su orgullo personal son los que la mantienen cabeza en alto.

La señora Gruber encuentra un camino para mejorar su propia situación financiera, cometiendo a diario una pequeña estafa a su marido: del dinero para comprar los víveres, muy medido por cierto, y de cuyo reducido monto ella solía quejarse sin tregua, logra apartarse una pequeña suma. Juntándole a esta sus entradas por diversas traducciones realizadas en juzgados y para algunas compañías, reúne suficiente dinero para ir al sol que no viene a ella. Viaja varias veces al año, por lo general con sus dos hijas menores, a un país más honrado por la presencia asidua del astro rey: a España con su maravillosa costa mediterránea y sus Islas Baleares. Sacrifica al lujo la cantidad, es decir prefiere huir múltiples veces de Hannover y de su cada vez más ensimismado marido, y residir en simples pensiones, a viajar una vez, pero cómodamente. Hasta años más tarde se jacta de su perspicacia financiera para conseguir precios favorables. Al mismo tiempo no deja de quejarse de su marido: *„¿Por qué no nos habremos instalado en una ciudad con aeropuerto internacional como Frankfurt? ¡Ahí las combinaciones de vuelos son mucho más favorables!"* Que su esposo había pensado en dimensiones económicas mucho mayores de las que ella era capaz, que veía el reciclaje de su casa paterna como una gran inversión rentable a futuro, que en su ciudad natal podía usar viejas conexiones y conocidos para su trabajo, todo esto ella lo callaba con un simple: *„¡Bah!"* En su casa paterna, ¡donde el padre ejercía nada menos

148

que la profesión de comerciante!, no se había hablado nunca de dinero, ni de negocios. Se era demasiado fino para esas banalidades de la vida. ¡Y así les iría a todos sus hermanos! Pero por sobre todo, ella le echa en cara a su esposo que no le proporcione los medios para solventar sus viajes – lamentablemente vistos como caprichos por él. ¡Y de este modo ella tiene que sacrificar los honoríficos ganados bajo el sudor de su frente o vender algún anillo de gran valor con una pérdida descomunal, para la compra de pasajes de avión hacia un sol en el que su patria no había tacañeado jamás! ¡Ella teniendo que costear algo que su país le ofrecía gratuitamente! Pero no ve o no quiere ver que en un matrimonio los gananciales se juntan, que el compartir, forma parte de las reglas de juego. Tilda de egoísta al esposo, sin ver cuán injusta y empecinada es ella misma.

Los engaños o la capacidad de supervivencia, la señora los aplica también en otro rubro de la vida cotidiana: el termostato de la calefacción central para el apartamento lo sube apenas su marido ha abandonado el edificio. Mientras él argumenta que no puede respirar a causa de la sequedad del aire y por consiguiente reduce la temperatura, ella trata de permanecer el mayor tiempo posible encapuchada debajo de los múltiples acolchados en su cama, único lugar en el cual ella se siente con libertad para regular a su propio gusto el calor - ¡gracias a una frazada térmica! Pero cuando extrae las manos de debajo de las mantas para sostener un libro, su suplicio se torna evidente. Este aumenta aún más al transitar por el apartamento. Así el matrimonio adulto parece haber encontrado su juego perfecto, torturándose el uno al otro, el padre volviéndose más avaro, porque el dinero es su única arma, y la madre, juntando a los hijos en su derredor, y a su favor.

Todos están abiertamente de su lado, quedando el padre solo, pobre, el injusto según el resto de la familia, volviéndose cada vez más huraño, más empecinado en sus posiciones, más intransigente, intolerante, dolido por la falta de comprensión de sus hijos hacia él. Sus reacciones continuamente más descontroladas y duras. Termina las discusiones pegando una puerta, gritando, echando maldiciones. Las escenas se repiten. Parecería que el matrimonio quisiera poner en práctica las desaveniencias descritas por León Tolstoi en su novela *"La sonata a Kreutzer"*, en cuyo capítulo XXII Posdnyschew admite: *"...para dar escape a mi furor, agarré un pisapapeles, y gritando... lo tiré al suelo hacia donde ella (*su esposa) *estaba."*

Los almuerzos en familia se vuelven desagradables, la expectativa de una pelea siempre está presente. ¡Ante este ejemplo, Lisa se jura que nunca se casará, convencida que no es posible llevar una vida en armonía con el cónyugue!

La madre, muy astuta, de una forma muy sutil, sabe usar a sus hijos en su favor. Lo mismo relata Tolstoi en la novela nombrada, en cuyo capítulo XVI Posdnyschew relata: "(Los hijos se volvieron) *no solo medio de lucha, sino también armas de combate. Era como si lucháramos el uno contra el otro con los hijos... Cuando los niños llegaron a la edad en que se define el carácter, vinieron a convertirse en aliados, que cada uno procuraba tener de su parte. Los pobres sufrían mucho con eso, pero nosotros, con nuestra guerra sempiterna, no teníamos la cabeza para pensar en ellos."*

La señora Gruber comienza a forjar en sus hijos a los aliados para un regreso a la patria querida. No solo los induce a distanciarse del padre, a verlo como el malo, causa primaria de su malestar, para más anhela convencerlos de que la vida en Alemania es un horror, y en cambio en Sudamérica el paraíso terrenal. Trabaja tanto a la ingenua Lisa que esta llora y llora de añoranza por la patria abandonada. En realidad, Lisa no tiene de qué quejarse. En el liceo ha encontrado nuevos amigos, se siente integrada, aceptada y sus resultados también son satisfactorios. Se escribe con regularidad con sus compañeros sudamericanos; pero de una forma muy pragmática, ve el pasado como tal y se lanza al futuro abiertamente. Sin embargo, su madre logra que exprese a su padre el deseo de retornar a la vieja querencia. Le ha fabricado un plan completo: *„Le dirás que quieres hacer secretariado, así podrás trabajar pronto para ganarte el dinero del pasaje de avión.“* Lo que la madre busca es una coartada para regresar ella misma a la distante patria: no se le va a poder rechazar el deseo de visitar a una hija. El futuro de su vástago la deja sin cuidado. Cuál sea el anhelo de este para su vida, si es realmente su ideal la profesión de secretaria, no tiene importancia. No se ha tomado el trabajo de analizar la capacidad intelectual de Lisa, ni de conocer sus gustos. Arrasa con su personalidad y toma una decisión por ella como si fuera una muñeca a moldear a su propia voluntad. Y lo consigue con esta joven de diecisiete años, ajena completamente a lo tramado en el fondo por su ingenuosa madre egocéntrica.

Para Lisa la salvación viene de otro lado. Su padre se pone firme: *„¡No quiero oir más nada de un secretariado hasta que no hayas terminado el bachillerato!“* ¡Casi dos años de espera, dado que el sistema escolar alemán dura trece en total! El padre ha hablado tan tajantemente, tan seriamente, que está claro que no se podrá transigir con él. Todavía está vigoroso, con fuerza para la oposición y la imposición de su voluntad, ¡no por mucho tiempo más!

Lisa llora aún durante algún tiempo, en realidad por impotencia, por ver sus intentos frustrados. El tema no se toca más. Tampoco el día que Lisa aprueba el bachillerato. El secretariado ya no le interesa, nunca le había interesado a ella. Sigue una carrera universitaria, para la cual está dotada, que la llena de placer. „¡Yo *sentada día tras día, mes tras mes, detrás de una máquina de escribir, qué horror!"*, se dice ahora ya más madura e independiente. „¡*Me hubiera muerto de angustia como secretaria!"* Y la madre lo sabe, lo había presentido siempre, pero igual nada la había frenado en la realización de su ambición personal. Además le guarda rencor a Lisa, por su falta de apoyo en su causa privada, por no sentir el mismo amor por la patria querida, por hereje, por haber cambiado de religión, por haber podido adaptarse donde ella no pudo, no hizo el esfuerzo o solamente no quiso hacerlo. Para más, ve que Lisa siente agradecimiento a su padre por haberla salvado de tan grave error. Él ha ganado en su estima, justamente lo contrario de lo ansiado por su madre. Y Lisa toma este episodio como ejemplo a seguir si tuviese ella hijos en el futuro: „*Me impondré duramente al igual que él lo hizo conmigo con chicos que no tengan la madurez necesaria. Aunque sufran durante un corto período, ¿qué significa eso en comparación a una mala decisión que puede resultar determinante para el resto de una vida?"*

Mientras Lisa continúa construyendo su vida, su madre sigue empecinada en la única meta válida para ella: el regreso a su paisito, a su gran familión. En realidad, Lisa siente una gran admiración por su mamá, teniendo en cuenta el enorme cambio en las circunstancias de su vida. Por primera vez se encuentra alejada de un lugar en el cual un nombre con tradición lo era todo. Aquí está desnuda, se debe presentar por sí misma, se tiene que valer por sí sola. Probablemente está completamente desconcertada, perdida y su código de valores distorsionado. Solamente por su carácter fuerte e indomable es que no sucumbe, que sabe asirse a nuevos valores, que ella es capaz de aceptar, como lo son la inteligencia, los conocimientos.

¿A quién tiene ella en Alemania? A los parientes de su marido. ¡Pero a estos los ignora! No valen nada a su modo de ver, no los visita ni acepta visitas de ellos. A pesar de que se trata de las actuaciones que mejor ha aprendido en su niñez: el trato y contacto con la parentela. Pero a ellos no los ve como tales. Son inexistentes. Tan sencillo es.

Le resulta suficiente tener que soportar a su cuñada, la única hermana de su marido, su gran adoración desde la tierna infancia. Hannelore, de 70 años, habita en el mismo edificio, en un apartamento de mucho menor tamaño que aquel de los Gruber. Como vive de una pequeña jubilación, el hermano le ayuda en lo que puede: Le paga la cuenta del teléfono, le alcanza en la tarde el periódico ya leído por él, y le proporciona una comida caliente por día. Sí, cocinada por su esposa. Como esta se ha rehusado a recibirla en su mesa para el almuerzo, un plato de comida le es alcanzado a diario por Genoveva o Lisa. La señora Gruber se muere de rabia: *„¿Qué estará diciendo esta bruja detrás de mis espaldas? ¿Que cocino mal, que no es suficiente, que no varío a menudo los platos? ¿Qué cosas podrá inventar esta desagradecida sobre mí? ¡Porque está claro que le encanta hablar mal de uno!"* Pero no puede negarse por completo al acto de beneficiencia que debe brindarle. Porque en los años de posguerra, Hannelore les había sido de gran ayuda adquiriéndoles antigüedades en forma de trueque: Ellos mandaban desde Sudamérica café, azúcar y otros alimentos básicos faltantes en la Alemania derrotada, y ella se los cambiaba por artículos de plata o porcelana, objetos coleccionables. Así los Gruber mostraban orgullosos tesoros obtenidos gracias a la avidez humana. Cada paquete llegado de Alemania había significado un gran arrebato de alegría, razón harto suficiente para cualquier mortal de mostrarse luego agradecido con el procurador de este sentimiento.

La tía Hannelore es en realidad una señora encantadora, que posee muchos conocidos en la ciudad, que no ha abandonado nunca, más que para realizar cortos viajes. Tiene el don de gente, de modo que hace amistades nuevas constantemente y con facilidad. El teléfono, su medio de unión con amigas que ya dejan de ser móviles a causa de la edad, es el instrumento más importante en su vida. Son horas las que la divorciada sin hijos pasa con el aparato colgado en la mano.

Su simpatía también resulta atrayente a sus sobrinos. Ya desde la lejana patria se habían forjado una imagen de esta benefactora. Es que en cada paquete ella había agregado algún vestido, un libro, un juguete, alguna pieza de un valor inconmensurable para ellos, ya que les permitía jactarse ante sus amigos con un objeto llegado de ultramar. Era indudable que sin conocerlos, sin haberlos visto, había desplegado en ellos toda su pasión maternal acumulada durante tantos años. Y ellos sienten este amor desinteresado. La tía siempre tiene tiempo para ellos, escucha atentamente sus cuentos, aunque sean futiles. Se ríe gozosa de los chistes. ¡Y eso que sufre fuertes dolores causados por el desgaste de las vértebras de su columna maltrecha! Apenas los oye subir las escaleras con gran estrépito, a grandes pasos, tal vez saltos, abre su puerta y les desea la bienvenida con júbilo, ¡ella que ha estado mirando el reloj en espera del arribo de sus seres queridos! Los niños comienzan a aparecer a escondidas, a la hora de la siesta de la madre, que se ha puesto celosa: *„¿Qué le ven a esa vieja? ¿Quién sabe qué ideas les pone en la cabeza?"*

Los dos hermanos, Hannelore y Eduard, son dos polos opuestos. Ella, dadivosa, magnánima, alegre, de buen humor, mientras él, tacaño, reservado, a menudo mal humorado. Por las cualidades que él mismo no posee, la admira, igual que a un ideal inalcanzable, una utopía no realizable. Y ella lo idolatra por lo que él ha materializado en su vida. En ciertas situaciones ella lo supera a él: cuando un obrero efectúa un trabajo en el apartamento, ella le ofrece generosamente una propina, a pesar de no disponer en realidad de los medios para hacerlo. En cambio su hermano, que sí los tiene, titubea y se retuerce, antes de abrir ligeramente su monedero. Él la tilda de derrochona, de despilfarradora, pero ella se siente inhumana y se muere de vergüenza si no actúa de esa forma. En todo caso, los obreros vuelven sonrientes al siguiente trabajo, y a veces, hasta ni le cobran por haberse encariñado tanto con ella.

¿Y la señora Gruber? Siente unos celos de carácter enfermizo por esta cuñada que le arrebata parte del amor y del interés de su marido. No le concede lo que ella ya rechaza y no valora. A esta pobre mujer, cuyo pariente más cercano es este hermano, el único que le ha quedado con vida, ni las migajas de su propio amor le prodiga. Así es como transforma en odio la armonía y la paz que podrían haber gozado de a tres.

Y hay otro ser que los tres codician: ¡Lorena!

La benjamina es la adoración de todos. Hermosa su carita, dulce su carácter, se los ha conquistado con sus grandes ojos negros, cuyo solo parpadear hace temblar corazones. Se le mima al extremo tal, que se le permite bailar encima de la mesa del comedor ante el gran asombro de invitados alemanes. Ellos lo interpretan como signo de mala educación, ¡mientras que la señora Gruber aprovecha para otorgar lecciones en temperamento latino!

Pero debe aceptar una derrota: Lorena sí ama a su tía, la visita a escondidas durante la larga siesta materna. Más celos ofuscan la mente de la madre.

En realidad, es una cualidad de su carácter la que se torna en contra de la señora Gruber: es de una honradez ejemplar. No miente. Es amante de la verdad, de la sinceridad, a tal extremo que hasta rechaza la amabilidad, como aquella personificada por Hannelore. La diplomacia es una ciencia hipócrita, usada para encubrir verdades, según ella. Todo lo dice directamente, sin ruedos, sin sonrisas apaciguantes ni vocablos atenuantes. Así también trata a su esposo. Con ese amor hecho trizas, se dirige a él con despecho, frialdad, hasta groseramente. Siempre demostrando o exagerando sus sentimientos de desdén por él.

Va más allá. Lo castiga, por ejemplo, no cocinándole sus platos preferidos ni de la forma específicamente demandada por él. No le agradan las comidas fritas en aceite, chorreando este líquido malsano, ¡pues, nada qué hacer! Milanesas, papas fritas, croquetas, todas nadando en grasa aparecen a menudo en la mesa. En cuanto al desayuno, no es ella quien se lo prepara.

Pero el juego más perfecto es el de la calefacción, en donde como gato y ratón amenizan el drama diario como con una chispa de fuego. Bienvenida interrupción de la monotonía cotidiana. Él sabe, que apenas abandona la casa, su mujer subirá el termostato. Lo enfurece sentirse impotente ante su actuación. Ella a su vez, está tan dominada por su marido, tanto miedo y respeto le tiene, que por sí misma, en el correr del día baja el termostato, en vez de mantenerlo a una temperatura constante. Cuando él regresa en la tardecita, su primer acto de hombre de la casa, es apagar totalmente la calefacción, argumentando que por un lado el ruido de los radiadores al distenderse con el pasaje del agua caliente, lo molesta en la paz vespertina, y por otro lado la sequedad del aire le irrita las narinas. Es por eso también que los radiadores se encuentran adornados con múltiples latitas, que habían servido de envase a sardinas españolas, y que ahora contienen agua que se evaporará para humedecer el aire. Aunque su esposa no está de acuerdo: *„¡Esa agua nunca pasará al estado de gas a las temperaturas que tú pones el termostato!"* ¡Pero ahí anda el doctor en letras reponiendo el agua de sus sagradas latas!

El matrimonio encuentra otros juegos para atormentarse. Hay uno que se puede poner en práctica todo el año. Por la famosa sequedad del aire, por el malestar que esta provoca en el esposo - todo manías e invenciones para tormentar a su entorno, según la esposa - él ha ingeniado lo siguiente: no se dejará correr el agua de la ducha que cae dentro de la bañera. Con el tapón puesto, se conservará ahí y servirá para humedecer el aire, pero el astuto letrado le ha encontrado otra utilización adicional: se echará en baldes en el inodoro en lugar de usar la descarga de la cisterna. ¡Gran disentimiento en la familia! ¡Discordia terrible! ¡Indignación general! *„¡Qué idea tan asquerosa! ¡El agua sucia como espectáculo chocante para denigrarnos a todos! ¡Ya basta!"*, grita su mujer disgustada. Años más tarde, Lisa aprendería a valorar la visión futurista, avangardista, revolucionaria de su padre. En unas revistas leería que las aguas servidas se han convertido en un problema serio para las grandes ciudades. Una manera de solucionarlo es el de aprovechar el agua de la bañera para el inodoro, almacenándola en un reservorio construido especialmente a este efecto, de donde llega en tuberías a la cisterna. Sin lugar a duda un proceder más estético para utilizar el agua de la ducha, haciéndola desaparecer de ante la vista, pero la idea del señor Gruber no dejaba de cumplir con un importante aspecto ecológico de la preservación del medio ambiente que forma parte de una problemática moderna de mayor envergadura cada día. De todas formas, la Sra. Gruber, en oposición o por verdadero placer, toma a diario un baño de inmersión en su propio cuarto de baño, haciendo caso omiso de las reglas de su marido, es decir, dejando escurrir la totalidad del agua después de finalizado su ritual higienizante.

Porque tal es: un ritual al que se somete como por obligación autoimpuesta. Sus baños son cortos, no duran más que diez minutos acaso. No cumplen una función regeneradora, sino más bien de castigo al esposo ahorrista.

La pareja tampoco se pone de acuerdo en la educación de sus hijos. A Genoveva, el pediatra le detecta pies planos. Le recomienda el uso de plantillas ortopédicas para evitarle futuras molestias. Su madre disiente: „Mis hijos son todos sanos. ¡Si tienen algún defecto vendrá de tu familia, porque lo que es la mía, es fuerte y exenta de enfermedades, no como la tuya!" Una afirmación con la mira puesta en las muertes tempranas del suegro y del cuñado. Ambas atribuibles a la Primera Guerra Mundial. Razones que no cuentan para la señora Gruber. ¡Quien pasa por alto que su suegra ha muerto recién a los noventaiún años! „Ella es un caso especial. Es una excepción." Inventa reglas a como le conviene y endereza la realidad a su propio gusto. Tranquilamente ignora lo que le desagrada, como si por ello lo pudiera hacer desaparecer. Como por arte de magia.

El padre, sintiéndose responsable por la salud y el bienestar de su hija, le hace probar plantillas y se las compra. Como estas solo entran en unos horribles zapatos grandes y pesados, nada semejante a lo que está de moda o a lo que le agrada a la joven Genoveva, su madre obtiene un fácil triunfo: Genoveva se niega a usar esos botines, en realidad instigada por su rebelde madre, ¡mucho más rebelde que ella misma! Que el aspecto físico no tiene importancia, que es el efecto sobre los pies, las piernas y por ende sobre las caderas y la columna, el que vale, estas ideas maduras y sanas, la madre no las trasmite a su hija, aún demasiado niña para poder discernir por ella misma entre lo que le pueda servir o no.

Los dentistas son un tema similar. *,, ¡No, Lorena no tiene caries!"*, perjura su madre, ¡porque ella tiene la suerte de poseer dientes de caballo, resistentes a todo el chocolate devorado vorazmente por su dueña! No escucha al médico. No se tratan los agujerillos en la boca de Lorena. A los veinte años verá la consecuencia: ¡Los dientes atacados ya no tendrán salvación! ¡Serán extraídos y los costos de manutención de la dentadura serán muy elevados! Otro triunfo deplorable de la madre, solo del momento contra el impotente y debilitado marido.

Convencida a como está la señora Gruber del buen estado de salud de los suyos, estudia los novios y las novias de sus hijos con un ojo escrutinante. A cada uno le descubre alguna debilidad, si no es la probable pérdida del riñón, es con seguridad la silla de ruedas o la tuberculosis, todas profecías que no dejan de ser fantasías malignas. Las mismas críticas las recibe su marido, ese hombre elegido por ella en contra de la voluntad de sus padres. Lo considera enfermizo, debilucho, aunque no se le constata ninguna enfermedad, excepto un leve reumatismo. ¡Él no falta nunca al trabajo, y a pesar de aventajarla en diez años, no será él el que muera primero de los dos!

A tal punto llega la manía de la señora Gruber con la medicina, que da los diagnósticos sobre las enfermedades de sus hijos ella misma. En todo caso condesciende a escuchar el veredicto del médico, en corroboración de lo que ella ya ha detectado. ¿Medicamentos? Vocablo desconocido. Solo pasa el umbral de su casa la mágica aspirina, aquella maravilla de multiuso, que sirve para bajar la fiebre, si los paños de agua fría en frente y muslos no obtienen el efecto esperado, a su vez contra el reumatismo, y sobre todo contra los frecuentes dolores de cabeza de la ama de casa. ¡Contra los dolores de estómago o de oídos una bolsa de agua caliente! Contra el resfrío, inhalaciones de hojas de

159

eucaliptus, calentadas simplemente en una olla, de donde el vapor se esparce por toda la habitación del enfermo. ¡En verano, el agua salada yodada del mar cura absolutamente todo! ¿Antibióticos? Son malas palabras, un veneno para el cuerpo, siendo mucho mayor el daño que el beneficio que le aportan. Sus métodos funcionan. Porque su familia es sana y fuerte. Porque nunca contraen una enfermedad grave.

Aparte del interés por la literatura, el matrimonio Gruber no comparte muchas aficiones. Peor aún, no hay respeto por las pasiones del otro. El señor, por ejemplo, ama trabajar en el jardín, plantar unas florcitas según la estación, remover la tierra por aquí, cortar ramas secas en otoño y demás. Para él resulta un buen contraste, un equilibrio sano con su estresante labor intelectual de director de liceo. Cualquiera lo vería así, menos su esposa. *„¡Ensuciarse las manos en el lodo! ¡Qué repugnancia!"* Una ocupación para el vulgo, pero no para el señor profesor, en su opinión. Con su educación de fina heredera, a pesar de los meses pasados en el campo paterno, el contacto directo con la tierra, con el polvo había estado excluido de su vida. ¡Y eso que ella ama el verde, la naturaleza! Pero poseer una planta, un ramo de flores en el apartamento, eso no. ¿Por oposición a su marido jardinero? ¿O por falta de ese toque de femeninidad, que se expresa también en la coquetería? En todo caso aprovecha para expresar un comentario despectivo sobre su marido, cuando este se halla en el jardín: *„¡Está revolviendo la tierra!"*, le comunica a alguien que lo requiere en el teléfono. Y en realidad debería de reconocer que realiza una buena labor. Las plantas crecen von vigor, el despliegue de colores de las flores resulta agradable al ojo. Nuevamente no ve lo que no desea ver.

Además de trabajar la tierra, el señor Gruber tiene su sistema para mejorarla, fertilizarla. Exige de su esposa que en la cocina separe los residuos orgánicos, que se los guarde en una bolsita para que él los pueda enterrar cerca de sus plantas más exigentes. Pero a su esposa le aborrece hacer esto. ¡Poner las manos o la vista en la basura es de mendigos, de las personas más abyectas de la sociedad! ¡La llena de horror el solo pensamiento en los restos impregnados de microbios! Es una cosecha muy reducida, la que llega al jardín. En fin de cuentas, el señor Gruber se ha adelantado nuevamente a su época. Al igual que con su excelente sistema de ahorro de agua para el consumo en la cisterna, también con el compost se ha convertido en un genial pionero, aunque no reconocido por sus allegados.

Lo que ella sí ama son los animales. En el correr de su vida han pasado por sus manos perros y gatos, la mayoría de ellos simplemente recogidos de la calle, pájaros, hamster - para los niños - , conejos, caballos, hasta una cabra, cuya leche había alimentado a sus tres hijos mayores, y muchas gallinas. Estas constituyen una eterna causa de disputa en la pareja. El esposo, procurando proteger sus plantas del pico destructor de las aves, exige que se las mantenga encerradas en el gallinero, muy espacioso por cierto. ¡Ocasión bienvenida para la esposa de fastidiar a su jardinero! Al igual que con la calefacción en invierno, ahora durante los meses de verano, está pendiente de su salida de la casa. Apenas ha desparecido el odioso guardián de las flores detrás de la esquina, ella les abre la puerta del gallinero a sus animalillos, quienes, ansiosos, se apresuran a desparramarse bulliciosamente por el verde. Primer acto del señor de la casa, al regresar del trabajo: inspección de sus cuidadas plantas amadas. ¡Como el mar en tormenta se desata su furia! Con la velocidad de la gacela vuela al lado de su infiel esposa: *„¿No te he dicho que no sueltes las gallinas? ¿Has visto lo que han hecho?"* Y ella, la calma personificada, con un gesto despreciativo, le responde: *„Si tus plantas crecen, es gracias a los excrementos de mis gallinas. Es* *sabido que es el mejor abono que existe."* Con eso está todo dicho, el marido sin palabras. Y volviendo a la obra ya citada de Tolstoi, en el capítulo XVII, Posdyneschew describe un perpetuo continuo similar al de los Gruber: *"Nuestras relaciones tornábanse cada vez más hostiles, y llegamos a ese período en que no era ya preciso el disentimiento para la hostilidad, porque la hostilidad se encargaba de provocar el disentimiento; ya podía decir mi mujer lo que quisiera, yo era de antemano de la opinión contraria, y ella lo mismo."* Un callejón sin salida. Y continúa Posdyneschew: *"Hasta donde puedo recordarlo ahora, las opiniones que yo defendía no me eran tan preciosas que no hubiera podido sacrificarlas; pero ella tenía la opinión contraria y ceder hubiera significado cederle a ella. Y eso no lo podía. Ella tampoco."* Una guerra sin fin. *"Teníamos nuestras escaramuzas a propósito del café, del mantel, del coche, de los juegos de cartas, en fin, lo que se llaman fruslerías, que ninguna importancia podían tener ni para el uno ni para el otro. Por mi parte, sentía hervir continuamente en mi interior una execración terrible."* No sería muy diferente en el caso de los Gruber...

En la noche, la señora Gruber atiende algunos cursos para adultos. Sin importarle la distancia a la cual se encuentra el instituto, siempre va en auto, porque esta invención de la era moderna, este avance técnico tiene un valor sacrosanto para ella. Como los zapatos le incomodan para manejar, se los quita, y como nunca usa medias, ya que estas no dejan respirar la piel, le aprietan e impiden la libre circulación de la sangre, según ella, ¡de hecho está descalza en el coche, tanto en verano como en invierno! ¡Sin embargo desconoce los resfríos! ¡Milagrosamente, porque a los pies desnudos se suma la otra costumbre, normalmente considerada malsana, de manejar en toda estación del año, con la ventana abierta! *„ ¡Es que si no, no oigo los otros coches!",* explica a sus tripulantes que, ellos sí, tiritan de frío. Probablemente tiene que

162

ayudarse con el sentido auditivo, porque generalmente usa lentes con aumento deficiente para su vista, un hecho no muy alentador para sus acompañantes. Por un lado, el deterioro de su vista es veloz, pero por otro lado, justamente para combatirlo, ella ha ideado su método: *„ ¡Si no acomodo constantemente los lentes a la última graduación medida, seguro que freno el avance de mi miopía, obligando a mis ojos en el esfuerzo de ver mejor!"* Y, en contra de todos los conocimientos medicinales, tiene éxito con su teoría. ¡La verdadera razón por la cual la aplica, es su temor a la ceguera!, a la que no llegará, quizás por su temprana muerte. A pesar de sus siete dioptrías no usa lentes de ninguna especie en su casa, un lugar bien conocido por ella, en el que no se golpea ni da tropezones. Pero, a veces se permite el lujo de hacer las compras sin lentes. Por pura altanería. ¡Con razón las cuentas en el supermercado resultan tan altas! ¡Imposible comparar precios si no alcanza a leer los cartelitos distantes!

Sus salidas por la calle sin lentes también generan situaciones de cierto humorismo: A algunos conocidos los logra reconocer por la voz, pero a otros, que la saludan por su nombre, pero que seguramente no ve muy seguido, no los puede identificar. Si la acompaña algún familiar, le susurra: *„Dime, ¿quién es?"*, pero por lo general trata de terminar la conversación rápidamente, con lo cual causa una mala impresión en su interlocutor, que puede sentirse fastidiado. También realiza sus experimentos con las imágenes en la televisión. Demuestra con gran orgullo que reconoce las figuras, mientras que personas con menos dioptrías son incapaces de apreciar los detalles sin los lentes videntes.

De las máquinas de la sociedad moderna ella no puede prescindir del automóvil y si acaso de la heladera. Los demás artefactos que tan agradable pueden volver la vida de la ama de casa, le son indiferentes. Para su cuantiosa familia un lavavajilla o un lavarropa hubieran significado una enorme reducción de trabajo. Pero no, ella lava su ropita personal ligeramente a mano, mientras que las sábanas y las toallas son enviadas al lavadero que las devuelve limpias y finamente planchadas. En realidad ella hubiera sido la persona indicada para rodearse de los últimos inventos para facilitar la labor en la cocina, dado que su madre, en décadas anteriores, ha probado todo tipo de dispositivo que su marido importador trae a su país. ¿Es por oposición a esta madre opresora que la señora Gruber no quiere saber nada de maquinaria? Eso sí, el auto es su más fiel compañero. ¡En cambio, desconoce por completo el aspecto interior de un autobús! Resabios de su proveniencia aristocrática.

Otra característica de su ser es el ver el mundo en blanco y negro, en bueno y malo, en Yin y Yang, obviando las facetas tan enriquecedoras del género humano. Así, de por sí, los Fernández acaparan los atributos positivos, son buenos, lindos, cultos, correctos, pues dignos de ser imitados e idolatrados, mientras que los Gruber acumulan todo lo malo del mundo. ¡Qué lejos estaban los tiempos de amor y aprecio por Eduard y todo lo suyo! ¡Qué lejos estaban los tiempos de desaveniencias con los padres, con la estirpe Fernández! ¡Qué reversión, qué distorsión con el pasar de los años! Ella establece una regla, según la cual se debe buscar el contacto con familias de alto y establecido rango semejante al de los Fernández. Al poner en práctica su propia ley ante sus hijos, les enseña a adoptar su código personal de valores. En él entran también la inteligencia, la cultura y el humor. Un carácter agradable, dadivoso, amable, en cambio, no cuenta. Pero Lisa se daría cuenta en años posteriores que su madre no puede aplicar su teoría en la realidad, que muchas de sus amigas no cumplen con sus ideales. Pero ella misma se juzga dañada, impedida de aceptar a un desconocido espontáneamente, porque primero debe hacerle el chequeo maternal. ¡Oh, Freud, socorro!

En contraste contundente con su esposo callado, serio y cerrado, la señora Gruber tiene mucho temperamento, se ha vuelto conversadora y muy sociable. Sin embargo pasa la mayor parte del día en su casa, a solas. Sale poco y tampoco recibe visitas. A pesar de la presencia de los hijos no hay prácticamente movimiento en la casa, al contrario, la vida transcurre serenamente. No se trata de un hogar que atraiga las amistades, que invite a permanecer o a volver. La atmósfera de tensión se aspira aquí, sin que sea necesario haber asistido a algún altercado familiar. Los escombros de este se encuentran palpables en el aire. Al igual que lo describe Tolstoi en el capítulo XX de la obra mencionada: *"...sabe que tergiversa deliberadamente todas mis palabras dándoles un sentido falso y todas las suyas están impregnadas de veneno. Adonde sabe que ha de dolerme más, allí hiere..."* O en el capítulo XII: *"Y estalló la disputa. En sus palabras, en la expresión de su semblante, en sus ojos, volvía a notar esa hostilidad fría y cruel que ya antes me había herido tan hondamente. Me ha sucedido reñir con un hermano, con amigos, con mi padre, pero nunca medió entre nosotros esta inquina feroz."* Y más adelante, en el capítulo XIII, resume sus sentimientos en un solo sustantivo: *"Me sorprendía nuestro odio mutuo..."* Mientras Posdyneschew termina asesinando a su esposa, los Gruber no atacan al otro más que con palabras y algún objeto menor.

La familia no emprende excursiones familiares, al menos ninguna en la cual esté involucrado el padre también. Ni en la mesa, a la hora del almuerzo en común, se crea un tema de conversación que atañe a todos los integrantes. A tal extremo llega este comportamiento gruberiano que Lisa, de visita en la casa de un tío, está pasmada al presenciar la armonía y la paz en la mesa bien concurrida. Se discuten toda clase de temas y, para amenizar, el tío hasta inventa sumas y restas que hay que resolver mentalmente de forma veloz. ¡Cuán diferente a las situaciones desagradables vividas en lo de los Gruber! A Lisa solo se le impregnan en la memoria aquellas en las que su madre le hace alguna observación maligna a su padre quien se levanta indignado de la mesa, tirando los cubiertos con estrépito encima del plato, que se rompe o del cual la salsa salpica el mantel. Escenas de enojo, vociferaciones, insultos pertenecen al devenir diario, mientras que la dulzura, la comprensión, la comunicación inalterada pertenecen a otro mundo, muy añorado por Lisa, pero fuera de su alcance. Así cada uno se va encerrando en una cápsula protectora, pero aislante, que dificulta aún más el acercamiento al otro. Los amigos no aparecen. Se alejan de esta casa maldita. La soledad la invade por todos sus poros. Y otra vez Tolstoi: *"Éramos como dos galeotes sujetos a la misma cadena, que se aborrecen, que se envenenan la existencia que tratan de aturdirse."* *¿Cuántas parejas se encontrarán ligadas de forma similar e incapacitadas de romper ese cordón dañino?"*, se pregunta Lisa.

Aunque el matrimonio comparte un interés común: la literatura. Un quehacer intelectual que no basta para unir a estos dos seres tan dispares. Porque la lectura se realiza a solas, es decir separa más bien a la pareja, encerrando a cada uno en la vida ficticia descrita en la obra, negándole el acceso a ella a aquel que quedó fuera. ¿La lectura como fomento del aislamiento? Comentan las obras, sí, las discuten, toman posición en su favor o las critican, las desmenuzan, ¿y luego? Acabada la tertulia o la tormenta, según el caso, vuelven a sus tareas. Un intermezzo de comprensión académica, que se desvanece entre las luchas cotidianas del matrimonio.

Habría habido remedios para este cáncer. Para evitar la soledad, la confrontación entre ellos, ¿por qué no sumergirse en la anonimidad de un club, una asociación o de una institución de beneficiencia? Pero no, ella permanece día tras día en la casa, y él llega puntual de su trabajo, como ansioso de reencontrarse con su familia adorada. ¿Qué tipo de farsa están jugando? ¿O es que no sobreviven un minuto sin su querellar privado? ¿Un masoquismo puro? ¿O es que ya no saben cómo comportarse en público, tienen miedo de hacer el ridículo ante desconocidos? ¿Por qué no canalizar las energías para un fin mejor, que fuera de provecho para ellos mismos y para sus hijos, en lugar de esta autodestrucción?

Sin embargo, los cinco hijos se convertirán en burgueses normales, bien adaptados e integrados en la sociedad. Quizás el cariño materno es el que les proporciona el apoyo suficiente para ello. No porque la madre los trate suave- y dulcemente. Lisa sueña con una madre sonriente y delicada, a como las ha presenciado en otras familias. Existen pues, pero no siempre para ella.

¿Se la puede tildar de buena madre a la señora Gruber? Tiene su propia forma de interpretar la educación. En primer lugar, el niño debe permanecer con su madre el mayor tiempo posible. Esto significa un no rotundo a los jardines de infantes. Es más importante la cercanía a la madre que aquella a compañeritos de la misma edad. Y ella tampoco procura contactarlos con amiguitos. Es decir que sus chicuelos crecen en la soledad, al menos mientras que los hermanos mayores se hallan en la escuela. Pero Lisa recuerda con pasión la llamada hora de los conejitos que celebraba de niña en la mañana con su mamá a solas, después de que el papá y los grandes habían partido al colegio. Apenas oye que se cierra la puerta principal de la casa, va corriendo de su camita a la de la madre que se ha vuelto a acostar, una vez despedidos los estudiosos. Allí se acurruca contra el cuerpo caliente de su madre que la tiene fuertemente abrazada. Hora de cuentos y de historias. Hora de exclusividad con el ser más querido. Felicidad total. Tiempo de hadas y de brujas, de dragones y de héroes llenos de coraje.

Por otro lado, esta madre ambivalente tiene la capacidad de influenciar de tal forma a sus hijos, que adoptan la mayoría de sus ideas. Huyen del temido papá a sus brazos porque ha instaurado la imagen del padre malo en ellos. Él, poco hábil en el trato de los humanos, ha abandonado a tempranas horas este campo de batalla. Ha aceptado la derrota en la conquista de los corazones de sus descendientes. Adopta con resignación el rol del infame. Y es miedo el que los chicos sienten ante él. Para su gran pesar, no posee el talento de infundirle el sentimiento de amor o de amistad ni a adultos ni a jóvenes; todas sus relaciones lo enfrentan únicamente con respeto y/o admiración, pero un afecto caluroso brilla por su ausencia.

Como buen alemán, el Sr. Gruber tiene pasión por caminatas, sobre todo en medio de la naturaleza, o mejor aún en un bosque en las laderas de una montaña. Como buena latina en cambio, la Sra. Gruber tiene horror a las caminatas largas. Ir a pie al mercadito cercano a la casa, a la panadería, a eso no le ve inconveniente. Pero salidas de todo un día, con mochila cargada de agua y vituallas, no forman parte de sus predilecciones. Otro pasatiempo borrado de la agenda familiar. Los hijos no lo conocerán en el entorno doméstico. Recién años más tarde, Lisa descubrirá este entretenimiento que emprenderá con su propia familia. Y ya fallecido el Sr. Gruber le entrará una gran congoja: le apena que él no la vea, que no sepa que le está siguiendo los pasos, que está viviendo sus deseos, los que indiscutiblemente goza al igual que él los había gozado; piensa en las vivencias en conjunto perdidas; a veces lo aclama en el cielo para compartir post mortem con él estos momentos apasionantes. Se siente como una reincarnación de al menos un segmento de su padre, o quizás todo hijo lleva dentro de sí algunos aspectos del carácter, del ser y de las ansiedades de sus progenitores. Quizás también interprete como un deber, como parte del legado paterno, el realizar lo que él no había logrado por las circunstancias familiares vividas.

¿Y Eduard, que ha permanecido en la patria sudamericana? Aporta noticias poco reconfortantes. *"Las cosas van muy, pero muy mal"*, les escribe. Es la época de la guerrilla. Convulsión en la sociedad. Dictadura. *"No hay carne, leche, arroz ni papel higiénico. Este último que costaba quince pesos lo venden a cien los acaparadores. ¡A pesar de que alguno posee dos mil cajones con cien rollos cada uno! ¡Todo acumulan porque todo está por subir o ya ha subido y sube aún más! Los salarios han aumentado un 20%, pero este aumento no es suficiente dado que los productos ya han subido un 40%, para no hablar de la nafta que subió un 100%, al igual que la electricidad."* Acota que solamente el tiempo permanece bueno, mientras que todo otro aspecto positivo del país, su calma, el bienestar, han desaparecido. El gobierno ha implementado el cese de derechos individuales, es decir no hay habeas corpus; a cualquier hora los cuidadanos pueden ser llevados presos. Y todo a causa del movimiento guerrillero de los Tupamaros. Los revolucionarios han logrado huir por segunda vez por las cloacas utilizando carritos especialmente diseñados. Pero luego se les descubre un escondite, "la cárcel del pueblo", donde tenían secuestrados a varios políticos. A ella se accedía únicamente a través de la red cloacal por una entrada debajo de una casa abandonada. También se les ha detectado un hospital con los adelantos científicos más notables. En esta situación de guerra civil, en las estaciones radiales y en los canales de televisión, solo se emiten repetidamente los mismos comunicados aburridos, como ser que las Fuerzas Conjuntas atraparon a un número determinado de guerrilleros, descubrieron nuevos escondites o que algunos militares fueron asesinados. Comentario nefasto de Eduard: *"Me estoy volviendo completamente indiferente e insensible."* Pero al mismo tiempo, como los acontecimientos lo acechan, pronto se verá involucrado. Les escribe:

"Anoche tiraron tres bombas incendiarias en lo de mi tía C. Resulta que hay una chica con el mismo apellido, pero que obviamente no es hija de C., y que desea hacer sus estudios sin integrar ni participar en la lucha estudiantil. Así que en este caso fueron los señores izquierdistas quienes tiraron las bombas, ¡pero lamentablemente se equivocaron de casa, pues la joven vive casa por medio! Están muy mal los del movimiento estudiantil tradicionalista, pero igualmente mal o peor encuentro a los izquierdistas que tanto hablan de los primeros. Es todo un círculo vicioso. Los izquierdistas embroman todo el día, los del movimiento tiran bombas, los izquierdistas tiran otras, conclusión y moraleja: Nos embromamos todos. ¡Y cómo! ¡Pues la última noche me tocó pasarla en una celda de la comisaría! Había salido a buscar a M. a la facultad. Al penetrar en el edificio me entregaron un panfleto que leí enseguida y conservé para dárselo a leer a unos amigos. Porque, al contrario de lo que estamos acostumbrados, este panfleto tenía un contenido muy inocente: Decía que aplaudían muchas innovaciones del Consejo Interino quien es sucesor del Organismo Interventor, el causante de tantos dolores de cabeza a estudiantes, profesores y al mismo pueblo. En el panfleto estaban de acuerdo con la medida de supresión de exámenes a finales de año, pero en cambio no aprobaban que a los estudiantes del nocturno se les pasara lista de asistencia, porque entonces – ¡y esto para mí sí que es el colmo! - no podrían dedicarse a la actividad de lucha estudiantil. ¿A qué vienen: a estudiar o a embromar la paciencia? Me parece perfecto que tengan ideales y que luchen por ellos, pero todo en su lugar y a su debido tiempo.

Volvía después del cine como por la una con unos amigos cuando fuimos interceptados por las fuerzas conjuntas en un "camello". Nos revisaron por armas y ya iban a dejarnos partir cuando repitieron la operación, pero esta segunda vez querían ver todo lo que llevábamos en los bolsillos. Me encontraron el panfleto y allí marché a empujones al vehículo con destino desconocido. A los otros dos los soltaron y pensaba gritarles que avisaran en casa pero me callé la boca por temor que los metieran presos a ellos también.

A los soldados les expliqué que me había olvidado por completo de la existencia del panfleto. Me respondieron que tendría que haberlo destruido inmediatamente después de su lectura, porque incitaba al apoyo a la lucha revolucionaria. Yo pensaba para mis adentros que, claro está, la única lucha permitida era la de ellos, las fuerzas conjuntas. Me llevaron con gran despliegue a la comisaría, ¡donde los soldados me rodearon con sus metralletas apuntándome! Tuve suerte porque me podrían haber llevado directamente a un cuartel. Intenté llamar a casa pero me lo negaron. Eso sí: tuve que quitarme cinturón, corbata, reloj, lentes, todo lo que llevaba en los bolsillos y pasé a la celda. Esta daba al patio y hacía un frío tremendo. Pero en fin de cuentas era mejor así, que diera al exterior, porque en la celda había un olor nauseabundo ya que a la vez fungía de toilette. Aunque estaba sumamente cansado no lograba dormirme a causa del frío. A la media hora comencé a caminar en la celda y a estornudar repetidamente. Menos mal que hacen sacar todos los objetos como ser corbata y cinturón porque es realmente para volverse loco encerrado imaginando lo que le podrán hacer a uno. Me puse a pensar que no era ningún personaje importante y que bien podía resultarles un blanco para torturas. Se me ocurrían hechos terribles, no dejaba de maquinar cosas incitado por las risotadas de los policías, con sus chistes y las anécdotas propias de su oficio, a solo veinte metros de mí.

La celda consiguiente a la mía seguramente estaba ocupada, pero ese recluso era más fuerte que yo porque no caminaba de un lado a otro con los zapatos chirriando. Por suerte a las cuatro de la mañana me dejaron libre sin explicación alguna. En casa estaban nerviosísimos por lo siguiente: Hacía ya tiempo que me había apuntado las características de un arma que me había propuesto adquirir. En diversos controles policiales no me habían encontrado el papel. Ese mismo día había pedido el arma, pero no desde el teléfono de casa que ya sabes que está controlado, sino esa mañana me llevé el papel con los datos y utilicé el aparato de la oficina. Luego destruí el objeto delator. ¡Si hubiera tenido el papel encima y me lo descubrían, mi estadía en prisión seguro que no hubiese durado tan poco tiempo! ¡De la que me salvé a fin de cuentas!

¡Os podéis imaginar que vivimos constantemente sobre ascuas! La mansión vecina se encuentra vacía. Y P. observó un camión cargado de soldados que desaparecieron dentro el inmueble. Estamos ante la duda si se trata de guerrilleros o de policías encargados de observar el barrio. No sabemos nada y por eso estamos preocupados.

En todo caso nos hemos apuntado los números de teléfono de políticos de importancia para contactarlos lo antes posible si nos ocurre algo. Se tortura a muchas personas que no son culpables de nada. Y no nos gustaría que nos suceda lo mismo.

Ahora me vengo a enterar que los militares matados eran los guardaespaldas del jefe comandante de las fuerzas conjuntas. Se encontraban en un jeep y los revolucionarios los ametrallaron, así dice el comunicado al menos. Pero los guerrilleros reinvindicaron

172

el hecho. Uno ya no sabe a quién creerle y llega a tres soluciones posibles: que fueron efectivamente ellos, que fueron unos locos o bien que el Escuadrón de la Muerte para influenciar la opinión pública cometió él mismo el horrendo crimen."

Los años oscuros en el Uruguay

El uruguayo es un ser pacífico. ¿Por qué? La explicación es muy simple: Una persona que lleva el mate en la mano derecha y el termo con el agua caliente apretado debajo del brazo izquierdo, ¿logrará extraer rápidamente un arma del bolsillo? ¡Le es imposible por no disponer de mano libre! Un cowboy de los clásicos Western norteamericanos soltaría una carjada, al ver a este filósofo atrapado en su inofensivo vicio, el de la yerba mate. En la rambla de Pocitos, se pasean más multitudes de todas las edades ingiriendo esta infusión amarga que seres, por lo general jóvenes, bebiendo cerveza a pico de botella. Una población sana, si más deficiencia no le acae.

Las apariencias siempre engañan. Hay una época, no muy lejana, en la que muchos uruguayos hicieron uso de armas de fuego. A principios de los 60 aparecen los *Tupamaros* en la llamada *"Suiza de Latinoamérica",* apelativo que había adquirido el país por su larga tradición democrática, sus leyes sociales, su sistema financiero y su moneda fuerte. Pero con el estancamiento de la economía en este pequeño estado, que ha sido incapaz de amoldarse a los cambios advenidos después de finalizada la guerra de Corea, la última en fomentar el fortalecimiento del peso uruguayo, el país se desestabiliza, el número de huelgas aumenta. Raúl Sendíc es la personalidad notoria, quien en el norte del Uruguay, funda la gremial de trabajadores en las fábricas de caña de azúcar. Al no obtener las mejoras salariales y recortes en las horas de trabajo prometidos, los obreros realizan una marcha a pie hasta Montevideo. ¡Con sus familias! ¡Un trayecto de unos 600 km!

Tampoco en la capital se les toma en serio, y así se van constituyendo grupos subversivos clandestinos. Por primera vez en la Historia se forma la guerrilla en la ciudad. La razón es sencilla: La geografía uruguaya no presenta montañas donde esconderse. El mejor refugio, en cambio, lo ofrece el anonimato de la ciudad. Siguiendo las pautas del filósofo francés Régis Débray, los rebeldes emprenden el camino del combate armado con el fin de pasar luego a un movimiento político. Tratan de conquistarse e impresionar positivamente al pueblo jugando el papel de Robin Hood, es decir repartiendo al público bienes adquiridos por la fuerza. Rápidamente se va ampliando la gama de integrantes: desde simples obreros a químicos, ingenieros, médicos, economistas, etc. y estudiantes de estas materias. Por el alto nivel académico de los revolucionarios, las acciones están bien organizadas y planificadas. Habiéndose apoderado de los planos del sistema cloacal de la ciudad, tienen en manos vías escapatorias seguras. En 1966 se funda el *MLN*, el *Movimiento de Liberación Nacional,* que pretende crear una sociedad socialista con reformas agrarias, nacionalización del sector bancario y el cese de pago de la deuda externa.

Entre sus acciones más destacadas se cuentan: El secuestro del consejero del presidente, Reverbel, a quien liberan a las 180 horas; robo de dinero y de documentación de la financiera Monty, que ha hecho transacciones ilegales; ocupación de la pequeña ciudad de Pando con un botín de 400.000 dólares, acompañado de un saldo de tres tupamaros muertos y 18 apresados; liberación por un lado de 17 tupamaras presas, y por otro lado de 111 tupamaros de la cárcel central de Punta Carretas a través de un túnel de 48 metros; secuestro de un integrante de la embajada de EEUU, Dan Mitrione, cuya función era la de instruir a la policía uruguaya en técnicas de tortura y a quien los tupamaros dieron muerte; sendos atentados a la policía y a las fuerzas armadas; 74 asaltos a bancos y a casinos; robos de armas.

A causa de la inestabilidad imperante, a partir de 1968, el gobierno declaraba casi ininterrumpidamente el estado de sitio. Por consiguiente todo sospechoso podía ser detenido sin orden judicial; se prohibieron ciertos periódicos y así mismo las congregaciones de personas. En abril de 1972 el gobierno declara el régimen de guerra interna, es decir, rige la justicia militar que aplica toda clase de torturas a los presos políticos. Está prohibido utilizar la expresión *"tupamaros"*, por lo cual la población los titula *"los innombrables"*.

Entre los autores y periodistas de la época que tienen la osadía de criticar abierta- o encubiertamente el régimen, se destaca César di Candia. Con mucho humor y hasta sarcasmo describe la inigualdad existente en el país: *"La democracia uruguaya es tan perfecta que a los pobres no solo se les reconoce su condición de tales sino que hasta se les otorga un carnet"*, frase a manera de frontispicio de su obra: *"Bochonerías y otros jolgorios"*. En ella denomina de forma inconfundible *Tururupas* a los subversivos y relata p.ej. errores que ellos cometen, pero que es sabido que también los militares los realizan: ¡Se equivocan de casa al hacer un atraco los unos, un allanamiento los otros! En otra ocasión, los tururupas no han traído los fósforos para encender una bomba. No los pinta como profesionales sino como inexpertos. Por eso pone en boca de la señora de un oligarca las palabras: *"Fíjate, Pandolfo, lo jovencitos que son! ¡Qué monadas!"* Y además de ser jóvenes, pertenecen en gran parte a la sociedad media o alta uruguaya, de modo que el mismo oligarca al oir el apellido del asaltante tururupa profiere: *"Yo conocí a un Sediciósez* (haciendo alusión a Raúl Séndic). *Jugábamos juntos canasta en el club Uruguay* (¡nada menos que el tradicional Club Uruguay, a cuyos bailes había asistido p. ej. Evita!). *Casado con Michunga Platínez, la hija del de la barraca de lanas, emparentado..."* y continúa describiendo a los familiares con lujo de detalles. Di Candia ironiza la trascendencia de los emprendimientos de los Tururupas, ya que los miembros de la alta sociedad ven sus intervenciones directas con ellos como una confirmación de su rol prestigioso en dicho estrato: *"Es una suerte que hayan venido. Ya estábamos preocupados. Imagínense, todos nuestros amigos habían sido visitados y nosotros no."* Y la esposa del oligarca quien agrega: *"¡El otro día en un té de beneficiencia, varias amigas no me saludaron por eso! ¡Es que estábamos perdiendo status social!"* ¡Las acciones tupamaras vistas como un juego, no tomadas en serio!

Di Candia también ridiculiza la mensajería de los insurgentes que toman formas muy extravagantes, espejo de su creatividad: *"Una persona halló una carta al calar una sandía. Un vecino mío recibió las hojillas dentro de un churro relleno de chocolate. La leyó cuidadosamente y luego falleció. No se sabe si a consecuencia de la lectura o del churro. Otro señor recibió siniestro mensaje en forma oral. Al abrir una mañana la canilla del baño sintió claramente una voz que luego de identificarse como perteneciente a los tururupas, leyó una proclama, probando así que estos sujetos también están metidos dentro de las cañerías."* Aquí Di Candia hace alusión al hecho que los tupamaros se han apoderado de los mapas de la canalización de OSE en Montevideo. Y aprovecha nuevamente para profesar su crítica al mal funcionamiento de entidades uruguayas: *"El Gobierno debe poner coto a esta situación. No es posible que las cartas de los tururupas lleguen a destino con mucha más regularidad que las que distribuye el Correo."*

En otro capítulo el autor decide publicar la *"proclama de los innombrables"*, aunque sabe que corre el riesgo - ¡muy real por cierto! - de ser *"encarcelado, puesto en el cepo, flagelado, empalado, vejado por unanimidad de presentes, trozado y vendido en pública subasta."* Alusión directa a la tortura ejercida por los militares. Pero el contenido de la proclama no es para nada socialista, p. ej. en el punto cuatro: "*Anhelan que se aumenten y estimulen los latifundios, como forma de aumentar la producción de la tierra. Cuanto más grandes sean las extensiones de tierra en manos de un solo dueño, menos posibilidades tienen los peones de conversar entre sí y de perder su tiempo en charlas improductivas.*" Para continuar en el párrafo 6: "*Quieren que sus afiliados puedan concurrir a sus empleos sin firmar el reloj de salida, de forma que puedan cumplir con sus tareas privadas con mayor dedicación.*" Y en el 7: "*Pretenden que todos sus adherentes y simpatizantes puedan acogerse a los beneficios jubilatorios, y a estos efectos, desean que les sean computados tres años por cada dos de servicios activos por tratarse de un trabajo insalubre. Asimismo reclaman la aplicación de la escala móvil.*" Es obvio que Di Candia no confía en que el mundo vaya a ser mejor, con menos corrupción y menos privilegios para algunos con un gobierno tupamaro en comparación con el actual. Pero en parte este deseo utópico de reconocimiento triplicado para la jubilación se volverá realidad después de 1984.

El autor cita el "*Manual del Perfecto Tururupa*" (¡haciendo juego de palabras con "*prefecto*"!): "*En el Uruguay, los seres más explotados son las bombas*". Y aprovecha en este capítulo para criticar la calidad de la producción uruguaya: "*¡No hay como las bombas importadas!*" "*Ya sabe lo mala que es la industria nacional...*" Pero no es suficiente con esta reprobación al estado uruguayo: "*Todos los días caen personas desprevenidas en los pozos de las calles o en los basurales y nunca más se las encuentra. Existe un servicio de rastro de cráteres, pero no da abasto. Le conviene avisar a la policía antes de salir, dando sus datos y la ruta aproximada a seguir. Es importante porque si lo llegan a encontrar, envían su cadáver a sus deudos y capaz que hasta le dan post mortem la Medalla al Turista Intrépido. Es una idea del Ministerio para estimular el turismo.*" Encontrar un taxi

178

para evitar salir a pie, caerse y/o desaparecer, resulta imposible y asimismo lo resulta darse una ducha a no ser a las 4 de la mañana, ya que *"cuando hace calor, la OSE corta el agua todo el día."* ¡Indiscutiblemente el país anda mal! Desgraciadamente los turistas también podrán visitar los basurales de la ciudad y *"sacar fotos de las ratas"*, o podrán asistir a las ollas populares y *"deleitarse con sabores exóticos antes jamás gustados"*. ¡Son imaginables los sabores inmundos!

Y Di Candia vuelve al tema de la inseguridad por la guerrilla. Pero el turista puede estar tranquilo que existe un *"servicio gratuito de envíos de los cadáveres de sus deudos por medio de mensajeros... Todavía no se nos ha extraviado ninguno."* Por sobre todo, *"si los destinatarios lo prefieren, se lo mandamos envueltos para regalo."* Humor negro. La mayor afluencia de turistas proviene tradicionalmente de los dos países vecinos, pero *"¿para qué van a venir argentinos y brasileños a contemplar los detalles de nuestra violencia si la pueden disfrutar cómodamente sin salir de sus países? ¿Acaso nuestros secuestros y nuestros tiroteos son mejores que los de ellos?"* Indiscutiblemente el atractivo hay que buscarlo por otro lado: *"Uruguay: playas, sol, bellas mujeres, acción, suspenso, terror! Conozca de cerca a los legendarios tururupas. Participe de una operación rastrillo de las que han hecho famosa a la policía uruguaya. ¡Hurte junto a ella objetos de las casas allanadas!"* ¡Frase que no le hará gracia a la misma policía acusada de robo! Aunque de problemas financieros no se escapan los ministerios: *"Soy el Ministro T. Sé que ustedes* (los tururupas) *tienen plata y vengo a llevármela. Estamos fundidos... Siempre buscando plata!"* La imagen que nos transmite Di Candia parece justificar el sublevamiento del pueblo o parte de él.

Años más tarde, según el MLN, el 75% de los presos no había confesado bajo la tortura, habiendo, sí, perdido la vida varios de entre ellos. En setiembre de 1972, el movimiento está derrotado, muchos de sus integrantes en prisión o en el extranjero. En junio de 1973 el presidente electo Juan María Bordaberry le entrega el mando a los militares. El número de presos aumenta a 50.000. En las elecciones de 1984 sale vencedor Julio María Sanguinetti y al año siguiente, todos los presos políticos son liberados. Gracias a una amnistía, la mayoría de ellos no figuran con antecedentes penales, y además el tiempo en la cárcel o en el exilio se valida para la jubilación.

Pero los años en prisión no se borran con estas indemnizaciones. Algunos antiguos presos están quebrados, con depresiones y angustias permanentes, otros se han reintegrado a un modo de vida burguesa, que habían rehusado, combatido con anterioridad. El periodista Ernesto González Bermejo en su obra *"Las manos en el fuego"* nos presenta aspectos de los ocho años de vida que el tupamaro David Cámpora pasó como recluso en la prisión de Libertad, inaugurada en 1972. Esta se encuentra a 50 km de Montevideo. En su origen, en 1934, había sido concebida como una colonia educativa de trabajo, siguiendo el modelo fascista italiano de 1931. Está localizada en un predio de 537 ha con área suficiente para la agricultura, el mantenimiento de animales, etc. El penal presenta desde sus comienzos: cantina, biblioteca, fabricación de bloques de construcción, herrería, carpintería, jabonería, horno de basura, leñera, policlínica, laboratorio médico, atención odontológica, cine, música, talleres de impresión, de óptica y de mecánica dental, escuela, criadero de cerdos, quinta, colmenas de abejas, panadería, cocina y sus derivados, carnicería. Algunos de estos rubros fueron precarios y de duración limitada.

La función de la biblioteca resulta clara: la biblioterapia, ya empleada por los egipcios, es un método reconocido de ayuda clínica contra las depresiones. En la cárcel puede operar como calmante, además de distracción u ocupación. De hecho le sirve a muchos presos para cultivarse o seguir haciéndolo. No falta la creatividad en muchos de estos seres académicos o intelectuales: las lecturas de novelas policiales por ejemplo, provocan discusiones acerca de quién sea el presunto asesino, y los lectores a veces hasta descubren fallas en la trama, mientras que en otros casos imaginan un final diferente. Sobre ciertas obras hay quienes redactan comentarios, que serán muy apreciados por los compañeros. Hay presos tan cultos, como Rosencof, el llamado *"el literato"*, que soldados y hasta oficiales le piden que les redacte las cartas, e incluso poemas, a sus amadas. En cambio las cartas de los mismos reclusos caen bajo la censura e incluso la autocensura que se impone el preso para no revelar su vida íntima ni la de sus correligionarios. De modo que las cartas desde la prisión, autorizadas cada 15 días, se vuelven monólogos abstractos.

En Libertad son los visitantes quienes continuamente contribuyen al aumento del número de libros. Alcanzarán a componer un máximo de 12.000 ejemplares enumerados en un catálogo de 200 páginas, bien impreso y encuadernado en los talleres del propio penal. Hasta diez presos trabajan en tres turnos, ocupados en forrar los textos en nailon, en crear las fichas de biblioteca para cada recluso, con el control de fechas de salida y de retorno de cada obra. Censurados están los tratados de táctica y estrategia militar. Pero los presos se fabrican su propio sello de *"censurado"* con jabón o goma de borrar para obviar la normativa. De esta forma logran en algunos casos cambiar, en la propia imprenta de la cárcel, el título de un libro no permitido, como ser: *"El Señor Presidente"* de Miguel Ángel Asturias, que convierten en *"El Señor de las alegrías"*, o *"Sodoma y Gomorra"* de Marcel Proust, que tranforman en *"Mister Charlus"*. Otras obras prohibidas las copian en letra diminuta en reducidas hojitas que doblan y esconden por ejemplo en un tubo dentífrico, en los caños huecos de la cama, en la doblez interior del water. Les están permitidos cuatro libros individuales por celda.

En 1974 se cierra la biblioteca de Libertad y se queman algunos libros como represalia a la muerte del teniente coronel Ramón Trabal en París. Pero al año siguiente hay un nuevo auge en la biblioteca que culmina con una donación de la Cruz Roja Internacional en 1979. Nuevamente cierre de la biblioteca en 1981 y quema de libros. En 1976 la cárcel del Miguelete está provista de 1370 ejemplares para 1375 reclusos, Punta Carretas de 1300 para 1100 presos y la cárcel de Mujeres de 420 para 76 prisioneras.

En Libertad viven alrededor de 1000 presos divididos en unos 30 grupos incomunicados entre sí. Todo está reglamentado: La hora de levantarse, de acostarse, el tiempo para tender la cama y para higienizarse, cómo caminar, cómo pararse, cómo colgar la ropa lavada, el largo de los bigotes. La luz en la celda se prende y se apaga desde afuera. En los recreos se camina de a dos; de a tres está prohibido. Lo que no falta es el mate y el agua caliente para cebarlo. La importancia de esta infusión para el uruguayo lo lleva a Cámpora a compararla con el té de los británicos, con el vino tinto de los franceses y el vodka de los rusos. La denomina una institución, un compañero, un camarada para conversar, un perro acostado fielmente a sus pies. El mate ayuda a interiorizarse, y la calabaza sostenida en la mano cumple la función de un centro de gravitación.

La increíble perspicacia de los reclusos la ilustra una anécdota relatada por Cámpora: Entre los prisioneros había un grupo de seis contadores, provistos de ojos de lince, a como se comprobará. Controlando las boletas de gastos para la cocina, se percatan que un capitán falsificaba facturas y retenía la diferencia. Habiendo acumulado suficiente evidencia, entregan la documentación a la dirección del penal, y el capitán resultará sancionado.

Otro preso, Marcelo Estefanell, quien calcula que leyó cerca de 1.600 libros durante su estadía de trece años en el Penal, revela otras particularidades del devenir encerrado. Para jugar al ajedrez, los reclusos utilizan como sistema de comunicación entre celda y celda el morse, es decir transmiten los movimientos de las piezas por medio de golpecitos en la pared. También relata que un compañero logra ingresar una radio desarmada escondida en su trasero, pero luego le faltan piezas clave para volver a armarla. Así se ve frustrada la obsesión por obtener información tanto sobre los acontecimientos en la vida exterior como sobre posibilidades de fuga.

La misa, en un comienzo, es autorizada para todos, y todas las religiones la celebran juntas. Al no existir una capilla, se la realiza en el planchado del primer piso del celdario. Como altar servirá el carro de acero usado comúnmente para repartir la comida, la hostia es un pan partido y el cáliz para el vino es el jarrito de café con leche del desayuno.

El período de la dictadura militar es el de mayor emigración de uruguayos. Según datos de la Dirección General de Estadísticas y Censos entre 1963 y 1975 partieron 200.000 uruguayos, entre 1975 y 1985 fueron 180.000 y entre 1985 y 1996 unos 100.000.

Hoy en día la emigración se produce en primer lugar por causas económicas y laborales, como también por simples motivos personales o familiares, por estudio o sencillamente en búsqueda de experiencias nuevas y de autorrealización. Por lo general el emigrante presenta un nivel educativo más elevado que su comunidad de origen, posee la capacidad de asumir riesgos o de enfrentar situaciones nuevas. Es decir el país sufre la fuga de cerebros, en su mayoría de jóvenes de entre 20 a 29 años, quienes partiendo en su etapa reproductiva, hacen retroceder la fecundidad en el Uruguay.

Regreso al paraíso

A pesar de las noticias poco alentadoras recibidas de su hijo Eduardo desde el Uruguay, la Sra. Gruber no se quita la idea de la cabeza de retornar a la vieja patria, a la cual la calma ya volverá. Pone fin al experimento en Alemania, rebelándose, imponiéndose. ¿Cómo? ¡Con una artimaña, una especialidad de ella! A pesar de su gran amor por sus hijos, la madre, en su infinito egoismo, los usa para sus propios fines. Lisa la ha defraudado en aquel intento del curso de secretaria, pero a los años la mamá pone en práctica un plan similar con Genoveva. La manipula para que le sirva de puente en el que ella pueda transitar segura de regreso a su patria. Le inculca una repugnancia intolerable por la Alemania, en la que está viviendo, y siembra la semilla de la nostalgia por el paisito sudamericano que la jovencita apenas conoce ya. ¡Porque lo ha abandonado a la edad de nueve años, es decir hace seis! ¿Qué recuerdos lleva en su mente? Un niño olvida rápidamente y se adapta con facilidad. Evidentemente estas ideas no provienen de sus maquinaciones. Su porvenir manoseado por los intereses privados de su madre, sacrificada en pro de ellos, sin ser consultada, sin ser advertida de las consecuencias vitalicias. La madre vence, triunfa, y la hija parte a los quince años, sola a instalarse en la mansión de la abuela materna. Con el beneplácito del padre que se da por vencido, que no contraría más, cansado por tanta intriga. No es de extrañar que la niña, ni bien llega a este mundo sudamericano nuevo, es devorada por el anhelo de estar con su madre querida. Puerta abierta para esta en pro de su vuelta al país natal. El padre no logra oponerse por mucho tiempo a esta reunión de la familia.

Regreso a la cuna, a la América del Sur, abatida por sus problemas sociales, por su pobreza y su desempleo, pero visitada asiduamente por el astro sol, tan avaro con su presencia en aquel país nórdico. La señora respira hondo, se embebe del aire de su niñez y se proclama feliz. También encuentra aquí una fácil solución a su más grave problema personal: cómo evadir la presencia de su esposo, quien le ha seguido los pasos huyendo de la soledad y procurándose una jubilación prematura.

Ella ha heredado el sueño de sus sueños: la estancia paterna, que desde su tierna infancia había aprendido a amar, aquel campo en el que solía pasar semanas y hasta meses de vacaciones; ese hermoso pedazo de tierra, levemente ondulado, con sus frondosos bosques esparsos, mandados plantar por el padre, con su espaciosa casa principal, desde la cual se goza una vista reconfortante sobre la verde planicie que se extiende hasta el lejano horizonte.

A pesar de sus sendas estadías aquí, ella nunca se había familiarizado con los problemas campestres. La agricultura y la ganadería eran temas que no se abordaban, menos aún con el sexo femenino. Las permanencias allí tampoco habían servido como estudio o aprendizaje, excepto para saber montar a caballo y ensillar el corcel. Al igual que su papá y sus hermanos, siempre había considerado el campo como sinónimo de placenteras salidas ecuestres y en bote. Habían llevado la vida de terratenientes, analfabetos de los quehaceres campesinos, de los cuales se les mantenía prudentemente alejados. La heredera combinaba los más deliciosos recuerdos juveniles con estas tierras y por ende pensaba, que su administración resultaría un enprendimiento fácil. En fin de cuentas, su padre las había manejado desde lejos, desde la capital, supuestamente con éxito. Pero olvidaba tomar en consideración el hecho de que su padre siempre había consultado a expertos y que

185

contrataba a hábiles administradores, acción que la señora Gruber no imitaría por falta de dinero propio y por estar convencida de sus aptitudes innatas para este negocio, aptitudes que en realidad se limitaban a su gran amor por el campo, el verde, los animales y el río. ¡Sin justificación pues para abordar la problemática en cuestión! ¡Planes y sobre todo ilusiones tenía muchas! ¡Iba a plantar todas las chacras, todo florecería y se llenarían sus arcas! A quien le hablara, se sentía contagiado por su entusiasmo, por sus visiones positivas, por su fe, de modo que solo recibía palabras alentadoras de sus escuchas.

Comienza con prudencia, con pocos vacunos, pocos empleados, con la intención de irse agrandando lentamente, prescindiendo totalmente del potencial financiero de su marido. ¡Que él se mantenga alejado, que él no esté interviniendo con sus ideas cautas y realistas en medio de sus vagas divagaciones! Ella no desea correcciones, ni inmiscuisiones, menos aún de él. Aquí tiene por fin un pequeño mundo para sí, en el que le está vedado el paso al esposo irritante. Quiere gozar de la libertad de tomar decisiones a su propio modo de ver, aunque sean erróneas. El campito se vuelve símbolo de su independencia. Que el aporte financiero de su marido le solucionaría muchos de sus problemas, no lo acepta. *„ ¡Si yo dentro de poquitos meses ya habré hecho unas ganancias sustanciales! ¡Ya verán!"*, proclama con convicción.

La realidad se rebela contra sus magníficas ideas. Todo cuesta, todo reclama a gritos: ¡Inversión! No posee los medios para reparar a la vez un galpón en ruinas y los alambrados añejos. Sus iniciativas se malogran. Lo que no es de extrañar, dado que las supuestas mejoras las realiza según su instinto y no según conocimientos adquiridos de entendidos en la materia. A veces parece prestarles atención, pero termina haciendo lo que ella se había propuesto. Uno de sus proyectos consiste en un criadero de conejos. Un agrónomo le presenta el cálculo con la cantidad de animales a carnear por día para que su emprendimiento resulte rentable. ¡Gran indignación de la flamante propietaria! No quiere saber nada de esos cómputos macabros. ¡Matar a esas criaturas inocentes, todas blanquitas, divinas, que la conocen ya a tal punto que le obedecen al instante cuando ella se les aparece al atardecer golpeando palmas, y corren de la praderita a la protección de sus corrales! ¡Hay que verla triunfante con su educación de estos saltarines! ¿Cómo va a destruir su obra matándolos? ¡Se ha encariñado demasiado! Ellos forman parte de sus pensamientos diarios. ¡Cada vez que va al mercado, se preocupa más por ellos que por sus propias necesidades! No le importa denigrarse ante las mercaderas y pedirles los restos de la verdura. O pasa por las casas de las amigas a recoger los pedazos del pan que a diario se tira para reemplazarlo por uno fresco, de mejor sabor. Todo para sus seres queridos. En sus relatos acerca de ellos, se le ilumina la cara, como si se refiriera llena de orgullo a los logros de sus hijos o de sus nietos. ¡Imposible mandar degollar a allegados tan cercanos! Pero a pesar de su gran amor por estos mamíferos, a pesar de la proliferación constante, o quizás a raíz de ella, las plagas se propagan entre ellos. El combate es arduo, caro y desesperante. Y un día, la heroica señora comete una hazaña histórica: abre los compartimientos de las jaulas y entrega a los habitantes a su plena libertad. Gran estremecimiento en el vecindario, no por lástima por la desconsolada mártir, no, por miedo a una infestación de conejos en toda la zona, dada la conocida fertilidad de esta especie. Ya veían sus padreras invadidas por pequeños puntitos blancos que arrasaban con el alimento de sus vacas lecheras. Pero nada de esto ocurre: Ningún *oryctolagus cuniculus* se divisa en la comarca. Sus enemigos naturales, zorros, zorrinos, comadrejas y demás celebran festines hasta exterminarlos. Así acaba un experimento de la loable y luchadora señora.

Entre las actividades campestres que le divierten está la de juntar hongos que crecen debajo de los eucaliptus en otoño. Como siempre, no se cohibe en pedir paso a vecinos y conocidos con bosques. En una ocasión, realizando esta cosecha, se encuentra en un predio rodeada de las vacas lecheras. No se preocupa de esta presencia, ya que se trata de animales sumamente mansos, acostumbrados al continuo contacto con el ser humano. Pero de repente se espanta. ¿Qué significa ese mugido ronco? ¡Proviene de un señor toro que está rondando a su manada de hembras! ¡Está claro por quién se interesa! Mientras se encuentra ocupado merodeando a una vaca, la señora Gruber se siente segura y corta los bellos hongos con rapidez. Pero cuando el toro, defraudado en sus intentos, se dirige a alguna belleza en las cercanías de la señora, esta, por simple medida de seguridad, se escurre por entre las hebras del alambrado hacia el potrero contiguo. ¡Aunque sabe que si el toro se enoja, arrasará esta valla sin pestañar! A penas la gran masa le da la espalda y se aleja, vuelve a pasar por entre los alambres y sigue con su labor, siempre alerta a las lentas idas y venidas del majestuoso animal. Como para hacerla sufrir es en este sitio lleno de hongos, en el que el ganado ha decidido acampar a estas horas, lo que la obliga a realizar varias veces el ejercicio suplementario de pasaje por el cerco. Cuando advierte haber recogido todas las setas existentes allí, se retira aliviada. Comenta el encuentro con el toro al tambero, que la mira espantado diciendo: *„ ¡Ay, señora! ¡De haber sabido no la dejaba ir allá! ¡Ese toro puede ser bravísimo! ¡De la que se salvó!"* ¡Y ese gran riesgo por el placer de unos hongos tan ordinarios que hay que hervirlos tres veces en aguas nuevas para quitarles el gusto amargo! ¡Y se le deben agregar un sinnúmero de dientes de ajo para proveerlos de sabor! "*Chicles con aroma a ajo*", solía comentar un comensal...

Su gran sueño es poseer un tractor. Como carece del capital suficiente para uno nuevo, solo adquiere máquinas usadas, que le proporcionan el disgusto de romperse a menudo. Y de acuerdo con su personalidad, persiste en la irrealidad, diciendo: „ *¡ay, si lograra ganarme la grande en la lotería!* " Pero nunca se compra ni un solo ticket. ¿Por falta de dinero o por simple avaricia, cualidad adoptada entre tanto?

También tiene ideas de avanzada: la energía solar, por ejemplo. ¡A finales de los años 70 y en un país en el que no está propagada su implementación! Una revolucionaria, pero que como siempre hace las cosas a medias. No contrata a especialistas, por temor a costos elevados, y en vez confía la instalación a un sobrino, que se tilda a sí mismo de experto en el tema. En consecuencia tendrá un sistema de mal funcionamiento, aunque ella siempre se refiere al muchacho con orgullo. No obstante, dada la poca confiabilidad en el equipo, un día toma otra decisión: Hace instalar como complemento un calefón eléctrico, que solo falla durante los frecuentes cortes de luz. Pero después de todo, la corriente eléctrica resulta más segura que la actividad solar.

Con la herencia del campo, la señora Gruber se aleja paulatinamente de sus familiares. Los invita de todo corazón a que compartan sus días en su residencia querida, pero esta no es plenamente del gusto de cualquiera. Hay que considerar que la vista de la señora va fallando cada día más y que los lentes siguen siendo un aparato molesto que, en lo posible, se deja de lado. ¿Es esta la causa por la cual no percibe la falta de pulcritud en su derredor? ¿O se trata de una reacción tardía a la esterilidad perfecta de su casa materna durante su juventud? ¡Por fin cortado el cordón umbilical, por fin libre de las amonestaciones de su madre así como de las de su marido! Ella se siente a gusto en la seudolimpieza. No gasta en limpiadora, y ella, que nunca ha aprendido a limpiar, lo hace con la ayuda de los niños de sus empleados agrícolas. ¡Parece gozar - ¡ella aún más que los chicos! - el chapoteo en los baldazos de agua! ¿Otra liberación de prohibiciones de su infancia?

En su soledad encuentra una nueva actividad: Se dedica a estos hijos de los trabajadores. Ha escogido los hombres más desgraciados, los de peor fama en la zona, hasta a ladrones, quizás por avaricia, por ser a los que menos debe pagar o por su instinto de aventura. Además está orgullosa de demostrar a la población, qué frutos obtiene de esta gente, qué se puede lograr, mismo con los seres más abyectos de la sociedad. Los niños de estos juegan un papel muy importante para ella como sus conejillos de Indias: ella los asea, los viste, les lava su ropita con sus propias manos, no importando la edad, desde un bebé hasta un niño grande de doce años. Estos chicos se convierten en su obra. Se pone nuevamente a mendigar, ya no para animales sino para ellos. Esta vez será ropita la que junta, que sus amigas le entregan con una ligera sonrisa en los labios. ¿No exagera un poco con este emprendimiento? Pero ella hace mucho más: no le basta con la mejora del aspecto externo. Dedica mucho tiempo al trabajo intelectual con ellos. ¿Qué colaboración pueden esperar de sus propios padres, si acaso a penas salidos del analfabetismo? Es la señora Gruber quien se sienta en las tardes con los niños en su cocina para que escriban sus deberes. Ella, preparándose alguna comida, al mismo tiempo dando las instrucciones y haciendo las correcciones. La mayoría de estos chicos se destacan por su lentitud, ya que nunca han gozado de ningún tipo de aliciente en el aprendizaje. Por consiguiente se necesita ser un maestro de una paciencia angelical para instruirlos durante un largo rato. La señora Gruber no pertenece a esta categoría de profesores. Al contrario, a menudo les grita a los chicos, los insulta y hasta los declara tontos. No importa, los niños igual vuelven a ella. Probablemente no están acostumbrados a un trato más suave, más delicado. Además la admiran como a una hada buena y mala a la vez, como a una reina poderosa y rica, a la que veneran desde su humilde posición. Porque ellos sí están autorizados a poner el pie en la grandiosa mansión señorial, un acto de gracia que no le es concedido a sus padres, acto de gran valor, prueba de la singular importancia de estos chicos en la idiosincracia de la patrona.

No solo les alimenta el intelecto. Parte de toda enseñanza es el deporte. Y uno de los que más le agrada a la señora Gruber es la natación. Ahí va pues ella con sus polluelos, gente del interior del país, que posee un natural miedo, una extremada cautela o el debido respeto ante aguas profundas. Demasiadas historias lamentables conocen sobre botes volcados, hombres y mujeres desaparecidos, ahogados, víctimas de los oscuros ríos, que se han tragado a muchos analfabetas del arte de la natación. ¡Cuánto respeto les tiene que infundir ella a los padres, para que estos le confíen sus hijos! Con mucha dedicación les quita el miedo, sin obligarlos, sin asustarlos, convirtiéndolos en nadadores desde regulares a buenos. Tanto los padres como los chicos y su profesora se llenan de orgullo. Y la señora va cobrando cierta fama en la zona. Se la admira por un lado y se le mira con desdén por el otro. ¡Que tiene sus locuras, sus predilecciones fuera de lo común! ¡Es única, eso sí!

A estas acciones abstrusas se le suman otras. Por ejemplo, la de proporcionarle trabajo a un obrero alcohólico, notoriamente conocido por su vicio. Por esta razón nadie está dispuesto a emplearlo. A la señora en cambio, no le molesta esta falta. Al contrario, parecería que alguna afinidad intelectual uniera a estos dos seres de capas sociales tan distantes. Él siempre se comporta correctamente; mismo en sus borracheras no se vuelve ni agresivo ni desagradable. Su jefa se las ingenia para que él reciba diariamente su ración de vino, sin la cual no le es posible subsistir. Así es capaz de trabajar bien durante algunos días, luego, cuando lo asedia la ansiedad por su droga, abandona la estancia bajo algún pretexto, se interna en alguna taberna del pueblo y no regresa hasta no haber exterminado todo su dinero. O bien lo gasta para sí o con otros, o sencillamente se lo roban. Lo mismo da. El caso es que siempre tiene los bolsillos vacíos cuando vuelve por sus propios medios, o bien alguien se apiada de él, y lo trae de regreso. En el campo duerme, se recupera, conversa filosóficamente de las vicisitudes de la vida con los blancuzcos gansos que él toma por seres humanos pensantes. Ellos, muy educados, con sus graznidos, acompañan pacíficamente sus charlas de poca nitidez. Pasado algún tiempo reanuda el trabajo. Y este ciclo se repite eternamente en un ritmo con sus oscilaciones propias. Su salud sufre daños, su cuerpo se deteriora, el trabajo le cuesta cada día más y nadie se lo confía, excepto la bondadosa señora Gruber. Ella se jacta con mucha razón y más ironía, que su estancia es para él un sanatorio, un antro de salvación del alcohol. Porque realmente durante el tiempo que él pasa allí, está alejado de su perdición, en una cárcel abierta exenta de tentaciones porque inexistentes. Y esta inferencia la amplía y aplica a los demás empleados que mejoran en su totalidad el compartamiento, al menos durante su estadía con ella.

Un día le pasa una desgracia, grande para ella: le han hurtado la canoa que por distracción ha dejado algunos días en la orilla del río, escondida entre los matorrales. Pero los ojos agudizados de un eximio cazador-ladrón perciben objetos hasta atravész del follaje. Ella hace la denuncia en la comisaría, de la cual no espera mucha colaboración. Al quedarse sin locomoción acuática, le ruega a una persona totalmente desconocida que el domingo se acerca en su botecito a motor, que la pasee por el río con el objetivo de encontrar su canoa que supone escondida en algún lugar de la costa. El paseo es infructuoso. A todos sus conocidos del pueblo los informa sobre el hecho delictivo y hasta proclama una recompensa para el que se la encuentre. El comisario sospecha de un ladrón, Alberto, que resulta tener una buena coartada, y sobre todo tiene a su vez, sus propias sospechas, de que la ha hurtado su rival Pedro, quien se ha convertido en su enemigo, ¡por haberle robado a él! Alberto sale en ayuda de la señora Gruber, con la sola meta de hacerle daño a Pedro. Se encuentran el día lunes en el pueblo, donde ella acaba de cobrar 800,- dólares por la venta de un ganado. Los lleva bien guardaditos en una riñonera. ¡Y parte con el ladrón bueno en busca del malo! Al campo abierto. Perteneciente a desconocidos. Sin su permiso. Alejados de todo tipo de población, caminan kilómetros por entre los montes ribereños. En pleno sol del mediodía. ¡Sin agua, pero con sus 800,- dólares encima! *„¡Hay que tenerle confianza al prójimo!",* se repite la digna señora, un poco atemorizada después de todo. Tampoco esta caminata termina con la aparición del bote. Sedienta y con gran retraso regresa ella a su casa. ¡Con los 800,- dólares intactos en la carterita! Al día siguiente tiene un llamado telefónico. De un conocido, Juan, quien supone haber visto su canoa. Ella dispara a la dirección señalada en el pueblo, a la casa de un señor Álvarez. En un fondito, la punta tapada con unas sábanas que revolotean en la brisa, se halla una canoa, pero visiblemente de otro color que la buscada. Está desconcertada. El conocido insiste: *„¡Tiene que ser la suya! La habrán pintado de otro color para disimularla."* Informan a la policía, porque en la casa nadie contesta y entrar en un fondo ajeno es infracción. ¿Como la recorrida del campo ajeno? La policía se moviliza de mala gana. Mucho más le gustaría ser ella la triunfante ante la dueña del bien y no que la dueña le muestre a la inactiva vigiladora lo que ella debería haber encontrado. Inversión de roles. Teatro absurdo pero verdadero. ¡De hecho en el relato a la prensa local, la policía será presentada como la exitosa en este asunto!

El gendarme llega, pide paso al fondo a la vecina que resulta ser hermana de los propietarios de la casa. ¡Aunque de otro color es la canoa hurtada! Se incauta, se lleva al predio de la comisaría y al día siguiente, previa declaración ante la jueza, la señora Gruber puede retirar su bien. Mientras que la pena al bandido consiste en barrer durante algunas horas la plaza del pueblo...

¿Pero cómo había sido la historia?

Realmente Alberto había acertado en todo. ¿Quién conoce mejor a un ladrón que un compañero de profesión? El sospechoso Pedro había sido el autor de la sustracción. Había mantenido oculto y pintado su botín en las costas recorridas por Alberto con la señora Gruber, pero lamentablemente lo había retirado dos días antes del paseo-aventura de ambos. Lo había ofrecido en venta a un precio risible, y el señor Álvarez, a sabiendas que estaba tratando con el maleante de peor renombre del pueblo, se dejó tentar y la compró. Feliz con su adquisición quiso salir ese mismo día domingo a estrenarla. Pero no poseía medio de transporte en tierra para arrimarla hasta un lago. Le pidió la camioneta prestada a su amigo Carlos, contándole de su compra extraordinaria. Este, al no necesitar el vehículo, no tenía inconveniente y se lo cedió. En la noche, el Sr. Álvarez le devuelve el coche a Carlos con las palabras: *„Mirá, la rueda está pinchada.“* Así no más, a secas. Ni se ofrece a llevarla a arreglar ni a pagar por ella. Carlos no contesta nada, pero hierve interiormente: *„¡Esta me la vas a pagar, amigo!“* Y el lunes de noche, sentado en un barcito, le cuenta a su amigo Juan la historia de la canoa-neumático pinchado. Juan, un

194

muchacho inteligente, se pone a razonar y a combinar. ¡Qué extraño que por un lado desaparece una canoa y que por otro lado aparece una a pocos kilómetros! ¡Como por arte de magia! Tantas casualidades no son obra natural. Aquí se ha entrometido la mano del hombre. A tan avanzada hora no se anima a llamar a la supuesta dueña legal. Pospone el hecho para el día siguiente. Y ha dado en el clavo. Se merece la recompensa, de cuya existencia no se había enterado. Actúa por entereza. Aunque la señora Gruber sea una persona lo suficientemente acaudalada, a su modo de ver, para poder comprarse otro bote, este es de su pertenencia y corresponde la devolución a sus manos. ¿Y Carlos? ¿El delator del señor Álvarez, quien por ahorrarse los pesitos del arreglo del neumático ha perdido toda una canoa? El motivo de Carlos no termina de gustarle a la propietaria del bote. ¿Qué clase de amistad es esta, que en vez de defender al amigo, por una riña mezquina lo hace perder un negocio bastante grande para su situación financiera? Es indudable que no todos poseemos el mismo concepto de ética.

A los pocos días tiene su experiencia con el singular carácter de Carlos. A raíz de un encuentro casual en el pueblo, Carlos le ofrece una pequeña transacción: Como por causa de un fuerte vendaval, en el campo se han caído varios árboles, él los cortaría, dejándole la mitad cortada para ella. La señora Gruber titubea, desconfía de la personalidad de este hombre, por no haberle agradado su forma de actuar con su supuesto amigo, aunque esta haya significado el reintegro de su propiedad a sus manos. Accede, recién después de que Juan se lo recomendara casi ciegamente. Pero la señora Gruber tendría razón con sus recelos. Carlos, con dos hombres, corta y corta leña, carga y carga un camión, dejándole un montoncito insignificante de leña para ella. *„¡Pero este no era el trato!",* le dice indignada. *„Mire, que le estoy haciendo un favor con esto. ¡Otro le cobraría por el trabajo! Vea, yo no. ¿Ha pensado en el gasto que me ha causado la* *motosierra, el alquiler del vehículo, las horas trabajadas?* " Para no pelearse con esta gente, que ya empieza a amenazarla sutilmente con prenderle fuego al chalet, la deja partir. El único triunfo que se lleva en el fondo de su corazón es la certeza de conocer el género humano con sus defectos. Su instinto la había advertido correctamente. Meses más tarde, durante una ausencia suya, alguien intenta penetrar en su casa, dejando indicios de ello bajo la forma de ventanas rotas. La policía realiza sus pesquisas. Pregunta por todas las personas que han entrado al establecimiento en el último tiempo. También se nombra a Carlos. La policía lo enfrenta en su puesto de trabajo, lo interroga, algo que solo instrumenta cuando la persona ya está fichada por algún acto delictivo. ¡Otra prueba más de la percepción correcta de la señora Gruber de que Carlos no es confiable! Pero no existen pruebas en contra suya como autor del intento de atraco. A tanto probablemente no llega su mal comportamiento.

Pasa el tiempo, y la canoa, nuevamente depositada por unos días al borde del río entre los matorrales, desaparece. Y eso que en la noche del hurto, unas sobrinas aventureras han pernoctado bajo la luz de las estrellas a pocos pasos del escondite. En la mañana, a su regreso a la casa situada a unos 500 metros del curso de agua, relatan impresionadas: *"En el río deben habitar animales muy grandes. En la noche escuchamos cómo uno se largaba con estrépito a las aguas."* Pero las jóvenes no habían dirigido sus ojos a la maleza con su tesoro. Fue la dañada señora Gruber, quien, siempre muy perspicaz, descubrió la falta de su embarcación. Enseguida combinó el ruido percibido por las chicas con la caída del bote al río. ¡Nada de fauna exótica! La sencilla mano del hombre estaba nuevamente en juego. Pero esta vez, el o los ladrones actuaron más profesionalmente: se la habrían llevado más lejos. No volvió a aparecer, para gran desesperación de su propietaria, quien amaba remar en la soledad del río. Tampoco la sustituyó por otra, dado que el acto delictivo se repetiría hasta el infinito.

A la Sra. Gruber le encantaban los baños de mar, después de los cuales se acostaba directamente en la arena caliente sin toalla o lona aislante. ¡Quedaba hecha una milanesa! ¡La única en toda la playa! Después de algunos días placenteros en la costa, este dolce far niente se le volvía insulso y comenzaba a añorar la vida turbulenta del campo. Allí no faltaban los pasatiempos, es decir siempre había trabajo. Pero por sobre todo pulsaba la vida. Que no dejaba de presentar peligro en ciertas oportunidades como veremos a continuación. Un día habían llegado algunos visitantes, propietarios de caballos que pastoreaban en su campo. Mientras ella preparaba el almuerzo en su cocina, pasó una moto a toda velocidad delante de la casa y siguió hasta los corrales. A la Sra. Gruber le pareció insolente que Raúl entrara por su camino privado de más de un kilómetro sin haberle pedido permiso. ¡No se trata de un comportamiento usual en el campo! Al rato oyó griterío por la ventana abierta. Salió al porche y se percató que en su propiedad había disputa. Al igual que los caballeros del Medioevo se sintió responsable por la justicia en su recinto y recorrió los 100 metros hasta donde se hallaba el grupito de personas. ¡Raúl estaba ensangrentado! ¡Sangre en la cara, en la camisa! No se distinguía muy bien dónde estaba la herida. ¡La Sra. Gruber se llevó un susto! *"¿Qué ha pasado? ¿Qué ocurre?"*, exclamó un poco nerviosa. *"Está todo bien. Tranquila." "No. ¡Aquí hay un herido!" "Raúl atacó a Jaime con un cuchillo que trajo de su casa. Pero Jaime logró quitárselo, rasguñándolo un poco." "Si es así, Raúl, abandonás inmediatamente mi campo." "Pero déjeme explicarle, doña, yo solo vine aquí para hablar..."* Y la Sra. Gruber no le permitió terminar la frase: *"¡Con un cuchillo en la mano! ¡Así no se habla! ¡Te vas YA!"* Y Raúl, un muchachito de 20 años, no discutió más y se marchó. En el piso habían quedado tirados sus lentes. A pesar de que Manuel corrió algún tiempo detrás de la moto para alcanzárselos a Raúl, este no se dió cuenta de la persecución y siguió adelante. *"Yo se los entregaré esta tarde cuando salga en el auto,"* dijo calmamente la Sra. Gruber. *"Pero cuéntenme por favor lo sucedido."* La causa del disturbio era la yegua desaparecida. A la Sra. Gruber le faltaba desde hacía varios meses la joven Blanca y existían dos versiones: Raúl culpaba a Jaime de ladrón, mientras Jaime pensaba lo mismo pero de Raúl. Claro está que Raúl, un ser descontrolado, intempestivo, rápidamente acalorado, era a quien menos confianza se tenía. En comparación con su contrincante Jaime, una persona "bien", solo podía merecer el puesto de perdedor. Los presentes se pusieron de acuerdo en presentar denuncia de agresión ante las autoridades. Para ello tenían suficientes testigos. Y la Sra. Gruber fue en la tarde a entregar los lentes a Raúl, quien intentó asumir su propia defensa con una arenga, pero la Sra. Gruber lo paró en seco: *"De ahora en más tenés prohibida la entrada a mi campo, tanto por la portera de entrada como por los alambrados. ¡Que te esté claro!"* Raúl asintió con la cabeza. Parecía haber comprendido su falta. Quizás la visita policial a raíz de la denuncia, reenforzaría el reconocimiento de su culpa.

La Sra. Gruber, además de ser amante de la literatura universal, que devora con devoción, se ha vuelto adicta a las telenovelas trasmitidas diariamente en la televisión. Esas historias cursis, rebuscadas, de encuentros insólitos, casualidades inusitadas, de entreveros, productos de imaginaciones distorsionadas, la mantenían en vilo, a ella, ¡que se autotildaba de intelectual! ¡El que osara llamarla por teléfono a la hora sacrosanta de su vicio, era acribillado de injurias! ¡Entre las 18 y las 19 h regía el más profundo silencio en su derredor, todos sus sentidos prendidos a la pantalla del televisor! A tal grado llegó su pasión, que un día de viaje a la playa, al haberse retrasado, y no poder llegar a tiempo a la casa a la hora sagrada de la telenovela, estaciona su coche delante de la vivienda de desconocidos, les toca el timbre y les ruega humildemente que le permitan el ingreso para ver su programa predilecto. Quizás por haberse encontrado con una alma gemela, comprensiva, simpatizante como ella de conflictos amorosos, se le concede su pedido.

¿Y el Sr. Gruber? Acostumbrado al barullo de su familión, no ha resistido la soledad, ha seguido a su amada, porque tal sigue siendo, a pesar de todas las desaveniencias en la avejentada pareja. Tan poco ha cambiado la relación entre ambos, que hasta le muestra a Lisa una carta escrita por él mismo a su futura esposa allá por setiembre del 42, de su tiempo de noviazgo. Desea demostrarle a su hija, que no existe diferencia de comportamiento entre la señora de ahora y la joven de aquel entonces. Comienza dulcemente:

"Amada mía, siento la necesidad de comunicarte mi amor por ti. El domingo estaba muy enamorado de ti, te encontré un tanto diferente, vestida por fin de forma coqueta; y encontramos un lugar nuevo en nuestro paseo, el sol nos pasaba su calor, arrimados el uno al otro. Sentí mucha pena al depositarte en tu casa al regreso. Y en casa me di cuenta que, a pesar de mi solemne promesa a tu madre respecto a un comportamiento decoroso y de confianza, ¡mi propósito a menudo se haya sobre arena movediza! Feliz a como me sentía, me había propuesto comunicártelo a la mañana siguiente con mucha dulzura, algo con lo cual no se te ha malcriado. ¡Pero nada! Apareció el gordo Otto von Bismarck reclamando: "¡Mas las uñas!" ¡Mira, cuán obediente ha sido su Johanna! Lee lo que ella le escribió el 21 de febrero de 1847: "Tu letra se ha vuelto más caprichosa, no será así con tu corazón también, Otto? Igual no importa, yo me volveré aún más obediente, mi amado, y trataré de adaptarme a lo que no puedo

cambiar; y si tampoco esto fuera suficiente, me quedaré calladita y haré lo que mandes."

Estas frases me dieron qué pensar. ¡Y de poca ayuda me resultó tener en consideración que es mucho más fácil rendirle obediencia a un Bismarck! Pero en primer lugar con Johanna no se trataba de pequeñeces como las uñas o el sentarse recto, etc., ella era sumamente bien educada. Claro está que yo no soy un personaje destacado como Bismarck; por otro lado, si no logro imponerme en lo más mínimo, si tan poca influencia ejerzo, entonces soy un debilucho y me dejo empujar de un rincón al otro por mi mujer; es decir que mis aspiraciones a comandar son etéreas y solo esconden un alma débil. Si así fuera por supuesto necesitaría una marimacho que me tiene en línea o a ninguna.

Tú te percatas, que mi orgullo no se contenta con esta opción; en cambio me abalanzo sobre mi contrincante, en la que hallo la causa de todo el mal. Lo que me llama la atención en ti es, que no por falta de energía sino que porque no te produce ninguna alegría, no pones en prática un deseo mío. En cambio yo: Tenedor en la mano izquierda al comer los tallarines. A mí me da igual, pero para cumplirte un deseo, lo intenté con la derecha. Las primeras veces no anduve bien, pero ahora ya no se nota diferencia alguna. Como resultado vemos que se acabó el tema, se acabaron las quejas. ¿O acaso me volví a poner el pañuelo de puntitos con el sobretodo, luego que tú me lo criticaras? ¿Por qué no puedes ceder de una vez en pavadas? ¿Acaso te sientes oprimida cuando se te pide algo? Pero no, tú deseas hacerlo, dices, ¡solo que nunca lo recuerdas! Perdóname, pero lo que uno hace por amor, ¡uno no lo olvida! ¿De verdad no te da alegría, darme una alegría a mí?

200

Me dices que tus uñas ya habían estado mejores, y que no las miré ni las alabé. Caramba, ¿cómo crees, que después de semanas de peleas estúpidas tenga ganas de inundarte de alabanzas? Además tus manecitas son tan pequeñas que durante dos años ni me percaté que estaban tan carcomidas. Y ahora pretendes que detecte a diario los supuestos adelantos. Por otro lado, si estabas convencida que tus uñas estaban hermosas, ¿por qué no me las presentaste de forma triunfadora? Mi desconfianza llega a tal punto que supongo que tú nunca estuviste muy satisfecha con las mejoras.

Todo lector razonable ya estará harto de tanta historia de uñas. En lo que me respecta podría haberse terminado hace tiempo."

Y con respecto a esta carta, el mismo Sr. Gruber añade en agosto de 1970 que el contenido sigue aún vigente. ¡Qué tristeza!

Las empleadas

Entre las amistades de la Sra. Gruber había quienes mantenían a sus empleadas prácticamente toda una vida. Se creaba una relación de confianza, de familiaridad respetuosa, de responsabilidad por parte de la empleadora, de forma que mismo cuando ya no necesitaba la ayuda diaria y permanente, la ama de casa asumía el rol de institución de beneficiencia y conservaba a la entre medio anciana y quizás discapacitada con labores menores en su hogar. En otros casos, llegado el momento en que le bastaba una limpiadora por pocas horas semanales, la hábil o astuta jefa pagaba el despido por décadas de sumisa esclavitud. Un arreglo en fin de cuentas más económico que asumir los costos de largos cuidados de la posiblemente ya envejecida e inservible ayudanta.

La Sra. Gruber admiraba a estas amistades capaces de convivir día a día con una persona ajena a la familia. Ella no tenía suerte o elegía mal a la limpiadora. A Eloísa la encuentra en la cocina dejando caer tranquila- e impávidamente las cáscaras de las papas u otras legumbres en el piso. Que las va a barrer luego, explica Eloísa ante el asombro de la señora. ¡Que no, que así no se trabaja en su casa!, recibe de respuesta. ¿Acaso Eloísa está acostumbrada a dejar entrar las gallinas, los cerdos, ¿por qué no?, a su humilde casita en medio del campo? Otra explicación no encuentra la Sra. Gruber. ¡Pero en la mansión citadina a ningún animal, acompañado de gruñidos o cacareo, se le adjudicará el papel de aspiradora!

La misma Eloísa, un día de verano, ante la colosal cesta repleta de manzanas, que la señora ha acarreado de la feria, tiene la genial ocurrencia de utilizarlas todas para un suculento postre. Las cuece al horno, sin ni siquiera tomarse el trabajo de quitarles el corazón. Casi una docena de manzanas arrugaditas, tostaditas para alimentar a tres personas. Estupefacción y luego furia en el semblante de su ama. *"¿Por qué no me ha consultado antes?"*, le pregunta indignada. *"¿Cuántos días tendremos que alimentarnos de este postre invernal con estos calores?"*

El primer puré de papas de la eximia cocinera Eloísa dejó recuerdos indelebles en la memoria de la Sra. Gruber. Contenía unas cositas marrones que estorbaban al paladar. ¡Pues estas eran las cáscaras del vegetal! ¿Que por qué no las había pelado? ¡Por escasez de tiempo! ¡Nunca más le faltaría el tiempo para pelar las papas!

Las milanesas no resultaron mucho mejores, aunque Eloísa las presenta con gran orgullo: *"Las he pasado varias veces por el pan rallado. ¡Así rinde más la carne!"* El aceite ha penetrado profundamente en ese masacote de pan que rodea una fina hilacha de carne. La Sra. Gruber se retuerce y proclama: *"Anda. ¡Quítale todo ese pegajo y fríeme la carne a solas! ¡Cuando deseo comer carne, como tal, y cuando quiero comer pan, pido pan.!"* Eloísa está desconsolada. ¡No entiende el mundo! ¡Ella que pretendía hacerle ahorros a su ama, prolongando la cara carne hasta el infinito! ¡Realmente los amos resultan difíciles de comprender!

Las barreras entre patronas y empleadas a veces se manifiestan de forma práticamente infranqueables. Durante semanas la Sra. Gruber le repite a Eloísa, cómo deben estar armados los menúes. Es de rigor una ensalada compuesta de lechuga y/o tomate y/o pepino, según lo que se encuentre en la heladera. Lo importante, claro está es el plato principal. Este debe constar de carne o pescado, acompañado de arroz, papas o fideos, y ahora viene lo incomprensible para la empleada, además de verduras de la estación, como zapallitos, puerros y/o zanahorias, etc. Nunca estarán estas tres componentes a la vez en la mesa.

Eloísa es incapaz de aceptar esta composición. Se rebela. En silencio. La Sra. Gruber desiste. Está desarmada ante la firme oposición de su empleada.

Una nochecita, Eloísa se encuentra en la cocina fregando y refregando un sartén. La señora Gruber la observa de lejos: *"¡Qué bueno que por fin una empleada se dedique a limpiar a fondo la parte de abajo del sartén! ¡La verdad que tiene una crosta de mugre de años! ¡Bravo, Eloísa!"* Al rato se le acerca, ¡y pega un grito de horror! Eloísa está rayando con furia no el exterior, ¡sino que el interior del sartén! Este es negro, sí, porque posee una capa protectora de teflón que Eloísa está destruyendo con vigor y eficacia. ¿Qué sabe ella de estos materiales inventados en lejanas tierras, en las que nadie sospecha que existan seres carentes de la más rudimentaria cultura?

Para una visita a la hora del té, Eloísa prepara un excelente cake de chocolate. Las amigas de la Sra. Gruber alaban las cualidades de la empleada. La dueña de casa se siente alagada y contenta. Pero su alegría no es de larga duración. En la noche, cuando busca en un estante alto y retirado de la cocina la tableta de chocolate que una sobrina le había traído de regalo de EEUU, no la encuentra. No tarda en atar cabos. La extravagante tableta había terminado en los estómagos de ella y de sus amigas transformada en una admirable torta. ¿Cómo era posible que Eloísa no pidiera permiso para utilizar alimentos que jamás en su vida había tenido en manos o ante sus ojos? ¡No se le pasaba por la mente que los objetos importados también pudieran tener un valor especial para sus propietarios!

A menudo la Sra. Gruber desesperaba. Revolvía un estante de ropa por aquí, luego otro por allá. ¿Dónde las habría escondido? Se trataba de sus alhajas y de dinero en efectivo para los gastos de la semana. Pretendía ponerlos a salvo de las manos ávidas de alguna empleada, razón por la cual cambiaba sus escondites. ¡Pero se creaba su propio laberinto! Ya no recordaba cuál armario le había servido esta semana. Terminó comprándose una pequeña valijita con candado de números, porque también el depósito de la llavecita hubiera olvidado con certeza.

¡Cuán grande fue su asombro el día del descubrimiento en el bolso de Eloísa! Ninguna pertenencia ajena, no, solamente un documento. ¡Pero qué documento! ¡Ni más ni menos que una escritura! ¡La de su casa! Eloísa había mencionado que era de su propiedad, y así mismo que su marido era un alcohólico empedernido. ¡Obviamente tenía miedo que él vendiese el bien para transformarlo en su droga preferida! Por mayor seguridad Eloísa había optado no proporcionarle esta oportunidad. A la Sra. Gruber le recordaba las turcas pueblerinas que tampoco se separan de sus pertenencias, ¡que hasta trabajan en el campo con ellas puestas! Son los brazaletes y collares de oro que han recibido de regalo en su boda. Son su seguro para la vejez o para el caso que el marido la rechace algún día. Está muy mal visto que el hombre le pida a su esposa alguna joya para saldar una deuda. En el Oriente es una tradición sacrosanta respetar estas propiedades de la mujer, ¡no así por otros lares!

Un día, a la Sra. Gruber se le ocurre mirar debajo de su cama matrimonial. No es ni siquiera necesario pasar la mano por el piso, es completamente obvio, que lo que ve, es una regia capa de polvo, de esos torbellinos grisáceos. Despavorida se dirige a Eloísa: *"¿Usted pasa la aspiradora a diario, verdad?"* Eloísa asiente. *"¿Cómo puede ser entonces que se encuentre tanto polvo debajo de mi cama? ¿Es repugnante, no?"* Nuevamente asentimiento de Eloísa.

Eloísa se había autorecomendado como limpiadora oficial de un prestigioso liceo en la capital. No menos importante describía su puesto en la cocina de ese instituto. Para la Sra. Gruber la falta de pulcritud debajo de su cama significó el punto final en la relación con Eloísa.

Comenzó un nuevo capítulo con varios subcapítulos.

Hubo una tal Carola que no le incitaba confianza a la Sra. Gruber. Decidió revisarle el bolso. ¡Bien que hizo! Allí se encontraba una docena de cochecitos de juguete de su sobrino, quien los reconoció como de su pertenencia, ¡y ahí marchó Carola!

Con Franca no anduvo mejor. También esta no le parecía confiable a la Sra. Gruber. Cuando un día Franca, al servir el almuerzo, insistió en comunicar que a la carne cortada en tiras le había agregado legumbres, qué bien que combinaban, ¿verdad?, en ese momento sonó una campana en el cerebro de la Sra. Gruber. ¿Por qué me lo repite? Además, de todo el medio kilo de carne, ¿cómo es que solo se ven estas pocas hilachas flotando en medio de la verdura y de la salsa? Acá algo anda mal. Nuevamente control a escondidas por parte de la Sra. Gruber. ¿Y qué encuentra en el bolso de Franca? En los finos guantes unas bolsitas de plástico rellenas con los filetes restantes de carne cortados delgaditos! ¡Número tres afuera!

Después llegó Filomena. Una gorda que se presentaba a diario con seis o siete bolsas grandes de plástico con contenido diverso. ¡Pero eran tantas y con tantos objetos diferentes que la Sra. Gruber nunca tuvo la paciencia ni el tiempo de revisarlas todas! Siempre le quedó la duda si Filomena se llevaba o no cosas de su casa. En su primer día de trabajo, ¡Filomena se desplomó! No porque la cantidad de trabajo la hubiera superado, no, ¡porque venía con el estómago vacío! Recién después de un buen café con leche y un refuerzo pudo afrontar sus tareas.

La Sra. Gruber tenía su botellita de whiskey, de la cual en la nochecita se servía a penitas el equivalente a un dedal. Por lo tanto un litro le duraba semanas, si no meses. Pero esa era la teoría. Porque se percataba que el nivel en la botella bajaba demasiado rápido. Hay una modalidad muy sencilla para controlar una desparición del líquido haciendo una rayita en la etiqueta con el contenido actual. De este modo, la patrona constató claramente que en su casa había un bebedor a escondidas. No podía ser otra que Filomena. Pero nunca la atrapaba en la cocina con las manos en la masa o más bien en la botella. Hasta se le ocurrió encerrar la bebida en su ropero, pero esta costumbre le desagradó y la volvió a dejar en su lugar habitual en la cocina con el resultado ya descrito. Por un lado, la Sra. Gruber se reía, porque obviamente el ladrón no se percataba que había sido descubierto. Probablemente no tenía nunca el tiempo ni la calma para observar detalladamente la botella. Por otro lado, la Sra. Gruber se sentía frustrada porque nunca pescaba al bebedor in flagranti. Estaban jugando al gato y al ratón. ¡Hasta que un día cantó victoria! Se levantó sigilosamente de la siesta e irrumpió repentinamente en la cocina: Ahí se hallaba la alcohólica brandiendo en la derecha la botella y en la izquierda un vasito a medio llenar. ¡Casi derrama el resto del Ballantines en el piso del susto que se pegó! Este fue el final de Filomena.

Con Clara el asunto fue otro. Tenía a la madre enferma. De cáncer. Para ayudarle, para pagarle los medicamentos que la mutualista no le proporcionaba, se había buscado el empleo. El sufrimiento de su madre la atormentaba. La visitaba dos veces por semana en el hospital, le curaba la herida abierta en el pecho, se la vendaba, la calmaba, pero de regreso estaba revuelta y desesperada. El médico le recetó calmantes a la calmadora. Fuertes. En dósis alta. Comenzó a levantarse tarde. Se olvidaba las cosas. Ponía en el congelador la carne a preparar para el mediodía. Se paseaba por la casa como en trance, adormecida. La Sra. Gruber se decía: *"Yo tomo a alguien para que me libere de mis problemas diarios. Pero así se me incorporan los problemas ajenos a los propios. Está bien: He empleado a un ser humano, no a un robot. ¡Pero hay límites!"* No hubo necesidad de licenciar a Clara. Ella a los seis meses, con la muerte prematura de su mamá, rescindió del trabajo y regresó al lado de su marido que la estaba esperando ansiosamente.

Parecido fue con Julia. Ella tenía problemas de pareja. Necesitaba distanciarse de su marido, quien la engañaba a diestra y a siniestra. A través de la separación, él quizás se percataría de los valores de su esposa. Eso se había imaginado Julia. Pero resultó lo contrario. A rienda suelta, el joven llevaba una vida aún más desenfrenada. Los vecinos le pasaban las informaciones a Julia. Para vengarse se puso a flirtear con un muchacho. Los remordimientos no la dejaban tranquila. También ella se fue un día. Prefirió regresar a vigilar a su esposo, a sobrellevar el sufrimiento a su lado en vez de tormentarse en la lejanía.

Y luego apareció Josefina. Una boliviana, que solo contestaba: "Sí, señora", "no, señora ." Ningún comentario, ninguna opinión, nunca oposición, la subalterna ideal. Pasaron los meses. El trabajo perfecto, la casa immaculada, la comida deliciosa. Las contestaciones no cambiaban. Pero llegó el día, en que se abrió, en que, como un torrente después de una lluvia intensa, derramó todo su interior, contó su vida, sus aflicciones. La primera reacción de la Sra. Gruber fue de asombro. Luego comprendió. Josefina, tímida, reservada y sobre todo desconfiada a raíz de malas experiencias, recién después de un examen minucioso, había llegado a la conclusión que la Sra. Gruber era confiable. Josefina tenía tres hijos que vivían con ella en una casita de su propiedad. Su marido había desaparecido. Ni rastro de él. Ella asumía la crianza de sus hijos, de los cuales uno ya trabajaba. Dura labor en un país extraño, lejos de su patria y de sus compatriotas. Una mujer, que igual que aquellas con altos puestos en una compañía, llevaba los pantalones bien puestos. Pero le faltaba formación a la pobre, y todos los meses finalizaban con saldo negativo. La Sra. Gruber se ofreció a proporcionarle el cálculo de sus gastos enfrentados a sus entradas. Insalvable la diferencia entre los unos y los otros. Y a pesar de ello, Josefina lograba sobrevivir mes a mes con su familia. Gran interrogante para la Sra. Gruber. ¿Cómo lo hacía? Era obvio que no robaba, solo iba transportando las deudas de un mes a otro, con esa confianza, ¿o era esperanza?, que se disolvieran en la nada, que por arte de magia se desintegraran. Una capacidad que uno aprende en situaciones como estas, se decía la Sra. Gruber. Josefina no se fue, pero los Gruber en una de sus muchas mudanzas, abandonaron la ciudad y, aunque le dejaron muchos objetos como heladera y calefactores, se perdió el contacto a causa de la distancia.

Juana había sido un caso distinto. Mantenía la casa impecable, la comida de gusto exquisito siempre estaba pronta a la hora prevista, ningún reproche se le pudo imputar. Pero consiguió su sueño: un puesto en una oficina del Estado, de empleada pública con todos los privilegios y el bienestar que eso implica. De tanto en tanto mandaba un mensaje. Si le daba el tiempo, pasaba un ratito con un rico pastel casero para compartir a la lijera. Un día apareció con un pedido fuera de lo común. De dinero. Su hermano, un sinvergüenza que lograba sobrevivir a costas de la santa Juana, había ocasionado un accidente de tránsito en un auto que, claro está, no le pertenecía. No tenía libreta y el motociclista estaba gravemente herido. Andrés fue a prisión. Para rescatarlo había que realizar un depósito considerable. Juana quería salvar a su adorado hermanito de la compañía de malhechores, que probablemente hubieran terminado pervirtiéndolo por completo. Que al mes le devolvía el dinero a la Sra. Gruber. La suma total. ¿Que cómo iba a hacer? Si ahora no tenía ese capital, ¿de dónde lo sacaría a los treinta días? Le iría pidiendo a sus parientes, a cada uno un poquito, hasta tener la suma completa. ¿Y cómo les devolvería el dinero a ellos? Pues, que no se los devolvería. *"¿Perdón, por favor?"* *"Ellos saben que ya no verán jamás ese dinero. Saben que no lo poseemos y que es imposible que lo adquiramos"*, fue la respuesta calma de Juana. *"Eso es familia"*, se dijo la Sra. Gruber, prestó el dinero y no al mes, pero a las ocho semanas tenía su dinero de regreso. Si el préstamo hubiese sido para Juana personalmente, la Sra. Gruber hubiera encontrado un arreglo con ella, perdonándole una parte del monto o prolongándole el tiempo de reembolso. Pero para ese hermano, ese inútil, ese aprovechado exento de escrúpulos, ese malogrado incapaz de enderezar su camino, no, para ese ser despreciable no deseaba proporcionar ninguna ayuda más.

Otra historia fue la de Carina, mujer grande y fuerte, casada, pero sin la bendición de tener hijos. Una noche, que los señores Gruber salieron a la ópera, a presenciar ni más ni menos que *"Los maestros cantores"* de duración wagneriana, es decir de unas seis horas, se encontraron al regreso, pasada la medianoche, con la dulce Carina sentada en el sofá, tiesa de mantener en brazos a la finalmente dormida bebé, a Genoveva, de unos seis meses. ¿Que por qué no la había vuelto a acostar en su camita? ¡Ay, que era tan preciosa y que no se cansaba de mirarla!

Carina, aunque vivía en la casa de enfrente, en la que jugaba el rol de dama de compañía para una anciana maestra, entraba y salía de aquella de los Gruber con llave propia como si fuera su propio hogar. Ya formaba parte de la familia. Solo había algo que le molestaba a la Sra. Gruber. Cuando le dejaba alguna orden por escrito en un papelillo en la cocina, nunca podía estar segura de encontrar la tarea realizada. Carina se escudaba diciendo que no le entendía la letra. La Sra. Gruber comenzó a escribir en letra de imprenta, luego en mayúsculas. Hasta que se le ocurrió conversar con la profesora vecina. Le confirmó sus sospechas: Carina era analfabeta. Y lo seguía siendo a pesar de los múltiples intentos de la que a tantos niños había abierto el mundo de la escritura y la lectura. No le interesaba. Se sentía demasiado adulta, hasta vieja para ese aprendizaje. A partir de ese día se acabaron las notitas inservibles. Ninguna palabra al respecto profesó la Sra. Gruber, que sabía cuánta vergüenza causaba a Carina esta discapacidad. Llevaba en silencio su cruz que no había sido capaz de descargar cuando se le presentó la ayuda. Había aparecido demasiado tarde, según su manera de ver. ¡Una injusticia con respecto a esa joya Carina! También a Carina la dejaron con tristeza los Gruber al trasladarse al extranjero.

Hasta una turca cruzó los umbrales de los Gruber. Que se le pidiera el más rebuscado menú, que ella todo lo sabía cocinar, vociferaba con convicción. Encantada la Sra. Gruber discutía los pormenores, los ingredientes, pero no por mucho tiempo. ¿La razón? Los platos siempre terminaban siendo los mismos. Gustosos, sí, pero sin ninguna variación. Ya la desilusionada ama de casa dejaba de proponer manjares. De nada servía. Que su habladora empleada se las arreglara con lo que encontraba en la heladera.

Un domingo, la Sra. Gruber, desprovista de servicio, colocó el sartén en la ornalla de la cocina eléctrica para freír la carne. Mientras cortaba los filetes, empezó a sentir un olor extraño, indescifrable. ¿Qué habría cocinado la turca en ese sartén? Cuando la Sra. Gruber trató de levantar el sartén, se le quedó pegado a la ornalla. ¡Se llevó un susto! ¿Tendría que desprenderlo con la ayuda de un cuchillo y rayar la superficie vitriada de la ornalla? ¿Estropear la cocina nueva, de dos años de adquirida, solo porque su empleada turca había cometido algún error de gran magnitud y no había tenido el valor de comunicárselo? Empezó a relacionar observaciones. El día anterior le había llamado la atención que la parte superior de un bollón de plástico estaba dañado, como derretido por algo. "¡Aha!", se dijo, "ya di con la tecla. Ayse debe *haber colocado el sartén caliente encima del bollón, este se derritió y ella, o bien no se percató o no le dió importancia."* Y ahora la Sra. Gruber tenía que arreglar el asunto. Por suerte logró levantar finalmente el sartén, y luego de rasquetear pacientemente su parte inferior – sin dejar de injuriar a Ayse – la olla volvió a su estado servible.

Una tardecita, la Sra. Gruber regresa a su casa y encuentra la ventana de la cocina semiabierta, colgada de costado, a punto de caerse. Se trata de una ventana grande, un ventanal casi. Por su tamaño es pesada. La señora intenta cerrarla, pero no es capaz. Con una mano tendría que sostener la ventana por la derecha y con la otra tendría que mover la manija por la izquierda. Imposible extenderse de tal forma y emplear fuerza al mismo tiempo. Como no hay nadie en casa y que rige frío, decide pedirle ayuda al vecino, un muchacho fuerte, que en un abrir y cerrar de ojos, a solas, acomoda la ventana. Después de agradecerle, la Sra. Gruber busca una explicación para el pequeño inconveniente que acaba de padecer. ¿Quién ha estado en la cocina? ¡Pues, ninguna otra que Ayse! Y no había sido capaz de llevar la ventana cuidadosamente de la posición inclinada a la cerrada. Y no había dejado una nota, informando sobre lo ocurrido, no había declarado sus excusas tampoco. ¿Qué otras travesuras se le podrían ocurrir a esta inconsciente?

Suena el timbre. La Sra. Gruber abre. Delante de ella una persona que cree reconocer, pero que no puede ubicar en su memoria. *"Soy Rose Marie"*, se presenta la semiconocida. *"Vengo a entregarle algo que me pesa en la conciencia." "¿Rose Marie Schneider, quien trabajó en casa hace unos viente años?" "Esa misma." "Pues pase."* Rose Marie relata que ahora posee un puesto de verdura en una calle concurrida, que se ha podido comprar una casita, que sus hijos van al liceo. Todos adelantos loables. Pero que la acechan los recuerdos de un pecado cometido en su juventud, en años faltos de madurez. Que no la deja dormir en paz. Por eso ha venido, ha buscado con asiduidad la nueva dirección de los Gruber, que perdone la intrusión, que perdone lo cometido. *"Pero, por Dios, ¿qué ha sido?"*, pregunta la Sra. Gruber cada vez más intrigada. *"Tenga aquí. Estos son los diez dólares que le había sustraído de su mesa de luz. ¡Por favor no me denuncie! Y que no se enteren mis hijos, a los que trato de educar bajo los cánones de la más estricta ética y moral, a como lo exige nuestro código menonita. Creo que he padecido suficiente castigo con los remordimientos que me perseguían noche tras noche. ¡Solo su perdón me va a devolver la paz! ¡Concédamelo, por favor!"* *"Pero por supuesto! Váyase tranquila",* le responde la Sra. Gruber, que no puede creer sus oídos. ¿Por diez dólares martirizarse durante largos años? ¡Vaya que existe gente honesta! ¡Un ejemplo para la humanidad!

Lucía fue harina de otro costal. Delgada, rubia, pelo largo, de ojos verdosos, con un andar de gata, no tardó en percatarse de las desaveniencias entre sus patrones. Las que quizo aprovechar para fines propios, malhonestos, para su bien particular. Era toda sonrisas, obediente, lisonjera en presencia del señor de la casa, en cambio contestaba con desdén a la señora, pasaba por alto sus órdenes. Toda su atención la volcaba en él, lo agasajaba con pequeñeces, fuera adelantándose a sus pedidos, que ella había aprendido a adivinar antes de que él los pronunciase, o proporcionándole los manjares que él tanto echaba en falta a su esposa. Esta la observaba, al igual que a su marido, quien día a día iba cediendo un poco más a los avances, ¿o eran ataques?, de esta vampiresa calculadora. ¡Hasta que la Sra. Gruber no aguantó más! ¡Hasta que obligó a su marido a echarla él mismo! ¡Él, que se sentía tan halagado, valorado, considerado en sus deseos, con gran congoja, separándose de la fuente de su autoestima! Los celos de su señora alejándolo de los pocos placeres que la vida cotidiana le proporcionaba.

También un joven, un hombre, cruzó un día el umbral de la casa de los Gruber en busca de trabajo en un momento, en que no necesitaban a nadie. Se trataba del hijo de un antiguo empleado de los Fernández. La señora Gruber lo envolvió con una mirada futurística, imaginándoselo vestido de traje con camisa blanca, con un buen corte de pelo. ¡No le cabía la menor duda, que ninguna chica se iba a resistir a este buen mozo! Dos años más tarde contrató a Agustín quien resultó poseer una personalidad muy agradable, siempre bien dispuesto al trabajo, pero con aspiraciones a algo mejor, a una ocupación idependiente. Como era aficionado a la cocina, la señora Gruber le encontró un curso con nivel en este rubro en las cercanías de su casa. Estaba dispuesta de prescindir de sus servicios por varias horas tres días a la semana, con tal de verlo satisfecho y de brindarle un porvenir mejor. Para inscribirse debía presentar entre otros documentos, el de aprobación de la escuela primaria. Agustín, muy contento, lo fue a retirar a lo de sus padres. ¡Pero cuál fue su desilusión al enterarse que su madre, una persona sencilla, pero al fin de cuentas letrada, la había tirado a la basura por estar manchada y deteriorada! No pasó mucho tiempo y Agustín partió para poner una empresita de jardinería con resultados satisfactorios. Diez años más tarde, la señora Gruber recibe una triste noticia: Agustín se hallaba hospitalizado. Sufría de depresiones porque el compañero lo había abandonado. Ella siempre había presentido que el joven apuesto se encontraba fuera del alcance del sexo femenino. Días más tarde fallece Agustín de a penas 35 años, al parecer de esa maldita enfermedad trasmitida entre los hombres. Gran tristeza le acae a su antigua ama.

Ahora bien, entre las amistades de la Sra. Gruber también existen quienes olvidan sus obligaciones caritativas con respecto a sus empleadas. Olivia, eterna limpiadora en lo de los Morales, un día, no apareció en su puesto de trabajo. Una mujer de edad avanzada; contaba más de siete décadas sobre esta tierra, la cual no la había mimado en demasía. Se encontraba hospitalizada. Un pequeño infarto. Habitación libre no se obtenía en esta clínica gratuita, al servicio de los más necesitados. Su cama en el pasillo. Un continuo pasaje de enfermos, enfermeros, doctores, allegados, voces, gritos, llamadas, olores, moscas, microbios, bacilos, calor y frío, correntadas de aire. La pobre Olivia no tuvo necesidad de soportarlos mucho tiempo. Al tercer día, sin la asistencia médica debida, partió a algún lugar mejor, exento de las penurias terrestres. ¿Por qué los Morales no habían intervenido? ¿Por qué no se habían molestado en visitarla en el hospital, en hablar con el encargado, en contactar a algún conocido que siempre se tiene, y quien hubiera posibilitado una mejor atención a la moribunda, quien la hubiera salvado acaso? ¿Simplemente por dejadez?

Otro caso fue el de José. Hacía diez años que trabajaba satisfactoriamente como chofer de Gustavo. Empezó a tener dolores de espalda. *"Será de tanto estar sentado en el automóvil"*, se le decía. *"¡Haz ejercicios! ¡Fortalecé esos músculos!"* Pero nada cambiaba. Sacó hora con el médico. Pasaron varias semanas hasta que llegó su turno. Las placas no aclararon la situación. Por las dudas que siguiera con la gimnasia, además que evitara el frío y no levantara objetos pesados. Los dolores no aminoraron. Al contrario: ¡empeoraban! A los meses vuelta al doctor. Esta vez se presentó otro, más perspicaz, o bien advertido por la persistencia de las molestias, dispuesto a ampliar la gama de estudios. Descubrió la razón del mal. ¡Pero demasiado tarde! ¡Se trataba de un avanzado cáncer al riñón, lo que el desdichado acarreaba en su dolorido cuerpo! No se le podía ayudar ya. Tan solo esperar el pronto final. Apaliar los dolores. Consolarlo. ¿Por qué Gustavo no lo había mandado a un médico de confianza, a uno que probablemente tuviera que abonar de su propio bolsillo? ¿Por qué lo había abandonado en vez de guiarlo en una situación que superaba los conocimientos y las posibilidades económicas de José? ¿Por qué no había asumido su responsabilidad social?

Cuando enfermó Mariela, nadie le llevó el apunte. Padecía de una simple gripe. Hacía apenas un mes que había celebrado sus quince añitos, que había lucido su hermoso vestido blanco, símbolo de un gran desembolso por parte de sus padres, los caseros de la casa de veraneo de Alberto y Magdalena. ¡Cuán orgullosa y feliz había estado Mariela! Así mismo sus padres. Ahora esta gripe. Le dolía todo el cuerpo. Ni siquiera un leve movimiento lograba dar sin lanzar un gritito. Se le sumó vómito. El médico indicó hacer cama y esperar. No se presentó mejoría. Mariela ya no tenía apetito. Después de dos o tres cucharaditas de sopa, apartaba el plato de delante suyo. Ver u oler la comida le ocasionaba repugnancia. Magdalena, a cada tanto, se informaba sobre el estado de salud de la adolescente. No se inquietó por la ausencia de progresos, no propuso visitarla ni mandarla a médico particular. Nada concreto hizo, pensó ni mencionó. A las tres semanas Mariela ya no era. En la autopsia se descubrió que había padecido de una meningitis. Solo una estadía hospitalaria hubiera significado salvación. ¿Quién fue el culpable: El médico, los padres o quizás Magdalena, por la ausencia de conciencia social?

¡Qué diferencia con las actuaciones de la Sra. Fernández! De otra época, sí. Cuando el particular aún suplantaba al Estado, asumía su rol, siguiendo un impulso de nobleza, desaparecido en el interín de los cánones válidos actualmente. ¿Qué hacía pues otrora la honorable señora? Dado que el personal rural gustaba "arrejuntarse", en muchos casos de por vida, sin presentarse ante un representante municipal ni ante uno similar de la Iglesia para regularizar la convivencia, la señora no desaprovechaba ocasión alguna para intervenir en este caos inmoral e intolerable ante su profundo sentido religioso. No era obra fácil, ya que los peones no comprendían la razón por la cual debieran comparecer ante determinados desconocidos para validar el amor que la pareja sentía el uno por el otro. A veces ese sentimiento hacía mucho tiempo que había cedido a la costumbre del convivir diario, que ellos no pretendían cambiar con o sin sus firmas, ¡es decir de sus pulgares manchados en tinta! ¡Pero la señora no cedía! No podía tolerar esos escándalos en su propia tierra. Les explicaba, les repetía en sendas visitas lo impropio de esa situación. Ellos seguían impávidos. Hasta que tuvo una ocurrencia: Para la ceremonia les prometió vestimenta nueva a la pareja y a todos sus hijos, vestimenta de domingos, un lujo que ellos nunca se hubieran podido permitir. ¡Fueron muchos padres y muchas generaciones que aceptaron este trueque por un papel sin ningún valor ni significado para ellos mismos!

Sin embargo, la Sra. Fernández hizo más aún. La mayoría de la gente de campo era analfabeta. Grandes eran las distancias a las escuelas rurales, mayor aún a los poblados. Los medios de locomoción escasos, tanto públicos como privados. No existían líneas de autobús por los caminos vecinales, y estos mismos se encontraban en un estado desolado, sobre todo en invierno, la mera época escolar. Los peones desconocían las motos que hoy en día los transportan a todos lados, por desgracia o por desatentos, a la muerte también. Ni bicicleta poseían. Eran caballos, los que llevaban en su grupa a los niños, a menudo a más de uno. Ante lluvias torrenciales, la sabiduría se llevaba un fiasco: se la desatendía. La Sra. Fernández decidió apoyar el aprendizaje. Regaló a la intendencia un pequeño predio de campo con una casucha venida a menos, que hizo remodelar para la enseñanza. De entre esas paredes no surgió ningún Premio Nóbel, pero se encontraba sembrado el gérmen de un sutil adelanto.

Una nueva realidad

Las altas temperaturas sumadas a una humedad excesiva los reciben como una bofetada en la cara. Son los viajes en avión que hacen posible este pasaje brusco de un clima a otro en un lapso de tiempo demasiado breve para que el cuerpo pueda sobrellevar los cambios sin mayores molestias. Las horas de vuelo transatlántico agregadas al repentino calor provocan un cansancio indeseado. Ni que hablar del miedo que un ser con uso de razón debiera sentir al visualizar los miles de kilómetros volados por encima del océano, ese gigante, ese extenso lecho siempre tendido para acoger en su regazo a todos los aeroplanos de este mundo, o al imaginar lleno de terror, en cuántos lugares las aguas estarían enfurecidas por tempestades no percibidas en las alturas.

Lisa, exhausta pero ansiosa, mira a través de los vitrales que separan la sala de arribos de aquella de espera a pasajeros: allí la está saludando sonriente su hermana Genoveva, en compañía de su marido Francisco y de sus dos hijos, Gerardo y la pequeña Marta, a quien la madre alza en sus brazos para que Lisa la aprecie desde lejos. Nerviosos ellos también ante este encuentro después de años de separación.

El aeropuerto internacional no ha cambiado mucho en el transcurso de los últimos decenios. Y la urbe que se esparce detrás de él, ¿cómo estará? Volver a recorrer la ciudad natal, la villa de la niñez, ¡qué experiencia tan emocionante! Lisa siente curiosidad, y trata de rememorar los diferentes detalles arquitectónicos para verlos confirmados o corregidos por la situación actual. ¡El sentimiento de angustia ante el desilusionamiento entrelazado con aquel de la alegría de reverlo todo!

Ella también se halla acompañada de su esposo, Félix, y de sus dos hijos, Marcos e Isabel. Viene de Alemania a la Sudamérica de sus ancestros maternales. De visita a las raíces de un árbol con muchas ramas ya truncas en el ínterin, entre otros el abuelo fallecido tiempo atrás.

El telegrama, Lisa lo había recibido con tardanza. Se encontraban esquiando en las hermosas montañas de Suiza cuando el cáncer arrasó con la vida de la vital señora Gruber. ¡Ella, tan fuerte, tan sana, de solo 60 años, aniquilada en pocos meses! Incomprensible para Lisa, que piensa en las tantas otras personas que vegetan, que languidecen con enfermedades eternas, a quienes la muerte parece haber olvidado. ¿Por qué arrancar de la vida a una mujer ágil y deportiva, que aún montaba a caballo, nadaba en el mar y en el río, remaba durante horas en su botecito? ¡Injusticia divina de la cual también su madre solía quejarse! ¡Obrar de los cielos con sus interrogantes para los humanos, quienes nunca recobrarán a sus seres queridos una vez perdidos!

Los Gruber, después de una estadía de diez años en el lúgubre Hannover, se habían radicado nuevamente en el país, en el que habían experimentado sus primeros amores, donde habían pasado años de profunda felicidad; el señor Gruber, jubilado anticipadamente, había seguido a su esposa, quien, tomando de la mano a su hijita menor, Lorena, se había impuesto ante él para acompañar a Genoveva a su patria desesperadamente amada, ya que nunca se había podido adaptar a las costumbres de Alemania y añoraba el contacto con su familia. Un cordón umbilical invisible la ligaba a los familiares, y borrados estaban de su memoria los sufrimientos padecidos por la rigidez educativa de sus padres. La vivencia en la diáspora había eliminado los malos recuerdos, el odio, el repudio, suplantándolos por la nostalgia y el amor. Las controversias y las paradojas siempre habían caracterizado a esta personalidad tan marcada. Pero ahora ya no existe más esta mujer única. Le resulta difícil a Lisa aceptar este vacío. ¡Qué falta le harán sus anécdotas chispeantes de ironía y sarcasmo, sus refranes siempre listos para ser insertados en contextos convenientes, sus planes descabellados, irrealizables, sus doctos comentarios sobre obras literarias encontradas al azar! No es que olvide sus faltas, no intenta idealizarla, pero sin lugar a duda ya no la acompaña más un ser muy particular.

Y el señor Gruber no tardará más que dos años en unirse a su esposa, a yacer a su lado, al fin ambos en paz, uno al lado del otro, en medio de un parque idílico, con vegetación añeja para él y la vista hacia el oleaje del mar para ella. Los dos en la ciudad en la que se conocieron, en la que pasaron sus años más felices y más llenos de visiones, planes e ilusiones. No hay más rencillas, se acabaron los platos rotos en los almuerzos por ataques de furia de él, se acabaron las miradas despreciativas por parte de ella, su única arma ante un marido intelectualmente superior a ella.

¡Los minutos de espera en la aduana pasan con mayor lentitud que la larga travesía en avión! Los empleados no tienen apuro. Y eso que Lisa y los suyos solo traen objetos de libre entrada al país. Finalmente atraviesan triunfantes el umbral de la puerta de vidrio, abrazan rápidamente a sus parientes entre los empujones y codazos de los otros pasajeros que los obligan a seguir adelante y a reprimir la emoción que intenta explotar en sus pechos. En medio de un sinfín de preguntas abandonan el edificio del aeropuerto que los ha mantenido presos física- y psíquicamente durante un lapso de tiempo demasiado largo.

Se suben con equipaje y niños a los coches, partiendo inmediatamente hacia los barrios residenciales de la ciudad. Nada ha cambiado. ¡Como que se hubieran quedado paradas las agujas del reloj! Algunas pocas edificaciones nuevas en un contorno que ha permanecido estático. Pero más impresionantes que los recuerdos visuales son los de los olores. ¡Una delicia, esa brisa que propulsa por la ventana el perfume de los eucaliptus floridos! Que a su vez trae al paladar de Lisa el gusto tan específico de la miel de su tío Gerardo, ¡aquella miel fabricada con el polen recogido en las flores de estos myrtaceae! ¡Pero aún hay otros olores! ¡El del mar salado! „¡Qué extraño!", se dice Lisa. „Pensar que viví años lejos de aquí, pero estos olores son inconfundibles. Además me traen recuerdos bien definidos. ¡No es así que la percepción visual sea más indeleble que la del olfato!"

A Lisa y a su familia no les queda casi tiempo para reponerse del viaje. Son las visitas a los parientes que llenan sus días. Una experiencia nueva para la joven familia, que había vivido en total pobreza en Alemania. Sí, pobreza en lo que concierne a familiares. ¡Encontrarse ahora, repentinamente, con un sinnúmero de primos y sobrinos segundos! ¡Qué emocionante! Caen de un extremo al otro. Pero todos valoran estos vínculos, que siempre existían, pero recién ahora se descubren y relucen como pequeños brillantes. Muchos de los parientes que entre medio son adultos, Lisa los había abandonado como chiquillos o bebés. Pero no es solamente un cambio en la edad que Lisa nota. Descubre una transformación mucho más profunda y dolorosa. Detrás de la fachada de la perduración de las cosas en su estado antiguo, ¡se percata de que las fortunas son de carácter efímero!

Lisa se deja llevar por los recuerdos. En un viaje anterior había visitado a su anciana abuela, la señora Fernández, enviudada con cierta anterioridad. Le había llamado la atención el cambio en su estilo de vida: aún se dan las reuniones dominicales, pero ya no atraen a tantos familiares. Es que los almuerzos a penas consisten en unos mediocres raviolis, que llegan casi fríos a la mesa. En invierno los ambientes reciben a los visitantes con fauces de hielo. El sistema de calefacción se ha roto y no hay técnico capaz de repararlo, dicen los unos. Los otros opinan, que la abuela no tiene dinero para el gasoil y que se escuda detrás del argumento de la rotura para salvaguardar su honor. Obviamente la abuela sacrifica su bienestar físico para poder recibir a sus descendientes. Mucho más cómoda se encontraría alojada en un apartamento moderno, de menores dimensiones, que en su palacete que no necesita ya. ¡Pero sí lo necesita! Él le brinda el espacio suficiente para albergar los muebles y adornos coleccionados a lo largo de toda su vida matrimonial, objetos que a diario le traen los recuerdos de distintas etapas y de acontecimientos de su pasado. Pero su mansión, por sobre todo, le permite recibir a su familia, aunque la afluencia sea cada vez menor y las ocasiones de reunión escaseen. El caserón como conexión a los tiempos gloriosos del pasado, tiempos distantes, que ya solo asemejan a un sueño irreal que nada tiene en común con las circunstancias del presente.

Con la muerte del abuelo ha cambiado la situación financiera de su esposa. ¡Ella, quien de viaje en una Alemania de la posguerra podía permitirse el lujo de comprar los objetos que deseaba, sin preguntar por el precio, dejando boquiabiertas a las vendedoras, acostumbradas al trato con su propio pueblo empobrecido y menesteroso! ¡Que vivía rodeada de los más finos muebles y de la más delicada porcelana, todos procedentes de Europa, donde habían sido encargados para su boda! ¡Quien no llevaba ningún tipo de contabilidad, ya que el dinero era como el agua corriente, que fluía siempre! ¡Quien se rodeaba de cinco o seis empleadas, reducida a una sola para todos los trabajos! ¡Quien nunca había puesto una olla sobre la hornalla, asistiendo a su primer curso de cocina a los 65 años! ¡Quien solo había leído obras religiosas o teológicas, ahora participando en cursos de literatura! ¡Indudablemente realizando un viraje sorprendente en su vida, a tan avanzada edad!

Nunca había tenido la necesidad de tomar parte en los acontecimientos mundanos, por ocupar un puesto bien definido y reconocido en la sociedad. No tenía que demostrarle nada a nadie. A tal punto que podía permitirse el lujo de usar zapatos visiblemente agujereados hasta en su parte superior. Orgullosa se jactaba: *„¡Pero si se sabe quién soy! ¡No tengo que estar demostrándolo con necedades!"* En realidad no le daba importancia a estas pequeñeces superficiales exteriores. Lo que contaba eran sus intereses intelectuales, los teológicos. Por la misma razón, en su tercera edad, no se preocupaba por el aspecto de su cara, ya exenta de los dientes incisivos. Para comer poseía aún suficientes escondidos en la profundidad de su boca.

Su situación económica había sido tal que en su mansión, durante años y hasta decenios, había albergado a hijos casados con sus familias completas. Tres generaciones bajo un mismo techo, a las que se les brindaba pensión completa. Pero gratuita. No es de extrañar pues que el señor Fernández hubiera tenido dificultades en conservar su fortuna. ¿Quién puede mantener un hotel con gastronomía por el cual no cobra? Además tenía un hermano, José, muy jovial, muy gentleman, pero vago. Con cara de santo inducía a la gente a prestarle dinero que él nunca devolvía. En cambio, el señor Fernández, él sí un gentleman de verdad, pagaba las deudas del hermanito derrochador. ¿No había alguna estafa también? ¡Los engañados no podían creer que José lo hubiese hecho adrede! ¡Les hablaba tan convincentemente! ¡Tan angelicalmente! ¿Hay fortuna que resista tanto gasto desmesurado? La del señor Fernández no estaba a prueba de ataques de esta índole.

Lisa rememoraba los festejos de la Navidad en la casa de los abuelos: ¡Esa cola casi eterna de niños, colocados en altura ascendente, todos ávidos y nerviosos, a la espera de obtener el permiso de entrada al salón rebosante de regalos, al paraíso terrenal, a su modo de ver! Y la Sra. Gruber se jactaba en la Alemania carente de familias con abundancia de hijos, que en su casa materna las Navidades asemejaban a la fiesta en un orfanato, pero con una pequeña diferencia: ¡los padres se hallan presentes conjuntamente con sus chiquelos!

La señora Fernández, de estatura baja, de carácter casi despótico, mandón, poseía una alma sumamente religiosa. Su vida estaba dedicada a la iglesia, sus lecturas se concentraban en rebuscados tratados teológicos, su caminar se dirigía a diario a la misa. A diez hijos los había puesto en este mundo, entregándolos luego al cuidado de nurses y gobernantas competentes. Es verdad que les daba de mamar ella misma, ¡pero de qué forma! Una niñera le traía al bebé llorando de hambre, se lo colocaba en el brazo, mientras ella, acostada cómodamente en su cama, sostenía con la mano libre un libro de contenido altamente importante, ya que aportaba soluciones a problemas cruciales del catolicismo. Cuando el bebé había vaciado un pecho, la empleada lo levantaba, lo hacía eructar y lo colocaba en el otro pecho de la madre que a su vez cambiaba el libro de mano y volteaba la cabeza, no al niño, sino a su lectura en la otra dirección. El momento del amamantamiento que sirve de comunicación íntima entre la criatura y su madre, de transferencia del más profundo amor, esta intelectual lo dejaba desaprovechado, lo distorsionaba a un simple acto nutritivo sin valor agregado. ¡Así resulta fácil engendrar a tantos hijos! ¡Y permitirse el lujo de aprender como persona mayor una lengua extranjera, el dificultoso alemán, aprovechando los servicios de la gobernanta de los hijos! ¡Una superdotada para los idiomas!

La vida de esta mujer, que nunca tuvo que contar el dinero, que nunca había preparado una comida ella misma, cuyas manos poseían una piel tan suave, ¡que se decía que no dejaba imprentas digitales!, transcurrió de forma armoniosa hasta el día en que falleció el marido. Pero entonces sufrió un cambio radical. La Segunda Guerra Mundial no había tenido repercusiones tan profundas en su vida a como las tuvo la muerte del marido.

Sus hijos se repartieron la herencia a como les correspondía, mientras que ella se quedaba con el „palacio" y pequeñas rentas de diferentes bienes. Estas entradas no asemejaban a las costumarias en vida de su esposo. En consecuencia tuvo que despedir a la mayoría de sus criadas, controlar por primera vez los billetes que entraban y los que salían de la casa. Un golpe duro en la cara de la señora que no dejaba traslucir su derrota ni en su comportamiento ni en comentarios. Un estoicismo admirable emanaba de ella. Aunque seguramente sufría. La cabeza en alto, el orgullo en el pecho, afrontaba la nueva situación.

Pero con la fortuna desaparecida, también sus hijos la habían abandonado. Cada vez se esforzaban menos en visitarla. ¿No se trataba acaso de una especie de acto de venganza? ¿No había sido ella la que les había dedicado demasiado escaso tiempo en su niñez? Ahora la relegaban de igual modo que ella lo había hecho con ellos años atrás. Su carácter fue cambiando. Como ya no tenía a quién comandar, se volvió más condescendiente, y con las lecturas literarias evolucionaba su visión de la vida, se le abrían nuevos horizontes hasta tornarse tolerante. ¡Con un efecto muy beneficioso! Varios de sus nietos, uno tras otro, en un proceder lento pero continuo, se le acercaron con un pedido concreto: el de poder vivir con ella, en el palacio vacío, con múltiples habitaciones a la disposición. Vuelven vida, barullo, risas, visitas; un vaivén sano de gente joven va rodeando a la solitaria señora. Ahora además de sus intereses literarios y religiosos, goza del contacto novedoso con una juventud liberal, que en sendos casos acude a ella, ¡la conservadora!, ¡para escapar de las disputas con sus propios padres! Ella se adapta a este nuevo reto, acomodándose a los tiempos modernos, cediendo toda la libertad requerida por los jóvenes. Ella, que siempre había tenido razón en todos los temas, ahora aprende a escuchar la opinión de los adolescentes, a concederles el derecho a su propio raciocinio. ¡Los acepta a como no había aceptado jamás a los padres de ellos! ¡Madurando más allá de los sesenta! ¡Por obra de los nietos!

Comienza a interesarse por un tema totalmente nuevo en su vida: la política. Comienza a ver la injusticia reinante en su país. Hasta el momento había logrado permanecer en su torre de marfil, ignorar los sufrimientos del pueblo. Siempre había entendido las diferencias sociales como una ley natural. El partido más cercano a toda su forma de vida es el demócrata cristiano. Postula su candidatura, pero no gana ningún cargo, dado que el partido fracasa como lo ha hecho siempre en este país.

¡No importa! ¡Ella no se acobarda! Ha aprendido a ver a los descamisados, a reconocer su existencia. Se involucra en el movimiento de izquierda. La policía le allana la casa en búsqueda de subversivos supuestamente alojados y escondidos por ella misma en la vastedad de su mansión. Conjeturas infundadas. Pero eso sí, la puerta principal ha sido derribada. No la manda arreglar. Solo la hace sellar con unas tablas cruzadas, en eterno símbolo de la tiranía del gobierno. *„Cuando haya cambiado el régimen, cuando reine la democracia que se merece nuestro humilde pueblo, entonces la haré enmendar"*, opina la abuela progresista, ¡que se ha mutado de un Saulo a un Pablo!

¡Tiene vivencias aún más crueles! Un hijo es apresado por actividades políticas subversivas. ¡Quién hubiera imaginado que ese niño bien, muy intelectual, sí, trabajara en contra del *establishment*, en el que él creció, del cual él surgió, que lo acunó, del cual él formaba parte! ¡En contra de un gobierno más fuerte que sus bombas de fabricación casera! ¡Reducido a una celda de dos por dos! ¡Reducido a la penumbra! ¡Sin distracciones! ¡Sin libros, ni compañeros con quienes intercambiar ideas, sentimientos, sin la libertad querida!

Pero la vida sigue adelante; también a él le llega el día de la liberación, y su madre, que ha ido ampliando su visión del mundo, continúa en esta misma dirección con un nuevo emprendimiento: un largo viaje a Europa. Vende alguna propiedad y busca en su derredor a una acompañante propicia para su seguridad personal. Su elección recae en una nieta de unos 17 años. ¡Grande será la desilusión de la abuela! ¡Porque es la jovencita, quien, aunque seleccionada para el apoyo de la envejecida señora, deberá ser la auxiliada! ¡Los roles se revierten! ¡Es la representante de la nueva generación, la que no soporta la pérdida de presión en el avión! ¡Es ella quien vomita sin cesar! *,,¡Lo antiguo supera altamente a lo nuevo! ¡Ni comparación!"*, se dice la enternecida, pero vanidosa abuela ante su nieta pálida y debilucha en las alturas descomunales sobre el Atlántico. Tampoco durante el resto del viaje, la fortachona abuela necesitará la ayuda de la nieta ni de nadie. Al contrario, mientras la incansable sexagenaria recorre una sala de museo después de la otra, se camina las ciudades a pie porque considera que es la mejor manera de conocerlas, la pobrecilla jovenzuela pide tregua constantemente y maldice el día en que aceptó acompañar a la anciana que resultó más vital y fuerte que cualquier joven.

Lisa reconoce que la señora Fernández posee cualidades admirables y dignas de tomarse como ejemplo. ¿De dónde le provienen las fuerzas para sobrellevar tantos cambios, en tantas áreas diferentes? Indudablemente no toda persona es capaz de aceptar el giro en el destino con tanta calma y estoicismo. Sumadas en ella, alteraciones financieras, sociales y por ende psíquicas.

Está claro que una estrella se está apagando: La de la señora Fernández y con ella la de su descendencia. Pasados los tiempos de gloria. Se respeta aún el nombre, sí, se reverencia, pero llegará el día en que hasta el recuerdo de la grandeza de esta familia se habrá desvanecido. El señor Fernández, hecho comerciante por las circunstancias, no por vocación, demasiado blando y condescendiente con sus clientes, no había sido capaz de aumentar el capital heredado. Con una filosofía y una ética demasiado puras y cristianas, no lograba dormir en ciertas noches por el remordimiento de haber realizado un negocio en demasía ventajoso para él mismo, pero desfavorable para su contrincante. Cualquier otro negociante se hubiera alegrado de encontrarse en semejante situación, mientras que él confesaba ante el cura lo que consideraba un pecado.

La herencia desaparece en las manos de los diez herederos. Una casita por aquí, un automóvil por allá, nuevos muebles y otros deseos relegados desde hacía tiempo se vuelven realidad, convirtiendo el patrimonio de uno en diez posesiones de la burguesía media. Ninguno de los Fernández se destaca ya por una gran hacienda, sobre todo porque no habían contraído matrimonio de conveniencia, sino de amor, los pretendientes acaudalados descartados como objetivos primarios.

Había llegado el momento para un forastero. Despreciado desde el comienzo por los orgullosos Fernández. Observado, criticado, puesto en la mira. Este ser tiene su apoteosis. Porque la rueda ha dado vuelta, y les toca el turno a otros. ¿Quién es el que triunfa? El señor Gruber. Lentamente, pero con constancia ha tendido sus redes y ha formado un pequeño imperio. Con mucho sigilo había penetrado en el comercio de la lana, expandiéndolo con rapidez y terminando con todos los hilos fuertemente entrelazados en sus manos. Su confiabilidad se hizo legendaria y lo proveyó de negocios que por su carácter arisco estaba destinado a perder. Lisa poseía su lectura particular de la actuación del padre: su ahinco no se proyectaba en absoluto hacia un futuro mejor para sus hijos, sino que tenía sus raíces en el pasado. Una herida muy profunda lo hacía engendrar y desarrollar energías con un fin muy claro: demostrarle a los Fernández que se habían equivocado en su

228

juicio sobre el desconocido, que no tenían razón en menospreciarlo, que si bien su nombre no relucía en esta diáspora, si se le consideraba un paria, sus aptitudes podían muy bien remediar esta falta a través de la creación de una fortuna envidiable.

Se vuelve un destacado y respetado miembro de la sociedad. Disipado está el sentimiento de desdén, de altanería hacia él. Por desgracia, uno de los principales seres a quien deseaba demostrar su nueva posición, había fallecido demasiado pronto para ver remontar la estrella del yerno: el señor Fernández no llegaría a felicitarlo por su éxito tardío. ¡Pero el resto de la familia le rinde los honores!

Realizar este objetivo, no había sido obra fácil. La felicidad personal sacrificada para poner en práctica su meta. El efectivo colocado en la empresa, siempre limitado para los suyos. ¡La familia torturada por su escasez! Bajo el continuo y repetido pretexto de tener todo el capital invertido en los negocios y de no tener los pesos a la disposición, solía regañar a su esposa por sus gastos excesivos, y había negado un automóvil a su hijo mayor. No se dejaba notar su riqueza, dado que solo acumulaba el dinero con el fin de lograr mostrar las cuentas abiertamente un día y exclamar: *„¡Mirad, tan mal no ando! ¡Mi fortuna no tiene mucho que envidiarle a la de mi suegro. ¡Habiendo partido de una base considerablemente inferior, se puede considerar un gran logro!"* Siempre lo había perseguido el temor de no cumplir el reto impuesto a sí mismo. ¡Los años pasaban, él se impacientaba y más cerrada mantenía su billetera con respecto a los gastos familiares! *„No tengo, no tengo!"*, solía responder, cuando la familia se le presentaba con un pedido. A nadie lo tenía informado de su verdadera situación financiera, pero en sus comentarios sarcásticos dejaba traslucir su auge: *„Si mi suegro supiera... Si viera mi estado de cuentas..."*

Poniendo en la balanza lo ganado y lo perdido en esta carrera por el enriquecimiento, es probable que lo segundo fuera mayor. Ningún amigo lo acompañaba en sus horas de sosiego y sus allegados más próximos se mantenían a distancia.

Mas su gloria tardía le trae nuevas ideas, aunque sean de origen antiguo. ¡Encuentra admirable la forma de vida de su sobrino Tomás, casado con la inteligente María Gómez! Se ve reflejado o imitado por este joven, ya que al igual que él se ha casado con una rica heredera, hija única de un importante fabricante. El flamante marido no necesita trabajar. Solo ocasionalmente se presenta en la fábrica para revisar la contabilidad, para realizar algún control en pedidos y ventas. El resto del mes puede permitirse el lujo del *dolce far niente*. ¡Según él mismo no!, ¡él se encuentra muy ocupado, con idas a los bancos, trámites por aquí y por allá! ¿Y su esposa? ¡Exactamente igual! De un cursillo de restauración de muebles a una reunión en beneficio de la Asociación para el Niño. Decididamente, seriamente atareados ambos. En su amplia casa rodeada de un copioso jardín, las tertulias sobre temas políticos o literarios se prolongan hasta altas horas de la noche. Es un divagar sin ningún objetivo. El más puro *„l'art pour l'art"*. Fin en sí mismo. Gozando serenamente el pasar del tiempo. Sin apuro. *„¡Mira, Tomás vive como en los tiempos de nuestro gran poeta Goethe!"*, suele decir el señor Gruber, visiblemente encantado. *„¡Admirable, que haya resucitado el culto y el uso de la verdadera conversación!"*

Lisa no lo ve así. *„¡Ya no estamos en el siglo XVIII, en el que los grandes terratenientes podían vivir de sus rentas! ¡Ahora quizás el 95 % de la población trabaja para poder vivir! Este señor, ¿uno de los pocos privilegiados? ¡Por más que lo estime, por más simpático que sea, con nada se justifica esta forma de vida de zángano! ¡Un hombre joven! Siempre sonriente, sí, siempre de buen humor, siempre dispuesto a un encuentro, siempre*

230

con tiempo. Mientras que en las otras casas, la gente corre, vuela, parece que el tiempo se le escurre de los relojes, y trata de atraparlo en una carrera obviamente perdida de antemano, en lo de Tomás, el tiempo se ha convertido en una masa pegajosa, pesada, estancada, que mantiene la vida estática y calma, fuera del ritmo caótico de los demás hogares. En estos, el factor estrés es sinónimo de vida, en el de Tomás, por el contrario, significaría la perdición."

Tomás y María compaginan bien en esta placidez, en este devenir placentero. Irradian felicidad. Ella, cegada por el eterno buen humor y la calidez de su cónyugue, le comenta a Lisa: *„ ¡Ay, no sabes, lo bueno que es Tomás conmigo! ¡Me convidó a ir al restaurante X y comimos soberbiamente!"* *„ ¡Qué farsante!"*, piensa Lisa. *„ ¿Quién está convidando a quién? ¿En qué puesto de trabajo está ganando dinero él? Pero en fin de cuentas, también puede ser que ella le otorga el lugar del hombre sustentador de la familia para que no se sienta denigrado, defraudado. ¡En el fondo, quién sabe qué tipo de complejos tiene él y que ella trata de compensar hablándome de esta forma!"*

Para el señor Gruber, este matrimonio de un sobrino suyo se asemeja a un triunfo personal, por lo similar a su propia situación. Que sus hijos hayan terminado sus estudios con las máximas calificaciones, que están ascendiendo rápidamente en las empresas, en las que se encuentran empleados, que a su vez Lisa haya finalizado con éxito la facultad y que lleve una vida matrimonial feliz, nada de esto cuenta ante la hazaña de este Tomás, a pesar de que él ha interrumpido sus estudios universitarios por falta de interés, por falta de constancia. Pero a través de su simpatía, por su gracia personal ha sabido conquistar el corazón de una integrante de la más alta capa social. Y todo solamente por lo agradable de su ser, característica de la cual carece el Sr. Gruber, y por eso la aprecia más. Seguramente el señor Gruber ha sufrido toda su vida bajo su incapacidad de actuar de otra manera, de no poder atraer y atrapar a la gente. Lo que él puede prodigar es su inteligencia, su saber, pero estos más bien asustan y alejan al prójimo. De niño envidiaba y admiraba a su hermana, ahora a este sobrino. En él puede ver repetida una parte de su obra, su propio casamiento, mientras él entre medio se halla concentrado en la producción de una gran fortuna.

Y Lisa mira en su derredor. ¿Qué es de la vida de aquellas primas segundas, Perla, Estefania y Marta Estébanez, tres hermanas educadas de un modo totalmente diferente al de los hermanos Gruber? Se habían visto rodeadas de un tropel de criadas, vivían en una suntuosa mansión en medio de servicios de té y de candelabros de plata. En las fiestas siempre habían lucido los más distinguidos vestidos, de las más finas telas importadas. Con ellas, Lisa nunca se había sentido a gusto, ¿qué tenían en común? Como que pertenecieran a otra capa social, a cuyos cánones Lisa no tenía acceso. Y este le estaba claramente vedado. Por las mismas primas, que le hacían sentir muy decididamente, qué opinión tenían ellas de su posición en la sociedad. Le demostraban que no era realmente bienvenida, que, gracias a su generosidad, la toleraban como parienta pobre, pero que de ningún modo la consideraban de su nivel. Mientras que Lisa iba a un liceo burgués, ellas iban a los colegios católicos más exclusivos, en compañía de los hijos de los oligarcas. Era sobre todo en verano que se veían, dado que pasaban las vacaciones en el mismo balneario, y no había modo de esquivarse. Aquí se les sumaba la madre en la demostración de desprecio: casi por compasión parecía admitir la presencia de Lisa a su lado. Esta altanería de sus parientas dolía mucho a la joven Gruber. ¡Pero la situación se revertiría!

Perla se casa con un vago, siempre en busca de trabajo, pero incapaz de encontrar alguno duradero. Es Perla, la que tiene

232

que sustentar a su familia. ¡Y con qué sacrificio! ¡Pensar que solo por ideales sociales, en una etapa de su soñadora juventud, había estudiado enfermería! ¡Ahora es su realidad! ¡Diariamente durante diez horas! ¡Se acabaron los trajes de seda con zapatos y cartera haciendo juego, así como la manicura semanalmente! ¡Hay que alimentar a dos niños que solo oirán en forma de cuentos el estilo de vida lujosa que otrora llevara su madre!

Estefania y su marido son ambos docentes universitarios, ¡es decir están todos los meses a la espera de sus pagos atrasados! La mayor desgracia les acaece por medio de un hijo down, que les trastorna su visión del mundo. Habiendo sido educados como seres especiales, aunque solo fuera por pertenecer a la suprema capa social, se sienten reducidos a la nada y experimentan en carne propia que el destino es imprevisible, que no hay forma de protegerse de sus infortunios.

¿Pero qué son estas desgracias en comparación con aquella de Marta? Se casa con un ingeniero, Carlos, y se convierte en la envidia de sus amigas. Porque él es un ser dotado de ideas descomunales. ¡Qué brillantemente diserta! ¡Qué admirablemente bien se expresa! ¡Cuán originales sus planes! Y consigue convencer a su suegro de realizar ciertas inversiones: ¡una fábrica por aquí, una reestructuración por allá, maquinaria de las mejores marcas, un tanto sobredimensionada para que rinda en años venideros también! ¡Felicitaciones de los colegas, de los competidores, de los banqueros! Durante un cierto tiempo, un corto tiempo nada más. Fue un año malo, se decía. Pero al primero le siguió otro y otro más. ¿Y los intereses? ¿Y el capital prestado, entregado por los bancos con demasiada benevolencia y con poco control de los cálculos presentados? El enorme imperio, inflado de falsas esperanzas, en vez de estar basado en genuinos estudios de mercado, se desmorona como una tela de araña arrasada por un plumero. El suegro de 65 años arruinado. La herencia de las hermanas desvanecida. La mansión paterna se vende. Los padres mudados a un pequeño apartamento insignificante, en el cual los muebles salvados, arrebatados a los bancos, lucen ridículos en el reducido espacio, apretujados los unos contra los otros, entregados a una disputa por el limitado sitio. Últimos vestigios de tiempos mejores. Pasado el escándalo no se habla del tema, de la deuda aún existente, impagable, que ningún banco cobrará jamás. Es como una fea enfermedad que se trata de mantener oculta, callada, olvidada, con la esperanza de que así desaparezca por sí sola, ya no moleste más, no atormente la mente dolorida.

No queda vestigio de la altanería de la familia. Aunque se calla la hipoteca, no cabe duda sobre su existencia real. La familia Estébanez marcada, derrotada por sus propios errores. Y ahora Lisa se ve aceptada, valorada, estimada por sus primas. Lisa, en una situación financiera envidiable para las parientas. *„¡Ya quisieran ellas poder viajar lo que yo viajo, dar las fiestas que yo doy en mi casa!"*, se dice Lisa, que sin embargo no menciona ninguno de los privilegios que ella disfruta, y no aprovecha para vanagloriarse ante ellas, venidas a menos con el vaivén eterno de la vida, el auge y el derrumbe de familias o mismo de imperios.

Un día, Lisa observa por pura casualidad a la señora Estébanez durante una corta entrevista con un empleado de la deteriorada fábrica aún en funcionamiento. La tía lo trata señorialmente y con desdén, al igual que solía hacerlo antaño con sus sirvientas. Ninguna delicadeza, ningún respeto, ¡al contrario una frialdad y una conciencia de diferencia de clase notoria! *„¿Pero es que no ha aprendido nada? ¿No es capaz de adaptarse a su nueva situación? No. Ha nacido hidalga y siempre seguirá jugando este rol, aunque las circunstancias ya no la acompañen"*, piensa Lisa visiblemente entristecida por este episodio.

Pero la señora Estébanez no es la única que sigue viviendo en el pasado, también una generación más joven, representada por su hija Estefania es incapaz de adaptarse a los cambios acontecidos con el pasar del tiempo. Con lujo de detalles le describe a Lisa las estadías en la estancia paterna, ese casco de dimensiones descomunales, las cabalgatas de rodeo, pormenores que Lisa recuerda perfectamente por haber pasado algunas semanas de vacaciones en ese lugar. Pero el punto crucial es, que le habla a Lisa como si fuera una extraña, que jamás ha visto beldades de esta magnitud. Parece olvidar que Lisa muy bien sabe que esta riqueza ya pertenece a los cuentos de hada, que la familia Estébanez ha perdido todo. Estefania, al igual que su madre, no ha podido asumir las consecuencias de la desgracia familiar, tiene aún necesidad de asirse a los deleites de la época de oro, vueltos una ilusión en la actualidad.

Entre las múltiples visitas que Lisa realiza, también se encuentra con su amiga de la niñez, Dorotea. Desempeña el cargo de secretaria bilingüe en una compañía extranjera de envergadura. No se ha casado, vive sola, pero llevando una vida amena. Se citan para ir al cine un sábado de noche. Se trata de un estreno. Todas las entradas están vendidas. Lisa, que no es una gran cineasta, que no se desespera, propone ir a un cómodo restorancito en las cercanías. No así Dorotea. Está empeñada en ver esta película, alabada en la prensa, nominada para algunos óscares. *„Bueno, ¿pero qué vas a hacer?"*, le pregunta Lisa. *„¿Piensas sentarte en las rodillas de algún buen mozo?"*

„No, querida", le responde la astuta Dorotea. *„Es que tú ya no sabes cómo funciona nuestro país. ¿Quieres que te lo muestre?"* Y vuelve a la caja, de donde regresa con aire triunfante. *„¡Mira!"*, dice, presentando las dos entradas a la atónita Lisa. *„Es muy fácil, te lo explico. Aquí los sábados por la noche son muchos los que desean salir, por tener un programa y no quedarse en casa.*

Eso las cajeras lo saben y se aprovechan. Dicen que no hay más *entradas con la esperanza que alguien empecinado como yo, en fin de cuentas, les pague una buena propina para que le entregue una de las muchas entradas que ellas todavía conservan allí. ¡Y esto todo el mundo lo sabe, y todos participamos en el juego!"*

„¡Pero, eso no está correcto! Estás sobornando a la cajera y la estás incitando a continuar con su forma indebida de actuar. La estás premiando por su artimaña. Hay que parar esta rueda, para que acabe."

„¡Qué ingenua eres! Si yo no pago la coima, ¡será otro el que lo haga! No sirve de nada pretender cambiar las cosas. ¡Solo serás tú la dañada por no acomodarte a las reglas de juego!"

Lisa recordaba sus hazañas de la juventud, aquel helado adquirido con dinero sucio. Confrontada nuevamente con una situación del mismo tipo: dos acepciones totalmente contrarias acerca de la ética. Y lo peor era la excusa presentada esta vez: no cambiarás, no mejorarás nada y quedarás como una estúpida, porque los demás, muertos de risa por tu inocencia persistente, se llevarán los trofeos de la vida, y tú solo te quedarás boquiabierta y con las manos vacías mirándolos. ¿No había evolucionado el país en sus años de ausencia?

Después del cine, en el restorán, Dorotea se encuentra por casualidad con una amiga que se sienta a la mesa con ellas. Acaba de regresar de un viaje por los EEUU. Está maravillada, pero lo que más la cautivó, fue el arribo a su país. *„¡Hay que ver todo lo que yo traía de allá! Una tostadora gigante, una radio casetera espléndida, un secador de pelo de gran potencia, etc., etc. ¡Y los nervios que pasé! ¡Te puedes imaginar, en la aduana, si me hacían pagar por cada aparatito, me fundía! Pero, claro está, ¡no fui tonta! En mi pasaporte le coloqué un billete de 20,- dólares al aduanero, ¡y en un abrir y cerrar de ojos estaba afuera! ¡Qué te* *parece! ¡Me ahorré un platal! ¡Y estoy tan contenta con todo lo que traje!"*

Dice esto con orgullo, ¡segura de recibir aplausos de sus oyentes por su estafa al estado! Y su hijo de unos 10 años presente, en pleno aprendizaje. No se avergüenza delante de él. No esconde su fraude ante una mente aún sana y limpia. Al contrario, parecería que quisiera que escuche, que se instruya con las verdaderas lecciones de la vida, aquellas acerca de la supervivencia, que incluye las leyes del más perspicaz, más apto para seguir adelante de la forma más sencilla, no la más correcta.

Dorotea luego le explica a Lisa que se trata de un caso similar al de las entradas al cine: *"Si tú no actúas así, lo hará tu vecino. Tú pagarás los derechos de aduana estipulados y al llegar a tu casa, oirás un cuento como el de mi amiga y te morirás de rabia por no haberte amoldado a tiempo a nuestras costumbres. Con lo poco que ganan los empleados, te puedes imaginar que ellos están encantados con la propuesta del viajero. Es igual que con los policías. Si te paran cuando has cometido alguna falta, son ellos mismos los que te ofrecen no oficializarla si les pagas alguna suma, menor a la multa, que desaparecerá en sus bolsillos. Sobre todo hacia fin de mes hay que manejar con mucho cuidado. A la menor falta te paran. ¡Ya se les ha acabado el sueldo y tienen que alimentar a sus familias!"*

"No se puede decir que estoy en un país de salvajes, pero en el que rige la ley del más listo. Con tristeza veo que a Dorotea, y supongo que a mucha otra gente, parece no molestarle la pérdida de valores. Lo que sí les cae mal, es quedar de tontos por no haberse avivado. ¡Y por sobre todas las cosas, el relato hecho delante del chico! ¡Si las madres no dan el buen ejemplo, nunca se erradicará la corrupción! ¡De qué sirve criticar a los gobernantes! ¡Somos las mamás quienes tenemos que educar a

nuestros hijos según códigos válidos para la sociedad!", reflexiona Lisa. No tiene el valor de comunicarle estos pensamientos a Dorotea, quien no vería lo amoral de su posición y tampoco comprendería la utilidad de ese corsé de ideas éticas, claro impedimento para ser integrante reconocido y aceptado en la sociedad.

Al día siguiente encuentro con Margarita, la hermana mayor de Dorotea, la creadora de aquel plan magistral para la adquisición de un helado, en los años juveniles de las tres amigas. En realidad está demasiado ocupada para atender a su prima. Por estar atareada con la venta de unas propiedades de su madre Patricia, enviudada hace algunos años. Unos días más tarde Dorotea le comunica a Lisa que el negocio se ha realizado. Margarita ha conseguido comprador para los bienes.

"¿Te puedes creer", le relata Dorotea a Lisa, *"que Margarita no se ha conformado con el 3% que cobra cualquier inmobiliaria para una transacción de este tipo? Ni que hablar que a la madre se le puede ofrecer este servicio sin cobrar o cobrando a penas, ¡sobre todo no siendo esta la profesión de Margarita!"*

"No tengo ni idea del valor del cual estamos hablando", le comenta Lisa. *"Si se trata de 10.000,- dólares, el 3% serían 300,- dólares, que pueden realmente resultar insuficientes para cubrir sus gastos."*

"¡Mil veces ingenua prima! ¡Se trata de medio millón de dólares! ¡Y mi hermana se cobró 50.000,-, el 10 %! ¡No solo que es una usurera, sino que ni siquiera le abonó la deuda de 25.000,- dólares que tenía con mamá! Esta sigue en pie, porque no tiene nada que ver con este asunto, según Margarita, ¡que está desesperadamente necesitada de dinero!"

Lisa queda como acribillada. "*¡No es de extrañar!*", piensa. "*¡Cuando me pongo a pensar en sus hazañas de la juventud...!*" Y se le ocurre hablar en encubierto de este tema con su tía Magdalena, buena amiga de Margarita, además de ferviente alma católica. A su gran asombro, Magdalena no reacciona con indignación, sino con comprensión. "*Tienes que entenderla. Se ha endeudado mucho, tiene que sacar adelante a su hija.*"

"*No, no puede ser*", le contesta Lisa. "*¿Entonces toleras la excusa del robo en caso de necesidad? Tú, la gran cristiana, ¿dónde han quedado tus valores éticos? ¡Si todos actuamos así terminamos en el caos total.*"

"*Sí, puede que tengas razón, pero...*" Y Lisa no está dispuesta a escuchar más. Si Magdalena, o por expresarlo de otra forma, si ni siquiera la máxima autoridad eclesiástica se decide a condenar un delito de esta índole, la sociedad del país está perdida. No puede ser que ante la necesidad, que en caso de Margarita es el puro afán de querer conservar privilegios, se tolere la usura. Si en personas con la mejor educación, de las escuelas más exclusivas, la escala de valores se revierte tan fácilmente, ¿qué se puede esperar de los efectivamente necesitados, de aquellos incitados por el hambre? Pero quizás la verdadera causante de la pérdida de la moral, sea la sociedad moderna con sus tentaciones, con la oferta inconmensurable de bienes de consumo, ¡siempre al alcance nuestro y sin embargo tan difícilmente abarcables todos!

Así, incurriendo de una mala experiencia a otra, disgustada por la realidad del ser humano, desilusionada por estos descubrimientos, sucede un mal palpable: Una tormenta arrasa techos, invernaderos, árboles, provocando perjuicios millonarios en el pequeño país. Cae un árbol en la casa de su hermana Genoveva, dejando un agujero que ella hace reparar rápidamente por un excelente y eficaz techista. Dos días más tarde se encuentran con el ingeniero Carlos en la calle, quien les cuenta: *„¿Qué tal me va? Pues mal. Se me ha volado parte del techo, y con estas continuas lluvias está mi dormitorio empapado. Ya hemos corrido los muebles, están a salvo, pero si sigue lloviendo así, además del frío que penetra, ¡se nos estropea el piso! Y ni modo de conseguir techista. Todos trabajando día y noche, con todo lo que se vino abajo.* " *„Bueno, yo conozco a uno muy bueno"*, le comenta Genoveva, *„pero en realidad lo tengo contratado en estos días para que me teche el garaje. Te lo cedo a ti, porque tus trabajos son más urgentes. ¿Te parece?* " Carlos se marcha encantado con el número de teléfono del techista. Se ponen de acuerdo en el presupuesto, y dos días más tarde el daño en casa de Carlos ha desaparecido. El obrero pretende cobrar la suma estipulada y aceptada, pero Carlos le revela que no tiene cómo abonarla. ¡Que vuelva a la semana y luego será la otra! ¡El techista está indignado! No es la primera vez que no se le paga, no, pero los otros propietarios le explican su situación antes del comienzo de los trabajos. Le dicen por ejemplo, al finalizar te daré una parte y una semana más tarde el resto. O le entregan un cheque a cobrar a los 15 días. Pero dejarlo trabajar y luego decirle sonriente que no hay paga, ¡eso sí que es inaudito! El obrero también tiene una familia a quién alimentar.

Lisa ya no sabe qué pensar: *„¿Actuaría yo también así en una situación económica parecida? ¿Es tan frágil nuestro sentido ético?"* Pero ya hay nuevas experiencias que le ayudan a distraerse. Encuentro con su primo Tomás y su esposa María, quienes acaban de agregar una fábrica de ladrillos a su imperio. Tomás se ha convertido en un hombre de negocios muy cauto, con las preocupaciones correspondientes. Se conversa sobre la industria, sobre los peligros de las inversiones, los competidores al acecho. Félix, quien también trabaja en el área mercantil, habla de la falta de planificación: *„Hay que tener en cuenta entre otros puntos el break even point..."* Y Tomás no le deja finalizar la frase: *„¿Qué*

has mencionado ahí? Acabo de aprender eso con mi hijo José que está cursando economía en la facultad. ¡Interesantísimo!"
„¿Cómo puede ser?", se pregunta Lisa, *„¿dirigiendo una fábrica y no teniendo idea de los puntos clave de la economía, de la base de toda empresa? ¿Cuántos hombres más habrá en este país que se encuentran a la cabeza de una firma sin conocimientos del funcionamiento del mercado? ¡Con razón esta nación no avanza, si no es la gente preparada la que maneja las compañías y el estado! ¡Ganas de llorar me dan!"*

Tomás continúa orgulloso demostrando su saber de última hora: *„Y parece que la mejor manera de llevar un negocio es escuchando las ideas de los jefes de sección. Pero dejando que hablen lo que cada uno de ellos piensa. Aunque sean disparates."*
Félix y Lisa se echan una mirada y le dicen al unísono: *„¡Eso se llama brain storming!"*

„¡Realmente, mi pobre patria está muy atrasada! Si la élite de la sociedad, la que proporciona los puestos de trabajo, no está capacitada para conducir el país, ¿cómo se va a lograr el progreso?", se desilusiona Lisa.

Lisa se encuentra con viejas amigas, la mayoría, en el ínterin, casadas y con hijos. Ahí está Ana María, proveniente de una muy reconocida familia de larga tradición en el país. Lisa recuerda las fantásticas fiestas festejadas en un entorno de riqueza, recuerda los finos y distinguidos padres de su amiga. Desaparecido está todo el esplendor. Ana María se ha casado con un ingeniero, ambos trabajan, con sueldos muy mediocres. Viven en un pequeño apartamento propio y no se pueden permitir el lujo de descansar los fines de semana en la residencia de veraneo de sus padres. No por falta de tiempo, no, ¡porque la bencina para los 100 kms de recorrido entre ida y vuelta les significa un desembolso desmesurado de dinero! En sus puestos de trabajo los explotan. No

241

regresan a su casa antes de las 19 horas. ¿Y los niños? Al cuidado de una persona sencilla, sin cultura. *"¿Y esto es vida?"*, piensa Lisa. Pero a su vez, Ana María se asusta al oir que Lisa, a pesar de su título universitario, no trabaja. *"Yo me dedico a la educación y formación de mis hijos"*, le explica Lisa. *"¡Pero toda mujer académica tiene que estar en su profesión!"*, le contesta Ana. ¡Lisa no entiende más el mundo! En su juventud, en este país, era mal visto que la mujer trabajase. Solo aquella con graves problemas económicos, obligada por las circunstancias, se rebajaba a salir a trabajar, ¡en un acto semejante al de pedir limosna! ¡Igual de vergonzoso que este! Porque era muestra clara del déficit en el balance de pagos. Razón por la cual se trataba bajo todos los medios de permanecer en el rango de ama de casa, es decir, de demostrar la existencia de *cash flow*. Y ahora la situación se ha revertido: ¡lo desdeñado y desechado antaño, es altamente valorado en la actualidad, y viceversa! Lisa se siente incómoda. No es la primera vez que mujeres compatriotas le echan en cara estar desaprovechando su vida, malgastándola. ¿Liberación y realización de la mujer a través del trabajo? ¿Sin ninguna diferencia con los países desarrollados? La mujer orgullosa de su profesión, eventualmente haciendo carrera, mostrando las mismas capacidades que el hombre y demostrando su utilidad en la sociedad al igual que él. Inconcebible que una mujer que ha cursado estudios universitarios, no aplique y aporte sus conocimientos. Lisa sintiéndose como un zángano, aunque en Alemania no había tenido este sentimiento. *"Mi patria está en una etapa de desarrollo. El problema es que, con la enorme oferta de nuevos productos, ya no se puede prescindir del aporte de la mujer, convertida en parte integrante del presupuesto familiar. Aquella mujer que no ayuda, es considerada una egoista. ¡Y así me ven a mí! ¡Pero, caramba! Yo también trabajaré, pero todo a su tiempo. ¡Cuando los chicos no necesiten tanto mi presencia, cuando estén grandes, ya me verán a mí!* ", concluye Lisa, irritada por las extrañas críticas de sus mutadas amigas.

El viraje mayor, en realidad, lo observa en la nueva situación económica de las antiguas familias patricias. La familia Fernández no es la única que vive este revés en su fortuna. *„ ¿Cuál será la causa? "*, se pregunta Lisa. *„ Probablemente se trata de un simple problema de la aritmética: ¡por más grande que sea una fortuna, en cuanto se divide, corre el riesgo de convertirse en un monto insignificante, riesgo que va en aumento con el número de herederos! Esta lógica se evita poniendo énfasis en la contracción de matrimonios adecuados, es decir con la mira puesta en la combinación de herencias, al igual que se hacía desde el Medioevo.*"

Lisa pasa unos días en la playa con su familia. Espléndidos baños de mar, caminatas en las interminables arenas, desérticas en ciertas áreas. En las zonas concurridas, un nuevo descubrimiento: liberación en las costumbres. ¡Pensar que Lisa en su juventud sufría por la imposibilidad de encontrar traje de baño que cubriese sus pechos en su totalidad! ¡Qué vergüenzas había pasado, ella que tanto amaba la natación! Ahora, solo dos décadas más tarde, ¡se le presenta una moda muy atrevida! Esta sociedad conservadora tolera y acepta la visión de otra parte del cuerpo que generalmente está cubierta: el trasero. Completo. Estético puede parecer en un cuerpo joven, atlético, entrenado. Pero los primeros kilos que se le sumen, perturban el aspecto. Ha ocurrido un cambio radical en la apreciación de la belleza de la mujer. Eso sí, los pechos siguen tapados, quizás no tan radicalmente como en la época de la juventud de Lisa, pero obviamente siguen constituyendo un tema tabuizado. *„ Pensar que en Europa está de moda mostrar los pechos desnudos y el trasero tapado, aquí es al revés. ¡Qué acepciones de moral y de estética tan diferentes!* ", se dice Lisa.

Del mismo modo ciertos conceptos han experimentado una apertura también. Antaño una madre soltera con hijo no era aceptada en esta sociedad ultracatólica. Ahora, los padres no obligan indefectiblemente a la embarazada a casarse, si ella no lo desea. Se acoge al bebé sin papá, tolerando la falta de la joven madre como error humano factible, y ya no se la margina a como era costumbre generalizada.

Lisa, en un gran esfuerzo, reconoce que vive en Dos Mundos, que ya no pertenece totalmente a ninguno, que lleva dentro de sí cualidades, defectos, particularidades, deficiencias, aptitudes y características de ambos. Se siente dividida, pero no sabe por dónde. Es mezcla, es torbellino, es cóctel, es amalgama de ingredientes dispares, que le permiten tomar distancia de los acontecimientos o de los hechos, y que le posibilitan observar la cruda realidad sin prejuicios – lo que no siempre es del gusto de los analizados. La globalización, tomada generalmente como agente externo, llega a lo más profundo del ser humano. Le abre muchas puertas, lo que en fin de cuentas, puede derivar en desconcierto. Riqueza, a veces destructora. Un bumerang. ¡Pero riqueza después de todo!

La realidad de "*Howards End*"

La enfermedad de la señora Gruber, ¿cómo había sido? Tuvo esa peste del siglo XX. Cáncer al seno. Pero no era cuestión de entregarse a las manos de médicos ineptos. Ella, quien no había necesitado de sus curas, quien fuerte como un toro, a lo largo de sus sesenta años, había podido prescindir de su ciencia, no iba a doblegarse ante su sabiduría por unos nuditos insignificantes. Con su sola fuerza de ánimo, con su cuerpo sano y resistente, se propuso hacerle frente a esa enfermedad tan brava, y a la vez demostrar a la humanidad que los doctos señores eran supérflues, que lo único que sabían hacer era llenar de pastillas, sobre todo de antibióticos, al pobre ser humano, rendido ante sus latinismos y explicaciones ininteligibles.

Mas cuando los dolores del seno fueron agudizándose, la tenaz mujer tuvo que rendirse ante sus enemigos de toda la vida. Sí, porque ella siempre les había librado su guerra personal. Algunos se enteraron de su posición, porque debió recurrir a sus controles durante los embarazos, así como para la cura de un mal acaecido a alguno de sus cinco hijos. Los había consultado a regañadientes, solo para calmar sus ansias de conocimientos o de autoestima. Porque, al presentarle un niño enfermo a un experto, en realidad no reconocido como tal por ella, únicamente quería oir la confirmación de su propio veredicto. Ella ya había detectado la varicela o, según el caso, el sarampión en el pequeño. En el consultorio solamente buscaba la corroboración de sus propias pesquisas, para luego hacer caso omiso a los consejos médicos e implementar las terapias que ella consideraba de mayor eficacia. Entre estas jugaba un papel vital, el hacer cama al tener fiebre, bolsa de agua caliente contra el dolor de oído, pero no solo para este, además el iodo marítimo para el resfrío, por tenaz que fuera, así como el agua y el aire de mar significaban en general medicamentos de valor inconmensurable. Toleraba en su botiquín un único producto de esa odiada industria farmacéutica, esa destructora de la salud humana, esa envenenadora de inocentes, desconocedores del peligro de los procesos a los cuales había arribado la alquimia desde el Medioevo. Se trataba de la inofensiva *aspirina*. Eso sí, servía para bajar la fiebre, si los paños mojados aplicados en los muslos no surtían el efecto debido o esperado por la docta madre, al igual que contra los dolores de cabeza que la martirizaban tan a menudo; sin embargo no era cuestión de abusar de su uso. En consecuencia, esta forma de aplicar la Medicina dejó en sus hijos el recuerdo imperecedero de largos días de fiebre en cama, sufrimientos quizás de poca envergadura, pero que con una leve medicamentación se hubieran acabado o al menos acortado. No es de extrañar pues, que ninguno de ellos heredó o adoptó igual postura con sus propios descendientes o consigo mismo.

Cuando la señora Gruber, atormentada por el cruel mal que la iba destrozando, tuvo que agachar la cabeza y presentarse en un consultorio médico, lo hizo como heroina. Ella no iba a preguntar por la causa de sus dolores. Tampoco se le acercó a este enemigo mortal con temor a algún diagnóstico nefasto. No, porque ella seguía jugando el rol de siempre: así como nunca se había equivocado en la determinación de la enfermedad de sus hijos, tampoco para sí misma necesitaba de costosos análisis para aprender la verdad. Fue ella, quien se la presentó al médico para quitarle su mérito y su triunfo. Era su manera de salir victoriosa de la batalla, que de antemano tenía perdida, que no tenía manera de ganar ya. Estos eran sus pequeños triunfos, aunque no le sirvieran de nada. Laureles que pronto se marchitaban, sin aportarle avances en su lucha contra el cáncer, este sí un verdadero combate, para el cual se necesitan sólidos misiles y bazucas de fabricación de primer orden. Pero ella desdeñaba armas dañinas y destructoras, prefiriendo el uso de palabras aunque su efecto fuera futil o efímero.

De mala gana y sin fe aceptó algún tratamiento. Pero sin la disposición interna, sin la convicción y la confianza en el arte y el saber de los médicos, ¿cómo iba a poder actuar su cuerpo a solas sin el apoyo del cerebro? Ejércitos medicamentosos faltos de la dirección de un general, de

246

una guía moral, estaban condenados a sucumbir ante un enemigo cruel y sin escrúpulos.

Quizás esta derrota fue otra victoria en sus ojos. Porque ella no quería ya estar entre los suyos. Demasiado solitaria se había vuelto su vida, a pesar de los hijos y nietos que vivían al alcance de su mano. Muchos fracasos personales la habían cansado, ninguna meta veía para sí. Una resolución egoísta, a como habían sido todas las de su vida. ¿Consultó a alguien, sobre todo a alguno de sus allegados para tomar esta decisión, que al fin y al cabo tenía repercusiones en ellos? No, se guiaba como de costumbre por su propio ser, sus más íntimas necesidades. Porque para ella solo existían dos opciones: O bien demostraba a la Humanidad y a la Medicina que ella era capaz de superar la más terrible de las enfermedades sin asistencia médica ni farmacéutica, o prefería desaparecer rápidamente por no poder afrontar este fracaso propio.

Hasta llegar a esta decisión fatal había pasado mucho sufrimiento ahogado, callado, enterrado en lo más profundo de su ser y escondido ante la sociedad bajo un manto de alegría y perspicacia. ¿Pero qué cuerpo o mente humana puede resistir horas y días en la más perfecta soledad, en ese retiro impuesto a sí misma viviendo en el destierro del campo? Superados aquellos años de adolescencia en silencio como condena hacia sus padres autoritarios, luego de casada, había aprendido a gozar las reuniones sociales, de amigas o de familia, a brillar con su ironía, con sus respuestas rápidas, llenas de humor e inteligencia, con sus relatos de sucesos fuera de lo común que dotaba de su chispa única. Esta persona vuelta tan sociable, repentinamente llevando vida de claustro, ¿cómo era posible?

Amaba su pedazo de tierra, con su vegetación frondosa; rodeaba a la casa una arboleda que nunca cesaba de susurrarle mensajes a baja o a alta voz, que con su denso follaje parecía comunicarle los secretos más profundos del universo. La verdad es que no le faltaba compañía, aunque no fuese humana. Además del viento eran los pájaros, en primer lugar esas alegres cotorras, esas comadres charlatanas provenientes del más bajo estrato social, ya que solo a gritos se comunican entre ellas. No poseen la finura de un venteveo, no, ellas pasan en bandadas vociferándose incesantemente las últimas nuevas sin respeto por los seres que aman la calma y la serenidad de la vida apasible del campo. Las verdes cotorras, ordinarias y desordenadas, son las más perfectas representantes de la bulliciosa vivencia del pueblo. Semejantes a las mujeres de este, nunca dejan de tener novedades que comunicar a las vecinas, siempre con voz estridente, cada una tratando de sobreponerse a la otra; igual de naturales y sencillas que ellas, pero con una personalidad fuerte, y por esto mismo es que las unas y las otras resultan tan simpáticas y atractivas.

En los ataradeceres son las pavas de monte, quienes con sus prolongados gritos traen la buena o mala noticia, según el caso, de una inminente lluvia. Al caer la oscuridad, las ranas en los charcos de agua comienzan su agobiante conversación. ¿No pararán nunca? ¿Podrá ser de tanta importancia lo que tengan que comunicarse? ¿Acaso comparable a los diálogos humanos? Y luego las estrellas bajan a la tierra, hastiadas de divisarnos solo de tan lejos. Volotean cerca nuestro; nos observan estos bichitos con su luz intermitente. Amenizan las últimas horas de agonía del día con su juego del eterno engaño, del aquí estoy, pero, ay, ya desaparezco, apagando mi lucecita.

Ni que hablar de las tormentas. ¿Temerles? ¡Pero, por favor! La rayería es un espectáculo anhelado por ella, uno de los más altos goces posibles. Se sentaba en la terraza, o una vez comenzada la lluvia, en el living, con la vista puesta en la llanura del bajo, con 180 grados del oscuro cielo ofuscado por sus negros nubarrones delante de ella; allí esperaba, a como se aguarda pacientemente el comienzo del espectáculo de cine o de teatro, que el cielo se encendiera y apagara, que una repentina luz la obligara a cerrar los ojos enceguecida, que alumbrara por unos cortos segundos la naturaleza acobardada por los elementos enfurecidos, que el trueno estremeciera todo su cuerpo, que los azotes de la lluvia desenfrenada la libraran del peso de una vida frustrada.

¿Y en una noche despejada? Todo el cielo adornado de pequeños puntillos blancos resplandecientes le da la bienvenida. El firmamento completo para ella sola, por aquí el lucero de la noche, por allá las nubecitas del Sur. ¿Y la luna? Creciente, decreciente o llena, siempre se comporta como fiel camarada, a veces iluminando sobradoramente el campo con su luz blanca fantasmagórica, demostrando con faz orgullosa que no tiene mucho que envidiarle al astro rey. Ni que hablar cuando sale llena por detrás del montecillo, primero como enorme bola roja incandescente, ella en realidad tan fría, ¡cubriéndose de un manto que no le pertenece!, para luego volver a su verdadero ser, mostrándose gorda, rozagante, una enorme esfera blanca como la leche, que a medida que avanza en su curso se arrepiente de su altanería y se reduce a su tamaño habitual. O cuando se circunda de un halo celestial violáceo, demostrando que ella también puede influenciar y cambiar sus alrededores, en medio de unas nubecitas que asemejan surcos de arena formados por las olas del mar. ¿Cómo no pasar horas sentada en la terraza con esta capa cambiante cobijándola por lo alto y con todo el bajo bullicioso ante sus pies? La Naturaleza toda entera brindándole la más reconfortante compañía, además de un espectáculo sin igual.

Así como tenía sus momentos placenteros visuales y auditivos, también el olfato obtenía su gratificación. La reina de todas las flores, a parte del jazmín, era la madreselva, ganadora ella por crecer salvaje en los matorrales. Que es una planta trepadora, una asesina de árboles útiles, a los que quita el sol y la luz, a los que les roba la energía para emborrachornos y anestesiarnos con su perfume, poca importancia tenía para ella. El deleite que proporcionaba a las narinas era suficiente excusa para todos sus actos criminales.

Entre las vivencias que ella más valoraba estaba el baño en el río. Esas aguas marrones pero a su vez límpidas como las de todos los ríos del país, demasiado tibias en los calores veraniegos, demasiado cuantiosas en ciertas temporadas, en las que por un capricho se decidían a explorar tierras incógnitas tapándole decenas de hectáreas de su campo, esas aguas que justamente en verano a menudo menguaban para un baño refrescante, ocasionaban un placer incomparable a aquel del mar. ¿Por qué? Por la soledad, por la naturaleza, por el canto de los pájaros en plena libertad, por el verdor de esta flora virgen, por parecer que aquí regía la mano de Dios y no la del Hombre. Aquí no se encontraba a ser humano alguno; toda una selva a solo sesenta kilómetros de la capital. Aquí se sentía dueña del Mundo y de la Naturaleza, ya que no los tenía que compartir con nadie, ni a nado ni en bote.

Demás está decir que tenía amigos animales, en especial un gran corcel, el Bucéfalo. Un amor especial la unía a este animal, aparte de que tenía pasión por su especie. Era un afecto, claro está, recíproco. Dado que ella había decidido huir a los humanos, volcó sus sentimientos a los animales, y estos sentían su interés por ellos. Una vez, al estar Bucéfalo lastimado en una pata, por lo cual, encerrado en un corral, recibía una cura diaria, ella lo visitaba asiduamente. Le proporcionaba algunas caricias con el fin de alentarlo en su recuperación. En una de estas ocasiones, ella se quedó en el corral conversando con un peón que había llegado a comentarle algunos problemas administrativos. De pronto siente unos golpes en la espalda y se da vuelta enfurecida, pronta a rezongar al intruso. Pero, ¡oh dulce sorpresa!, era Bucéfalo, quien se le había acercado, rogando a su manera por más mimos.

Su convivencia con los animales conforma un enorme repertorio de anédoctas. Una joven perra que poseyó en un momento, no solo daba grandes saltos al verla llegar, sino que saltaba hasta la altura del lomo de Bucéfalo cuando veía a la patrona con bozal en mano, es decir cuando había expectativa de acompañarla durante una cabalgata. Mientras el caballo era ensillado, seguía con sus demostraciones de alegría alrededor de este, lo que causaba gran irritación al equino.

No solo la perra venía a lamerle pies, codos o manos, cuando ella hacía la siesta en una reposera a la sombra de los árboles, también la ovejita, encargada de cortar el césped, le manifestaba su cariño de esta forma. Cumplía además las funciones de un canino, acompañándola en sus caminatas y acentuando su presencia con algunos balidos.

Pero todas estas experiencias bonitas y profundas requerían ser compartidas con otros seres humanos para desarrollarse en todo su esplendor. Por eso la señora Gruber invitaba a algún pariente, a sobrinos, a que convivieran estas beldades con ella. Demasiado pocos vinieron. Y tenía un instinto especial para escoger personal con mucho carácter, lo que era equivalente a extraño y por ende acarreaba problemas: Por ejemplo, una empleada que mata en defensa propia, crudamente a palazos, a su marido borracho por haberla atacado; un albañil conocido por su alcoholismo, pero que ella contrata por divertirle sus conversaciones amenas con los gansos en sus borracheras; un tambero cleptómano, amén de analfabeta, que no deja de tener su perspicacia y su astucia. Por sobre todo, ella no tenía preparación alguna en cuestiones de campo, a pesar de haber pasado temporadas en él desde su más tierna infancia y a lo largo de toda su vida. Ni que hablar de su falta de visión aunque decía procurarse literatura sobre el manejo del campo. Lo peor era su horror a los números. ¡No iba a ponerse ella a hacer cálculos de las entradas y salidas! No tenía alma de economista, no había heredado ese don de su abuelo, quien había sido capaz de amasar una fortuna respetable.

Así la soledad comenzó a rodearla, a sitiarla, a cerrar sus garras hasta asfixiarla. La inconmensurable belleza en su derredor fue perdiendo fuerza en comparación con los valores inculcados por la sociedad y su familia durante decenios, acabando con el misticismo de esa alma débil por el mero hecho de ser humana.

De esta forma la enfermedad la arrebató, acabó con esta mujer fuerte. Pero ella no dejó de llevarse su victoria, bajo forma de una agonía cortísima, que además ocurrió en su casa y no en una habitación anónima de hospital. Se fue demasiado temprano para sus hijos y aquellos chiquillos, sus nietos, que no se llevarían más recuerdos de ella que los narrados por sus genitores.

En sus últimos días alcanzó a expresar un deseo, en realidad archiconocido por sus parientes. Se trataba de ese bien, que ella tanto amaba, su refugio, su escapatoria, su paraíso terrenal, su guarida, su estancia al borde del caprichoso río. Que no se vendiera, que uno de los cinco hijos se quedara con ella. El designio de una moribunda. ¿Se cumpliría acaso?

Había que examinar la situación económica de los herederos. Eduard, el mayor, cargaba con suficientes responsabilidades en la compañía que dirigía; Hartmunt se había endeudado para la adquisición de una vivienda lujosa; Genoveva con un marido citadino no quería saber nada de problemas agrícolas; Lorena en plenos estudios universitarios. Quedaba Lisa, que no le iba a poder dar utilidad alguna a los campos, dado que residía a varios miles de kilómetros, en la lejana Grecia.

¿No se respetaría pues el desiderátum de una madre querida? Fue un yerno, el que impulsó a su esposa heredera a aceptar la propiedad. Fue Félix, completo desconocedor del quehacer campesino, quien no tuvo demasiadas dificultades en convencer a su amarilla Lisa, postrada en la cama con una galopante hepatitis, a acatar las palabras de la difunta.

El campo se arrendó, dejándose la casa para el uso exclusivo de los familiares. Pasaron muchos años hasta que Félix fue trasladado a San Pablo por razones de trabajo. Lisa y sus hijos, Marcos e Isabel lo acompañaron. El campo proporcionaba una escapatoria ideal al bullicio de la agitada metrópolis brasileña. Los mismos dos jóvenes de dieciséis y catorce años opinaban así. Con un quehacer diario en el liceo de unas diez horas en el traficado centro, veían en el campo su fuente rejuvenecedora, su droga revitalizadora, medicina indispensable durante los tres años de estadía en la estresante ciudad.

Isabel, que de bebé había pasado en total varios meses en la hacienda, que imposible podía tener recuerdos de esa época, abrió su corazón sin miramientos al pequeño paraíso de la abuela. Marcos, a su vez, sentía una intensa unión al terruño por su otrora función de acompañante de la sexagenaria por la vastedad de la campiña. Le había servido de ojos a la anciana, enumerándole los piques quebrados de los alambrados, señalando algún vacuno lastimado o rengo en la llanura, un enjambre de abejas instalado debajo de las tejas de un galpón. A partir de la edad de siete cumplía a la perfección su rol de encargado, de suplemento a las deficiencias físicas de la envejecida propietaria. Su recompensa que colmó todas sus expectativas, fue un regalo navideño perfecto: un traje completo de gaucho, la bombacha ancha, el cinto de cuero de carpincho, el pañuelo para atar al cuello, el sombrero, y por último la faca con mango de caparazón de mulita blanca, ¡un cuchillo, un arma, demostración de la gran confianza que la abuela tenía en su madurez!

Ambos nietos terminaron amando lo mismo que su antepasada, tanto el cielo estrellado como el tormentoso, el río de los baños veraniegos como las inundaciones con su fuerza destructora, la madreselva como las ínfimas frutas de la dañina zarza mora, las cabalgatas entre los arañazos de esa otra plaga que es el siempre verde espinillo, el cantar de la paloma torcuaz o el chistido de la lechuza de campanario, en fin la soledad con su paz en contraste con la vida acelerada de la ciudad. El entreverado enramado del ceibo les representaba las encrucijadas de esta vida, y el holgazán ombú con su madera totalmente inservible, simbolizaba la fuente de vida ofrendada sencillamente en forma de su amplia sombra, mientras que el sauce llorón, con sus ramas lánguidamente tendidas hacia el suelo, hacía públicas sus penas desvergonzadamente. Y entre ellos se iergue esbelto ese extranjero de tez clara que ha descaradamente ha tomado posesión de todo el terreno económicamente aprovechable, el eucaliptus. El paraíso, en cambio, forma unas copas majestuosas, rama a rama dándose la mano para soldar un único techo. Y los jóvenes, con el estoicismo correspondiente a su estirpe, aguantaban tenazmente el ataque desmesurado de centenares de agresivos mosquitos, el zumbido enervante de los tábanos rodeando sus cabezas mientras nadaban en el turbio río, esos insectos que no se dejan espantar ni engañar por las zambullidas en el agua. Acondicionados estaban a resistir el fastidio que ocasionan estos pequeños seres molestos, al igual que no les temían ni a culebras ni a arañas. Tampoco era cuestión de exterminarlas simplemente por encontrarse en un lugar que uno no consideraba adecuado para ellas. Al igual que antaño lo hiciera la abuela, procuraban extraer las arañas de la casa con vida y soltarlas en la vastedad circundante. No significaba esto que les tuvieran especial simpatía. Una vez, al encontrarse visita en la casa de campo, al proponerle a los amigos sentarse en los vetustos sillones, antaño señoriales, se percatan de la presencia en un posabrazos de una tarántula, adulta, a juzgar por su tamaño. Después de proceder a su salida hacia el exterior, reiteran la invitación a tomar asiento en los profundos sillones, pero todos, ellos mismos incluidos, optan por incómodas sillas, exentas de la posibilidad de escondite para peligrosos arácnidos.

A otros insectos sí aprendieron a combatirlos, porque en enjambre tienen la potencia de células terroristas: las dulces abejas que posadas en olorientas flores nos recuerdan su importante función fecundadora, pero que invadiendo las chimeneas de la casa, instalándose frescamente en colmena debajo de las chapas de zinc del techo o tranquilamente penetrando en grandes familias decididas a tomar posesión de alguna habitación de la casa, simplemente por encontrar una ventana abierta, representan con sus aguijones una gran amenaza, hasta mortal para el alérgico. Al resguardo de las picaduras únicamente por una fea gorra de baño, porque es enloquecedor sentir el zumbido de estas atacantes próximas a la oreja cuando alguna se entrevera en el cabello, los chicos procedían valientemente a hacer fuego en las chimeneas para espantar a las intrusas, que a los pocos días regresaban con nuevos bríos. Por este lugar paradisíaco, las abejas parecían sentir y hasta trasmitir a generaciones siguientes el mismo amor que le profesaban sus dueños.

¿Y los murciélagos, esos mamíferos nocturnos, tan inofensivos por alimentarse de insectos indeseados como polillas y mosquitos, pero tan temidos, sobre todo por las mujeres, a raíz de las asociaciones con el sanguinario Drácula? Como si fueran la reincarnación de su abuela, los protegen y hasta conviven con ellos en la abandonada casa imitando a la antigua propietaria que se vanagloriaba de la presencia de estos ratones voladores en el interior de su enorme living, donde de hecho solían hacer sus giras silenciosas en lo alto, a hasta unos seis metros de altura.

¡Cuántos atardeceres, cuántas puestas de sol no habían admirado sentados con ella en una mesa, tomando el té por las cinco y media a seis de la tarde en invierno, mientras iba desapareciendo el astro detrás de un frondoso paraíso, entremezclándose el rojo y el violeta del crepúsculo con el verde del follaje! Y en verano, la mesa colocada por otro lado, el sol ocultándose detrás del montecito de eucaliptus, un espectáculo diferente cada noche, el cielo luciendo vestido nuevo cada vez.

Las remadas en canoa por el desértico río, los atraques en las playitas de límpida arena blancuzca, los paseos por la solitaria laguna del Yimbo, invariable en su belleza desde hace decenios, todo repetición de las andadas de la difunta, que le proporcionaban a ambos el mismo placer que aquella había sentido. Así también los paseos en canoa por el bajo inundado, remando por encima de las copas de los malditos espinillos, entre los islotes de hormigas, que - muy astutas - han encontrado un método para sobrevivir aunque sacrificando a miles de sus hermanas: estos insectos forman capas como mallas, hundiéndose y pereciendo los inferiores, pero brindándole la posibilidad de sobrevivencia a la especie al quedar en lo seco los superiores.

La nieta naturalista, ya con nueve años se había mostrado digna de la admiración de la abuela, aunque fallecida para ocasión tan notoria. Mientras Lisa, totalmente debilitada por la hepatitis, yacía en cama en el caserón, Isabel, nada perezosa, se montaba en un caballo manso y recorría cuatro kilómetros hasta la vecina estancia de parientes para jugar allí con una lejana prima. Su mérito estaba en su coraje, ya que ella, como un Cowboy del Far West, pero en realidad proveniente del Far East, porque residía en Grecia, emprendía esta desacostumbrada cabalgata a solas, ¡y abriendo desde el lomo de su corcel dos porteras! Nunca antes había montado a caballo. Nunca ella sola como jineta, aunque en realidad, ya de bebé, había sentido el subibaja del trote equino. Porque Lisa la llevaba en sus brazos en salidas largas para poder amamantarla en el caso que fuera necesario. Y de niña de un año, ¡qué susto le había pegado a sus padres! Se había acercado a un caballo, que distraídamente movió su pata, ¡y la colocó sobre el piececillo de la pequeña! ¡Ya destrozado lo imaginaba Lisa! ¡El descomunal peso del enorme animal posado en el diminuto pie de Isabel! ¡Pero no! Como por arte de magia, como por instinto protector a inofensivos menores, el corcel había cubierto el pie, lo había encajonado dentro del interior vacío de su casco. Ningún rasguño presentaba la extremidad. Nada en absoluto. ¡Aunque el susto fue grande!

¿Sería por este contacto a temprana edad con los quehaceres campestres que los dos niños no le tomaron repugnancia a la tarea de recoger el estiércol de caballos y vacas? Con la mano desnuda, sin guantes aislantes, brindando su asistencia a Lisa, llenando una docena de grandes latas, ya desprovistas de su contenido de pintura. Estas estaban destinadas a mejorar la calidad de la tierra en el jardincito de la casa capitalina. Otros no hubieran podido sobreponerse al asco, ¡pero estos Gruber-Fernández provenían de una estirpe fuera de lo común!

¿Portaban pues estos dos nietos un don especial en sus genes? Se encontraban de visita por cuatro semanas en el país, y no tenían temor ni a animales ni a parajes desconocidos. ¿Eran estos los primeros síntomas de reincarnación de los atributos gauchos de la abuela? ¿ Era por esto que la abuela había querido mantener la propiedad dentro de la familia? ¿ Para que estos chicos encontrasen o se les despertase ese amor por la Naturaleza? Y más aún: esa fuerza que parecía trascender desde la difunta hacia ellos, ¿pasaría luego a sus bisnietos? ¿O era todo pura casualidad?

Siete años habían transcurrido desde la muerte de su madre y de haber heredado las mencionadas hectáreas de campo, cuando Lisa se mudó nuevamente con su marido y sus hijos a su país natal. No perdía ocasión para pasar unos días y hasta unas semanas en el campo, por lo general solo en compañía de sus hijos, ya que Félix tenía sus compromisos laborales. En estas oportunidades, los que sí solían aparecer, eran los hermanos de Lisa con sus familias a quedarse por el día o un fin de semana. Se trataba de días caóticos con una bandada de niños menores, a los cuales Lisa ya no estaba acostumbrada. Eran tres por cada lado, es decir que se le aumentaba la población de la casa en una decena de personas. En las conversaciones reinaba el desorden. Resultaba imposible terminar una frase, ni que hablar de expresar una idea completa. Los ambientes se llenaban de barullo, incesantemente entraba o salía alguien, dejando alguna puerta abierta, dándole libre ingreso al frío o al calor, a mosquitos o a moscas, dependiendo de la estación. Las risas, los gritos resonaban en el silencio de los alrededores. Lisa, aunque agotada por estas reuniones bulliciosas y a la vez divertidas, resplandecía de alegría. Después de muchos años de separación de sus hermanos, unos veinte en total, los descubría y llegaba a conocer de nuevo, como personas adultas. El mismo efecto ocurría en ellos.

Las Navidades proporcionaban otra ocasión de encuentro en el casco de campo del abuelo materno. Esta fiesta de familia, de concentración en ella, volvía a cumplir su función. Se aprontaba, como en los tiempos de la madre, el Nacimiento en la chimenea y se amontonaban los regalos en diversas sillas y en los sillones, cada uno presentando, al igual que otrora, en un cartelito el nombre del agasajado. Se reunían los hermanos con sus descendientes el 24. Encuentro de los cinco hijos. Unión en la familia, contacto entre sus miembros. ¿Era esto lo que la madre había pretendido dejando el campito en las manos de uno de sus hijos? ¿Había previsto que iba a convertirse en el punto de enlace para ellos? ¿Había presentido que, si Lisa no hubiera heredado este bien, nunca más hubiera vuelto a su patria, que ni siquiera hubiera presionado a Félix para obtener el puesto allá? ¿Había sabido que en el mundo moderno de los apartamentos ya no existe lugar suficiente para alojar aunque sea por una noche a varias familias?

Estaba claro, lo que la mamá se había propuesto forjar con esta herencia: la posibilidad de un nexo entre sus hijos, una cohesión que estaba en peligro por diferentes razones. Por un lado laborales, el caso de Hartmunt y del marido de Lisa, es decir puestos de trabajo en el extranjero. Por otro lado, grandes diferencias de edad que llevaban a percepciones muy diferentes de la vida en general.

¿Cómo solucionar estos problemas? Proporcionando un lugar lo suficientemente grande y cercano a la capital, además de amado por todos, para albergarlos conjuntamente. El campo de la madre, reuniendo todas estas condiciones, el instrumento para cumplir su deseo. Allí se ven, se reúnen, pasan un rato juntos, se hablan, se acercan los unos a los otros, se toleran, conocen sus flaquezas, sus dones, sus cualidades.

El deseo de una moribunda, que aunque no fue comprendido e interpretado en su totalidad en el momento de ser expresado, aunque tardó años en dar frutos, tenía una razón de ser y una finalidad muy concretas y definidas. Y Lisa tuvo una asociación de ideas. Según su madre, la vida real siempre es mas fantástica que toda ficción. ¿No había habido un caso similar de una moribunda con un capricho respecto a una casa en esa novela de E. M. Foster, titulada *"Howards End"*? Y allí, a pesar de múltiples adversidades, al cabo de muchos años recién, se cumpliría la voluntad de la fallecida. ¡Una de las visiones pues de la señora Gruber, de esa amante de la literatura universal, vuelta realidad!

Bibliografía

Acevedo Díaz, Eduardo, *"Ismael"*, Madrid 1991

Algorta, Pedro, *"Las montanas siguen allí"*, Montevideo 2016

Almanaque del BSE 2002, Montevideo

Almanaque del BSE 2014, Montevideo

Alzugarat, Alfredo, „*Trincheras de papel*", Montevideo 2007

Andrews, George Reid, *"Blackness in the white nation"*, North Carolina Press 2010

Artucio Urioste, A., *"El azulejo en la arquitectura del Río de la Plata"*, Montevideo 1996

Barrán, José Pedro y otros, *"Historias de la vida privada en el Uruguay"*, Montevideo 1996

Beyhaut, Gustavo, *"Süd- und Mittelamerika II"*, (en *Fischer Weltgeschichte*, tomo 23), Frankfurt 1965

Bouton, Roberto, *"La vida rural en el Uruguay"*, Montevideo 2017

Bueno, Salvador (editor), *"Introducción a la cultura africana en América Latina"*, París 1970

Bürger, Otto, *"Uruguay"*, Leipzig 1928

Butazzoni, Fernando, *"Una historia americana"*, Montevideo 2017

Butazzoni, Fernando, *"Las cenizas del cóndor"*, Montevideo 2017

Cabrera, Susana, *"Las esclavas del Rincón"*, Montevideo 2001

Caetano, Gerardo, *"El Uruguay laico"*, Montevideo 2014

Camarasa, Jorge, *"Los Nazis en la Argentina"*, Buenos Aires 1992

Cantera, Carlomagno M., *"Lorenzo, el mundo íntimo del primer Battle presidente"*, Buenos Aires 2012

Chagas, Jorge, *"El sable roto"*, Montevideo 2016

Collazo, Marcia, *"A balde, sangre o desgracia"*, Montevideo 2017

Concejo Departamental de Montevideo, *"Iconografía de Montevideo"*, Montevideo 1955

De María, Isidoro, *"Montevideo antiguo"*, Buenos Aires 1965

De Mattos, Tomás, *"El hombre de marzo"*, Montevideo 2013

Di Candia, César, *"Bochonerías y otros jolgorios"*, Montevideo 1971

Díaz, E. A., *"Brenda"*, Montevideo 1886

Diconca, Beatriz, *"Migración uruguaya"*, Montevideo 2007

Dumas, Alexandre, *"Montevideo ou la nouvelle Troie"*, Paris 1850

Dutra, Ricardo, *"Si muero yo"*, Montevideo 2016

Estefanell, Marcelo, *"El hombre numerado"*, Montevideo 2007

Fernández Artucio, Hugo, *"Nazis en el Uruguay"*, Montevideo 1940

Fernández Artucio, Hugo, *"The Nazi octopus in South America"*, Londres 1943

Fernández Artucio, Hugo, *"The Nazi underground in South America"*, Nueva York 1942

Fernández Techera, Julio, *"Jesuitas, masones y universidad en el Uruguay"*, Montevideo 2007

Fischer, Diego, *"Carlota Ferreira"*, Montevideo 2015

Fischer, Diego, *"Serás mía o de nadie"*, Montevideo 2017

Fischer, Diego, *"El sentir de las violetas"*, Montevideo 2017

Fischer, Diego, *"Qué tupé Battle-Beltrán"*, Montevideo 2010

Fischer, Diego, *"Tres hombres y una batalla"*, Montevideo 2015

Fischer, Diego, *"Mejor callar"*, Montevideo 2016

E.M. Forster, *"Howards End"*, Londres 1910

García Hamilton, José Ignacio, *"Don José"*, Buenos Aires 2000

González Bermejo, Ernesto, *"Las manos en el fuego"*, Montevideo 1985

Hernández, José, *"Instrucción del estanciero"*, Buenos Aires 1964

Kovacic, Fabián, *"Galeano"*, Montevideo 2016

Lavrin, Asunción, *"Women, feminism and social change in Argentina, Chile and Uruguay"*, London 1995

Long, Ruperto, *"No dejaré memorias"*, Montevideo 2012

Mariani, Eduardo, *"Laureano"*, Montevideo 2011

Mariño, Roberto, *"Crónica de los inmigrantes en Uruguay"*, Montevideo 1999

Metzen, Alfred von, *"Deutsche Siedlungen im Norden Uruguays"*, Marburg 1983

Nahum, Benjamín, „*La época batllista"*, Montevideo 1984

Nelke, Pastor W., *"Das Deutschtum in Uruguay"*, Stuttgart 1921

Pi Ugarte, Renzo, „*Los indios del Uruguay"*, Montevideo 2017

Porzecanski, Teresa, „*Historias de vida de immigrantes judíos al Uruguay"*, Montevideo 1988

Quiroga, Horacio, *"Una noche de Edén"*, Montevideo 1907

Rela, Walter, *"Breve historia del teatro uruguayo"*, (ed.), Buenos Aires 1966

Rinke, Stefan, *"Lateinamerika"*, Darmstadt 2015

Rodriguez, Blanca (Prólogo), *"Mujeres uruguayas"*, Montevideo 1997

Rodriguez Monegal, Emir, *"El cuento uruguayo"*, Buenos Aires 1965

Rosencof, Mauricio, *"Diez minutos"*, Montevideo 2013

Rosencof, Mauricio, *"La calesita de Dona Rosa"*, Montevideo 2017

José M. Fernández Saldaña, *"Historias del viejo Montevideo"*, Montevideo

José M. Fernández Saldaña, *"Diccionario uruguayo de biografías (1810-1940)"*, Montevideo

Sanguinetti, Julio María, *"Luis Battle Berres"*, Montevideo 2016

Sarmiento, Domingo Faustino, *"Facundo"*, Buenos Aires 1947

Schinka, Milton, *"Boulevard Sarandi"*, Montevideo 1977

Schinka, Milton, *"De indecencias, timbas y esclavos en el Montevideo colonial"*, Montevideo 2017

Schinka, Milton, *"Mujeres desconocidas del pasado uruguayo"*, Montevideo 2017

Schröter, Bernd, „*Der Heiratsmarkt im kolonialen Uruguay*", Stuttgart 2001

Silva Valdés, Fernán, „*Cuentos del Uruguay*", Madrid 1966

Taglioretti, Graciela, „*Women and work in Uruguay*", Paris 1983

Tardieu, Jean-Pierre, „*La traite des Noirs entre l'océan Indien et Montevideo*", París 2010

Traversoni, Alfredo, *"Historia del Uruguay y de América"*, Montevideo 1967

Tolstoi, León, *"La sonata a Kreutzer"*

Vigil, Mercedes, *"Matilde, la mujer de Battle"*, Montevideo 2014

Vigil, Mercedes, *"El coronel sin espejos"*, Montevideo 2014

Vigil, Mercedes, *"Gitana"*, Montevideo 2011

Villegas, Juan, *"Herencia indígena en el Uruguay"*, Montevideo 2005

Wegner, Sonja, *"Zuflucht in einem fremden Land"*, Berlin 2013

Wolloch, Bernardo, „*José Battle*", Montevideo 2017

Zorrilla de San Martín, Juan, „*Conferencias y discursos*", Montevideo 1905

Zorrilla de San Martín, Juan, „*Tabaré*", Montevideo 1955